宋六十名家詞

四部備要

集部

中華書局據汲古閣本校刊

桐鄉 陸費逵 總勘
杭縣 高時顯 吳汝霖 輯校
杭縣 丁輔之 監造

友古詞

目錄

水調歌頭三調　滿庭芳五調
蘇武慢一調　飛雪滿羣山二調
水龍吟一調　驀山溪四調
念奴嬌五調　雨中花慢一調
喜遷鶯一調　憶瑤姬一調
醜奴兒慢一調　滿江紅一調
婆羅門引一調　青玉案二調
浣溪沙十三調　虞美人七調
生查子五調　南歌子三調
南鄉子二調　菩薩蠻十一調
憶秦娥二調　清平樂三調
謁金門二調　憶王孫一調
阮郎歸一調　柳梢青三調
好事近二調　卜算子六調
小重山四調　踏莎行六調
定風波二調　點絳脣十一調
昭君怨一調　醉落魄四調
極相思二調　玉樓春二調

長相思三調　西地錦一調
歸田樂一調　七娘子一調
感皇恩二調　減字木蘭花五調
漁家傲一調　西樓子二調
御街行一調　洛陽春一調
臨江仙七調　瑞鷓鴣一調
惜奴嬌一調　行香子一調
一翦梅三調　六么令一調
鎮西一調　看花回一調
訴衷情一調　浪淘沙一調
如夢令二調　愁倚闌三調
望江南一調　春光好一調
風流子一調　朝中措二調
侍香金童一調　江城子一調
西江月一調　蒼梧謠一調
採桑子一調　洞仙歌一調
瑞鶴仙一調

友古詞

宋 蔡 伸

水調歌頭 用盧贊兄韻別彭城

醉擊玉壺缺恨寫綠琴哀悠悠往事誰問離思渺難裁綠野堂前桃李燕子樓中歌吹那忍首重回唯有舊時月遠遠逐人來 小庭空清夜永獨徘徊伴人幽怨一枝蕭洒隴頭梅□斷雲帆西去目送煙波東注千里接長淮爲我將雙淚好過楚王臺

又 時居莆田

亭皋木葉下原隰菊花黃憑高滿眼秋思時節近重陽追想彭門往歲千騎雲屯平野高宴古毬場弔古論興廢看劍引杯長 感流年思往事重淒涼當時坐間英俊強半已凋亡慨念平生豪放自笑如今霜鬢漂泊水雲鄉已無功名志此意付清觴

又

相逢非草草分袂太匆匆征裘淚痕浥遍眸子怯酸風天際孤帆難駐柳外香軿望斷雲雨各西東回首重城遠樓觀暮煙中 黯銷魂思陳事已成空東郊勝賞歸路騎馬踏殘紅月下一尊芳酒凭闌幾曲清歌別後少人同爲問桃花臉一笑爲誰容

滿庭芳

煙鎖長隄雲橫孤嶼斷橋流水溶溶凭闌凝望遠目送征鴻桃葉溪邊舊事如春夢回首無蹤難忘處紫薇花下清夜一尊同　東城攜手地尋芳選勝賞徧珍叢念紫簫聲闋燕子樓空好是盧郎未老佳期在端有相逢重重恨聊憑紅葉和淚寄西風

又

風捲龍沙雲垂平野晚來密雪交飛坐看闌檻瓊蕊徧寒枝妝點蘭房景致金鋪掩簾幕低垂紅爐畔淺斟低唱天色正相宜　更闌人半醉香肌玉暖寶髻雲欹又何須高會梁苑瑤池堪笑子猷訪戴清興盡忍凍空回仍休羨漁人江上披得一蓑歸

又

鸚鵡洲邊芙蓉城下迴然水秀山明小舟雙槳特地訪雲英驚破蘭衾好夢開朱戶一笑相迎良宵永南窗皓月依舊照娉婷　別來無限恨持杯欲語恍若魂驚愴霎時相見又慘離情還是匆匆去也重攜手密語叮嚀佳期在寶釵鸞鏡端不負平生

又

秦洞花迷巫陽夢斷夜來曾到藍橋洞房深處重許

見雲翹蕙帳殘燈耿耿紗窗外疎雨蕭蕭雙心字重衾小枕玉困不勝嬌　尋常愁夜永今宵更漏彈指明朝敘深情幽怨淚裛香綃記取于飛厚約丹山□別選安巢驂鸞去青霄路穩明月共吹簫

又

玉鼎翻香紅爐疊勝綺窗疎雨瀟瀟故人相過情話款良宵酒暈微紅襯臉橫波浸滿眼春嬌雲屏掩鴛鴦被暖欹枕聽寒潮　如今成別恨臨風對月總是無聊念傷心南陌執手河橋還似一場春夢離魂斷楚此難招佳期在踏青時候花底聽鳴鑣

蘇武慢

雁落平沙煙籠寒水古壘鳴笳聲斷青山隱隱敗葉蕭蕭天際暝鴉零亂樓上黃昏片帆千里歸程年華將晚望碧雲空暮佳人何處夢魂俱遠　憶舊遊邃館朱扉小園香徑尚想桃花人面書盈錦軸恨滿金徽難寫寸心幽怨兩地離愁一尊芳酒淒涼危闌倚徧儘遲留憑仗西風吹乾淚眼

飛雪滿羣山　又名扁舟尋舊約

冰結金壺寒生羅幕夜闌霜月侵門翠篘敲竹疎梅弄影數聲雁過南雲酒醒欹枕愴猶有殘妝淚痕

繡衾孤擁餘香未減猶是那時熏　長記得扁舟尋舊約聽小窗風雨燈火昏昏錦裀纔展瓊籤報曙寶釵又是輕分黯然攜手處倚朱箔愁凝黛顰夢回雲散山遙水遠空斷魂

又

絕代佳人幽居空谷綺窗森玉猗猗小舟雙槳重尋舊約洞房宛是當時夜闌紅燭暗黯相對渾如夢裏旋烘鴛錦塵生繡帳香滅縷金衣　須信有盟言同皎日□利牽名役事與君違君已許□今生來世兩情到此奚疑彩鸞須鳳友算何日丹山共歸未酬深願綿綿此恨無盡期

水龍吟重過舊隱

畫橋流水桃溪路別是壺中佳致南樓夜月東窗疎雨金蓮共醉人靜回廊並肩攜手玉芝香裏念紫簫聲斷巫陽夢覺人何在花空委　寂寞危闌獨倚望仙鄉水雲無際芸房花院重來空鎖蒼苔滿地物是人非小池依舊彩鴦雙戲念當時風月如今懷抱有盈襟淚

驀山溪登歷易城樓

孤城暮角落日邊聲靜醉袖拂危闌對天末孤雲愁

凝吳津楚望表裏抱江山山隱隱水迢迢滿目江南景　羇懷易感往事傷重省羅袂浥殘香鬢星星忍窺清鏡瓊英好在應念玉關遙凝淚眼下層樓回首平林暝

又

疎梅雪裏已報東君信冷豔與清香似一个人人標韻晚來特地酌酒慰幽芳攜素手摘纖枝插向烏雲鬢　老來世事百種皆消盡榮利等浮雲謾汲汲徒勞方寸花前眼底幸有賞心人歌金縷醉瑤卮此外君休問

又

書雲今日雪霽嚴凝候玉輦想回鑾正花覆千官錦繡圍南留滯清夢繞觚稜心耿耿路迢迢此際空回首　華堂薦壽玉筍持椒酒一曲囀春鶯更祝我膺時納祐功名富貴老去已灰心唯只願捧觴人歲歲長依舊

又

金風玉露時節清秋候散髮步閑亭對熒熒一天星斗悲歌慷慨念遠復傷時心耿耿髮星星倚杖空搔首　區區戀豆豈是甘牛後時命未來間且只得低

眉袖手男兒此志肯向死前休無限事幾多愁總付
杯中酒

念奴嬌

淩空寶觀乍登臨多少傷離情味淼淼煙波吳會遠
極目江淮無際檻外長江樓中紅袖淡蕩秋光裏一
聲橫吹半灘鷗鷺驚起　因念邃館香閨玉肌花貌
有盈盈仙子弄水題紅傳密意寶墨銀鉤曾寄淚粉
香銷碧雲路杳脈脈人千里一彎新月腸斷危闌獨
倚

又

歲華晼晚念羇懷多感佳會難卜草草杯盤聊話舊
同翦西窗寒燭翠袖籠香雙蛾斂恨低按新翻曲無
情風雨斷腸更漏催促　匆匆歸騎難留鸞屏鴛被
忍良宵孤宿回首幽歡成夢境唯覺衣襟芬馥海約
山盟雲情雨意何日教心足不如不見爲君一味愁
蹙

又

畫堂宴闋望重簾不捲輕啞朱戶悄悄回廊驚漸聞
蟋蟀淩波微步酒力融春香風暗度攜手偎金縷低
低笑問睡得真箇穩否　因念隔闊經年除非魂夢

裏有時相遇天意憐人心在了豈信關山迢遞阻曉色
朦朧柔情睠戀後約叮嚀語休教腸斷楚臺朝暮雲
雨

又

當年豪放況朋儕俱是一時英傑逸氣淩雲佳麗地
獨占春花秋月冶葉倡條尋芳選勝是處曾攀折昔
遊如夢鏡中空嘆華髮　邂逅萍梗相逢十年往事
忍尊前重說茂綠成陰春又晚誰解丁香千結寶瑟
彈愁玉壺敲怨觸目堪愁絕酒闌人靜爲君腸斷時
節

又

輕雷驟雨洗千巖濃翠層巒森列衣袂涼生叢竹外
時有飛螢明滅雲浪鱗鱗蘭舟泛泛共載一輪月五
湖當日未應此段奇絕　歸路橫玉驚鸞叫雲清似
水悠颺天末玉宇瓊林凝望處依約廣寒宮闕老去
情鍾此心仍在未肯甘華髮清歡留作異時嘉話重
說

雨中花慢

寓目傷懷逢歡感舊年來事事疎慵嘆身心業重賦
得情濃況是離多會少難忘雨跡雲蹤望斷無錦字

雙鱗杳杳新雁雝雝 良宵孤枕人遠天涯除非夢裏相逢相逢處愁紅斂黛還又匆匆回首綠窗朱戶可憐明月清風斷腸風月關河有盡此恨無窮

喜遷鶯

青娥呈瑞正慘慘暮寒同雲千里翦水飛花漸漸瑤英密洒翠筠聲細邃館靜深金鋪半掩重簾垂地明窗外伴疎梅瀟洒玉肌香膩 幽人當此際醒魂照影永漏愁無寐強拊清尊慵添寶鴨誰會黯然情味幸有賞心人奈咫尺重門深閉今夜裏算忍教孤負濃香鴛被

憶瑤姬 南徐連滄觀賞月

微雨初晴洗瑤空萬里月掛冰輪廣寒宮闕□望素娥縹緲丹桂亭亭金盤露冷玉樹風輕□覺秋思清念去年曾共吹簫侶同賞蓬瀛 奈此夜旅泊江城漫花光眩目綠酒如澠幽懷終有恨恨綺窗清影虛照娉婷藍橋杳楚館雲深擬憑歸夢去強就枕無奈孤衾夢易驚

醜奴兒慢

明眸秀色別是天真瀟洒更鬢髮堆雲玉臉淡拂輕霞醉裏精神衆中標格誰能畫當時攜手花籠淡月

重門深亞　巫峽夢回已成陳事豈堪重話漫贏得羅襟清淚鬢邊霜華念傷懷凭闌煙水渺無涯秦源目斷碧雲暮合難認仙家

滿江紅

人倚金鋪顰翠黛盈盈墮睫話別處留連無計語嬌聲咽十幅雲帆風力滿一川煙暝波光闊但回首極目望高城彈清血　並蘭舟停畫楫曾共醉津亭月銷魂處今夜月圓人缺楚岫雲歸空悵望漢皐珮解成輕別最苦是拍塞滿懷愁無人說

婆羅門引　再遊仙漳薛氏園亭

素秋向晚歲華分付木芙蓉蕭蕭紅蓼西風記得當時攜翠擁手繞芳叢念吹簫人去明月樓空　遙山萬重望寸碧想眉峯翠鈿瓊璫漫好誰適爲容淒涼懷抱算此際唯我與君同凝淚際目送征鴻

青玉案　和賀方回韻

參差弱柳長堤路弱柳外征帆去皓齒明眸嬌態度回頭一夢斷腸千里不到相逢地　來時約略春將暮幽恨空餘錦中句小院重門深幾許桃花依舊出牆臨水亂落如紅雨

又

鸞凰本是和鳴友奈無計長相守雲雨匆匆分袂後
綵舟東去櫓聲啞軋目斷長隄柳　涓涓清淚輕綃
透殘粉餘香尚依舊獨上南樓空回首夜來明月怎
知今夜少箇人攜手

浣溪沙 壬寅五月西湖

雙佩雷文拂手香青紗衫子淡梳妝冰姿綽約自生
涼　虛掉玉釵驚翡翠緩移蘭棹趁鴛鴦鬢鬟風亂
綠雲長

又

玉趾彎彎一折弓秋波剪碧豔雙瞳淺顰輕笑意無
窮　夜靜擁爐熏鵲腦月明飛棹採芙蓉別來歡事
少人同

又 仙潭二首

蘋末風輕入夜涼飛橋畫閣跨方塘月移花影上迴
廊　璨枕隨釵雲鬢亂紅綿撲粉玉肌香起來攜手
看鴛鴦

又

窗外疎篁對節金畫橋新綠一篙深沈沈清夜對橫
參　酒暈半消紅玉臉雲鬟輕製小犀簪夢回陳迹
杳難尋

又崑山月華閣

沙上寒鷗接翼飛潮生潮落水東西征船鳴櫓趁潮歸　望斷碧雲無錦字漫題紅葉有新詩黃昏微雨倚闌時

又

漠漠新田綠未齊柳陰陰下水平隄竹間時有乳鵶啼　雲斂屏山橫枕畔夜闌壁月轉林西玉芝香裏綵鴛棲

又

紫燕雙雙掠水飛廉纖小雨未成泥籬邊開盡野薔薇　會少離多終有恨暫來還去益堪悲後期重約採蓮時

又

窄窄霜綃穩稱身強臨歌酒慘離魂故人相遇益傷神　斷雨殘雲千里隔瓊枝璧月四時新爲君留取鏡中春

又

且鬪尊前見在身昔遊如夢可銷魂玉容依約舊精神　千里重來人事改一杯相屬意還新韶華不減洞中春

又賦向伯恭薌林木犀二首

木似文犀感月華寸根移種自仙家春蘭秋菊浪矜誇　玉露初零秋夜永幽香直入小窗紗此時風月獨輸他

又

葉翦玻璃蕊糝金清香端不數瓊瑰沈獨將高韻冠薌林　千里江山新夢後一天風露小庭深玉人歸與已駸駸伯恭時守平江府署中有木犀開時大趣歸與余故有後詞末韻不數月得請歸薌林舊隱

又

淺褐衫兒壽帶藤碾花如意枕冠輕鳳鞋弓小稱娉婷　約略梳妝隨事好出塵標韻出塵清一枝梅映玉壺冰

又

窗外桃花爛熳開年時曾伴玉人來一枝斜插鳳凰釵　今日重來人事改花前無語獨徘徊凄涼懷抱可憐栽

虞美人

瑤琴一弄清商怨樓外桐陰轉月華澄淡露華濃寂寞小池煙水冷芙蓉　攀花擷翠當時事綠葉同心

字有情還解憶人無過盡寒沙新雁甚無書

又

飛梁石徑關山路慘淡秋容暮一行新雁破寒空腸斷碧雲千里水溶溶　鸞衾欲展誰堪共簾幕霜華重鴨爐香盡錦屏中幽夢今宵何許與君同

又

紅塵疋馬長安道人與花俱老緩垂鞭袖過平康散盡高陽零落少年場　朱絃重理相思調無奈知音少十年如夢儘堪傷樂事如今回首做凄涼

又甲辰入燕

綵旗搖曳檣烏轉鷁首征帆展高城樓觀暮雲平疊鼓凝笳都在斷腸聲　綠窗朱戶空回首明月還依舊亂山無數水茫茫誰念塞垣風物歟悽惶

又

堆瓊滴露冰壺瑩樓外天如鏡水晶雙枕襯雲鬟臥看千山明月聽潺湲　渡江桃葉分飛後馬上猶回首郵亭今夜月空圓不似當時攜手對嬋娟

又

碧溪曾寄流紅字忍話當時事重來種種盡堪悲有酒盈杯聊爲故人持　夜闌翦燭西窗語懷抱今如

許尊前莫訝兩依依綠鬢朱絃不似少年時

又

鸞屏繡被香雲擁平帖幽闈夢覺來重試古龍涎深炷玉爐燒氣不燒煙　匆匆人去三更也月到迴廊下出門無語送郎時淚共一天風露溼羅衣

生查子

畫堂初見伊明月當窗滿今夜月如眉話別河橋畔重見約中秋莫負于飛願免使月圓時兩處空腸斷

又

霜寒月滿窗夜永人無寐絳蠟有餘情偏照鴛鴦被看盡舊時書滴盡今生淚衙鼓已三更還是和衣睡

又

金壺插玉芝人面交相照花影滿方牀翠疊屏山杳風月亦多情特地今宵好儘道夜初長彈指東窗曉

又

幾番花信風數點籠絲雨並轡踏香塵選勝東郊路韶華轉首空誰解留春住幸到綠尊前且作鶯花

主

又

銀釭委墜紅碧鎖朦朧曉別淚灑金徽一曲情多少郵亭今夜長明月香幃悄縱使夢相逢何處尋蓬島

南歌子

蕭寺疎鐘斷虛堂夜氣清涼蟾偏向水窗明露井碧梧寒葉顫秋聲　幽恨人誰問孤衾淚獨橫此時風月此時情擬倩藍橋歸夢見雲英

又

遠水澄明綠孤雲黯淡愁白蘋紅蓼滿汀洲腸斷圓蟾空照木蘭舟　節物傷羈旅歸程歎滯留佳期已誤小紅樓賴得今年猶有閏中秋

又

恨入眉峯翠寒生酒暈紅臨期凝淚灑西風須信世間無物似情濃　玉蹬敲霜月金釭伴曉鐘凄涼古驛亂山重今夜擁衾無寐與君同

南鄉子

天外雨初收風緊雲輕已變秋邂逅故人同一笑遲留聚散人生宜自謀　去路指南州萬頃雲濤一葉

舟莫話太湖波浪險歸休人在溪邊正倚樓

又宣和壬寅予與向伯恭俱為大漕屬官向有
詞云憑書續斷腸因為此詞

木落雁南翔錦鯉殷勤為渡江淚墨銀鉤相憶字成
行滴損雲牋小鳳凰　陳事費思量回首煙波捲夕
陽儘道憑書聊破恨難忘及至書來更斷腸

菩薩鬘詠髮

鴛鴦枕上雲堆綠蘭膏微潤知新沐開帳對華燈見
郎雙眼明　錦衾香馥郁檻竹敲寒玉何物最無情
曉雞咿喔聲

又

杏花零落清明雨捲簾雙燕來還去枕上玉芙蓉暖
香堆錦紅　翠翹金鈿雀蟬鬢慵梳掠心事一春閑
黛眉顰遠山

又

飛英不向枝頭住等閑又送春歸去雲幄翠陰浮長
隨日腳流　玉簫吹鳳怨驚起樓中燕飛去自雙雙
惱人空斷腸

又廣陵盛事

水光山影浮空碧柳絲搖曳春無力柳岸繫行舟吹

簫憶舊遊　舊遊甚更憶望斷迷南北千古恨悠悠
長江空自流
又
當時攜手今千里可堪重到相逢地觸目盡關心流
鶯尚好音　無人知我意只有涓涓淚寂寞到斜陽
羅衣裛舊香
又
嗚笳疊鼓催雙槳扁舟穩泛桃花浪別淚灑東風前
歡如夢中　夢魂無定據不到相逢處縱使夢相逢
香閨豈解同
又
金鋪半掩銀蟾滿箇人應恨歸來晚軋軋櫓聲遲那
知心已飛　迎門一笑粲嬌困橫波慢偎倚綠窗前
今宵人月圓
又
雙雙紫燕來華屋雨餘芳草池塘綠一夜攏花風鶯
花滿樹紅　杯深君莫訴醉袖歌金縷無奈惜花心
老來情轉深
又
朝來一陣狂風雨春光已作堂堂去茂綠滿繁枝青

梅結子時　攀枝鶯啘晚樂事孤心眼正是惜春歸
那堪怨別離
　　又
凝羞隔水拋紅豆嫩桃如臉腰如柳心事暗相期陽
臺雲雨迷　玉樓花似雪花上朦朧月揮淚執柔荑
匆匆話別時
　　又
花冠鼓翼東方動蘭閨驚破遼陽夢翠被小屏山曉
窗燈影殘　並頭雙燕語似訴橫塘雨風雨曉寒多
征人可奈何
　　憶秦娥西湖
湖光碧春花秋月無今昔無今昔十年往事盡成陳
迹　玉簫聲斷雲屏隔山遙水遠長相憶長相憶一
生懷抱爲君牽役
　　又
花陰月蘭堂夜宴神仙客神仙客江梅標韻海棠顏
色　良辰佳會誠難得花前一醉君休惜君休惜楚
臺雲雨今夕何夕
　　清平樂
綵舟雙櫓六月臨平路小雨輕風消晚暑繞岸荷花

無數　玉人瑤枕方牀遙知待月西廂昨夜有情風
月今宵特地淒涼

又

南窗月滿繡被堆香暖若恨春宵更漏短應訝郎歸
又晚　征帆初落橋邊迎門一笑嫣然今夜流霞共
酌何妨金盞垂蓮

又

明眸秀色肌理凝香雪羅綺叢中標韻別捧酒歌聲
清越　不辭醉臉潮紅卻愁歸騎匆匆回首綠窗朱
戶斷腸明月清風

謁金門

溪聲咽溪上有人離別別語叮嚀和淚說羅巾霑淚
血　儘做剛腸如鐵到此也應愁絕回首斷山帆影
滅畫船空載月

又

相思切觸目只供愁絕好夢驚回清漏咽燭殘香穗
結　長恨南樓明月只解照人離缺同倚朱闌飛大
白今宵風月別

憶王孫

涼生冰簟怯衣單明月樓高空畫闌滿院啼螿人未

眠掩重關烏鵲南飛風露寒

阮郎歸

煙籠寒水暝禽棲滿庭紅葉飛蘭堂寂寂畫簾垂霜濃更漏遲　鴛被冷麝香微強歛單枕時西窗看盡月痕移此情君怎知

柳梢青

數聲鶗鴂可憐又是春歸時節滿院東風海棠鋪繡梨花飄雪　丁香露泣殘枝算未比愁腸寸結自是休文多情多感不干風月

又

子規啼月幽衾夢斷銷魂時節枕上斑斑枝頭點點染成清血　淒涼斷雨殘雲算此恨文君更切老去情懷春來況味那禁離別

又

聯壁尋春踏青尚憶年時攜手此際重來可憐還是年年時候　陰陰柳下人家人面桃花似依舊但願年年春風有信人心長久

好事近

花露滴香紅花底漏聲初歇人似一枝梅瘦照冰壺清徹　翠蛾雲鬢爲誰容蟲絲寶奩結可惜一春憔

悴負滿懷風月

又

十幅健帆風天意巧催行客極目五湖雲浪沈滿空秋色　玉人應怪誤佳期凝恨正脈脈錦鱗爲傳尺素報蘭舟消息

卜算子

風雨送春歸寂寞花空委枝上紅稀地上多萬點隨流水　翠黛斂春愁照影臨清沚應念韶華惜舜顏洒徧胭脂淚

又

小閣枕清流一霎蓮塘雨風遞幽香入檻來枕簟全無暑　遐想似花人閱歲音塵阻物是人非空斷腸夢入芳洲路

又題扇

玉斧斲冰輪中有乘鸞女鬢亂釵横襟袖涼只恐輕飛舉　青冥縹緲間自有吹簫侶不向巫山十二峯朝暮爲雲雨

又

前度月圓時月下相攜手今夜天邊月又圓夜色如清晝　風月渾依舊水館空回首明夜歸來試問伊

曾解思量否

又

重重雲外山渺渺煙中路路轉山横無盡愁正是分攜處　望極錦中書腸斷魚中素錦素沈沈兩未期魚雁空相誤

又

春事付鶯花曾是鶯花主醉拍春衫金縷衣只向花間住　密意君聽取莫逐東風去若是真心待子飛雲裏千條路

小重山吳松浮天閣送别

樓外江山展翠屏沈沈虹影畔綵舟横一尊别酒爲君傾留不住風色太無情　斜日半山明畫闌重倚處獨銷凝片帆回首在青冥人不見千里暮雲平

又

淡淡秋容煙水寒樓高清夜永倚闌干玉人不見坐長歎簫聲遠明月滿空山　遐想綠雲鬟青冥風露冷獨乘鸞别時容易見時難憑孤枕聊復夢嬋娟

又宣和甲辰余自彭城倅以檄燕山取道莫闊見所謂陳文者於州治之籌邊閣誠不負所聞明年歸則陳已入道矣崔守呼至之卽席

贈此

流水桃花小洞天壺中春不老勝塵寰霞衣鶴氅並桃冠新裝好風韻愈飄然　功行滿三千嬰兒弁姹女錬成丹劉郎曾約共昇仙十箇月養箇小金壇

又

樓上風高翠袖寒碧雲籠淡日照闌干綠楊芳草恨綿綿長亭路何處認征鞍　曉鏡嬾重看鬟雲堆鳳髻任闌珊鸞衾鴛枕小屏山人如玉忍負一春閑

踏莎行

珮解江皐魂消南浦人生惟有別離苦別時容易見時難算來卻是無情語盡戴席上語　百計留君留君不住留君不住君須去望君頻向夢中來免教腸斷巫山雨

又秦妓胡芳來嘗隸籍以其端嚴如木偶人因目之爲佛乃作是云

如是我聞金仙出世一超直入如來地慈悲方便濟羣生端嚴妙相誰能比　四衆皈依悉皆歡喜有情同赴龍華會無憂帳裏結良緣歷訶脩哩脩哩脩哩

又

客裏光陰傷離情味玉觴未舉心先醉臨岐莫怪苦

留連檣烏轉處人千里　恨寫新聲雲牋密寄短封難盡心中事憑君看取紙痕斑分明總是離人淚

又題團扇

落日歸雲寒空斷雁吳波淺淡山平遠丹青寫出在霜縑佳人特地裁團扇　漁艇孤煙酒旗幽院些兒景趣君休羨五湖歸去共扁舟何如早早酬深願

又

水滿青錢煙滋翠葆殘英滿地無人掃先來羈思亂如雲無端更被春酲惱　疊疊遙山綿綿遠道凭闌滿目唯芳草莫驚青鬢點秋霜盧郎已分愁中老

又贈老嚴道人

玉質孤高天姿明惠了無一點塵凡氣白蓮空殿鎖幽芳亭亭獨占秋光裏　一切見聞不可思議我今有分親瞻禮願垂方便濟衆生他時同赴龍華會

定風波

一曲驪歌酒一鍾可憐分袂太匆匆百計留君留不住君去滿川煙暝滿帆風　目斷魂銷人不見但見青山隱隱水浮空擬把一襟相憶淚試□雲牋密洒付飛鴻

又丙寅四月吳門西樓之集

老去情鍾不自持篸花酌酒送春歸玉貌氷姿人窈窕一笑清狂豈減少年時　欲上香車俱脈脈□□半簾花影月平西待得酒醒人已去凝竚斷雲殘雨儘堪悲

點絳唇　登歷陽連雲觀

水繞孤城亂山深鎖橫江路帆歸別浦苒苒蘭皋暮　人在天涯鴈背南雲去空凝竚鳳樓何處煙靄迷津渡

又　和安行老韻

香雪飄零暖風著柳籠絲雨惱人情緒春事還如許　寶勒朱輪共結尋芳侶東郊路亂紅深處醉拍黃金縷

又

背壁燈殘臥聽簷雨難成寐井梧飄墜歷歷蛩聲細　數盡更籌滴盡羅巾淚如何睡甫能得睡夢到相思地

又

月缺花殘世間樂事難雙美夜來相對把酒彈清淚　一點情鍾銷盡英雄氣樊籠外五湖煙水好作扁舟計

又

玉筍持杯斂紅顰翠歌金縷綵鴛戢羽未免羣雞妬
我爲情多愁聽多情語君休訴兩心堅固雲裏千
條路

又

人面桃花去年今日津亭見瑤琴錦薦一弄清商怨
今日重來不見如花面空腸斷亂紅千片流水天
涯遠

又 丙寅

梅雨初晴畫闌開徧忘憂草蘭堂清窈高柳新蟬噪
枕上芙蓉如夢還驚覺匀妝了背人微笑風入玲
瓏罩

又

帳外華燈翠屏花影參差滿錦衣香暖苦恨春宵短
畫角聲中雲雨還輕散河橋畔月華如練回首成
腸斷

又

綠萼冰花數枝清影橫疎牖玉肌清瘦夜久輕寒透
忍使孤芳攀折他人手人歸後斷腸回首只有香
盈袖

又送常守陳正同應之還朝

解紱朝天滿城桃李繁陰布彩舟難駐忍聽驪歌舉協理中興聖意方傾注從今去五雲深處穩步沙隄路

又

雲雨匆匆洞房當日曾相遇暫來還去無計留春住寶瑟重調靜聽鸞絲語休輕負綺窗朱戶好做風光主

昭君怨

一曲雲和鬆響多少離愁心上寂寞掩屏帷淚沾衣最是銷魂處夜夜綺窗風雨風雨伴愁眠夜如年

醉落魄

波紋如縠池塘雨後添新綠海棠初綻紅生肉雙燕歸來還認舊巢宿　凝情憑暖闌干曲新愁無限傷心目誰人月下吹橫玉驚起鴛鴦飛去自相逐

又

霜華搖落亭亭皓月侵朱箔夢回欹枕聽殘角一片寒聲風送入寥廓　眼前風月都如昨獨眠無奈情懷惡凭肩攜手于飛約斷想人人終是賦情薄

又

明眸秀色雙蛾巧畫春山碧盈盈標韻傾瑤席一見
尊前宛是舊相識　深期密語雖端的良宵無奈成
輕擲忍教只恁空相憶得入手來無限好則劇

又

陽關聲噎清歌響斷雲屏隔溪山依舊連空碧昨日
主人今日是行客　綠窗朱戶應如昔回頭往事成
陳迹後期總使無端的月下風前應也解相憶

極相思

碧簷鳴玉玎璫金瑣小蘭房樓高夜永飛霜滿院璧
月沈缸　雲雨不成巫峽夢望仙鄉煙水茫茫風前
月底登高念遠無限淒涼

又

相思情味堪傷誰與話衷腸明朝見也桃花人面碧
蘚迴廊　別後相逢唯有夢夢回時展轉思量不如
早睡今宵魂夢先到伊行

玉樓春

碧桃溪上藍橋路寂寞朱門閑院宇粉牆疎竹弄清
蟾玉砌紅蕉宜夜雨　箇中人是吹簫侶花底深盟
曾共語人生樂在兩知心此意此生君記取

又

星河風露經年別月照離亭花似雪寶釵鸞鏡會重逢花裏同眠今夜月　月華依舊當時節細把離腸和淚說人生只合鎮長圓休似月圓圓又缺

長相思

我心堅你心堅各自心堅石也穿誰言相見難　小窗前月嬋娟玉困花柔竝枕眠今宵人月圓

又

錦衾香玉枕雙昨夜深深小洞房回頭已斷腸　背蘭釭夢仙鄉風撼梧桐雨洒窗今宵好夜長

又

村姑兒紅袖衣初發黃梅插稻時雙雙女伴隨　長歌詩短歌詩歌裏真情恨別離休言伊不知

西地錦

寂寞悲秋懷抱掩重門悄悄清風皓月朱闌畫閣雙鴛池沼　不忍今宵重到惹離愁多少蓬山路杳藍橋信阻黃花空老

歸田樂

風生蘋末蓮香細新浴晚涼天氣猶自倚朱闌波面雙雙彩鴛戲　鸞釵委墜雲堆髻誰會此時情意冰簟玉琴橫還是明月人千里

七娘子

天涯觸目傷離緒登臨況値秋光暮手撚黃花憑誰分付雝雝雁落蒹葭浦　憑高目斷桃溪路屏山樓外青無數綠水紅橋鎖窗朱戶如今總是銷魂處

感皇恩

酒暈襯橫波玉肌香透輕裊腰肢妬垂柳臂寬金釧且是不干春瘦撚金雙合字無心繡　鬢雲半墮金釵欲溜羅袂殘香忍重嗅渡江桃葉腸斷為誰招手倚闌凝望久眉空鬭

又

膏雨曉來晴海棠紅透碧草池塘裊金柳王孫何在不念玉容消瘦日長深院靜簾垂繡　璨枕墮釵粉痕輕溜玉鼎龍涎記同嗅鈿箏重理心事漫憑纖手素絃彈不盡眉峯鬭

減字木蘭花　癸亥元日秀守劉卿任有詞時余適至秀因用其韻二首時初因樂

彤庭龍尾禮備天顏知有喜九奏初傳耳冷人間十七年　盈成持守仁德如春漸九有三輔名州好整笙歌結勝遊

又

船回沙尾幾誤紅窗聽鵲喜尺素空傳轉首相逢又隔年　寒燈獨守玉筍持杯寧復有秀水南州徒使幽人作夢遊

又

多情多病玉貌疲來愁覽鏡門掩東風零落桃花滿地紅　重簾不捲愁覩杏梁雙語燕強拂瑤琴一曲幽蘭淚滿襟

又庚申七夕

金風玉露喜鵲橋成牛女渡天宇沈沈一夕佳期兩意深　瓊籤報曙忍使飈輪容易去明日如今想見君心似我心

又

錦屏人醉玉暖香融春有味今日蘭舟魂夢還隨綠水流　高城望斷無奈城中人不見斜倚妝樓恨入眉峯兩點愁

漁家傲

煙鎖池塘秋欲暮細細前香直到雙棲處並枕東窗聽夜雨偎金縷雲深不見來時路　曉色朦朧人去住香覆重簾密密聞私語目斷征帆歸別浦空凝竚苔痕綠印金蓮步

西樓子

樓前流水悠悠駐行舟滿目寒雲衰草使人愁 多少恨多少淚漫遲留何似驀然拚捨去來休

又

紅靴玉帶葳蕤翠綃衣並轡垂鞭妝影照清溪 長亭路停騎處晚涼時空有許多明月伴雙棲

御街行

東君不鎖尋芳路曾是鶯花主有情風月可憐宵猶記綠窗朱戶十年空想春風面杳無計憑鱗羽 淒涼懷抱今如許天與重相遇不應還向楚峯前朝暮爲雲爲雨算來各把平生分付也不是惡著處

洛陽春柳○向誤作上陽春

好在章臺楊柳不禁春瘦淡煙微雨麴塵絲鎖一點眉頭皺 憶自灞陵別後青青依舊萬絲千縷太多情忍攀折行人手

臨江仙

繁杏枝頭蜂蝶亂香風鬧坐微聞靚妝濃豔任東君無情風雨春事已平分 珍重主人留客意夜闌秉燭開尊何須歌韻遏行雲羽觴交勸揮麈細論文

又

昨夜中秋今夕望十分桂影團圓玉人相對綠尊前素娥有恨應是妒嬋娟　人靜小庭風露冷歌聲特地清圓醉紅醺臉髻鬟偏翠裙輕皺端的爲留仙

又

簾幕深深清晝永玉人不耐春閑鏤牙碁子縷金圓象盤雅戲相對小窗前　隔打直行尖曲路教人費盡機關局中勝負定誰偏饒伊使倖畢竟我贏先

又 木犀

仙品不同桃李豔移來月窟雲鄉幽姿綽約道家妝綠雲堆髻嬌額半塗黃　可但乍涼風月下饒伊獨占秋光雨中別有惱人香錯教簫史腸斷憶巫陽

又

琪樹鸞棲花露重依稀蘭洞風光玉人相對自生涼翠鬟瓊珮綽約蕊珠妝　寶瑟聲沈清夢覺夜闌明月幽窗可堪襟袂惹餘香斷雲殘雨何處認高唐

又 中秋和沈文伯

記得南樓三五夜曾聽鳳笙昭華尊前此際重興嗟素娥端有恨煙靄等閑遮　珍重主人留客意厭厭綴引流霞夜闌銀漢淡天涯亭亭丹桂現耿耿玉繩斜

又　藏春君

青潤奇峯名韞玉温其質並瓊瑤中分瀑布瀉雲濤雙巒呈翠色氣象兩相高　珍重幽人誠好事綠窗聊助風騷寄言俗客莫相嘲物輕人意重千里贈鵝毛

瑞鷓鴣　客有作北里選勝圖冠以曲子名東風第一枝哀然居首因作此詞

脈脈柔情不自持淺顰輕笑百般宜尊前唱歇黃金縷一點春愁入翠眉　流蕙盼捧瑤巵借君歌扇寫新詩浮花漫說驚郎月不似東風第一枝

惜奴嬌　一作粉蝶兒

隔闊多時算彼此難存濟咫尺地千山萬水眼眼相看要說話都無計只是唱曲兒詞中認意　雪意垂垂更刮地寒風起怎禁這幾夜意未散癡心便指望長偎倚只替那火桶兒與奴暖被

行香子

珠露初零天宇澄明正閑階皎月亭亭更闌人靜煙斂風清更井邊桐一葉葉做秋聲　斗帳鸞屏翠被華裀夢回時酒力初醒綠雲堆枕紅玉生春且打疊起龍牙簟竹夫人

一翦梅

堆枕烏雲墮翠翹午夢驚回滿眼春嬌嬛嬛一嫋楚宮腰那更春來玉減香消　柳下朱門傍小橋幾度紅窗誤認鳴鑣斷腸風月可憐宵忍便懨懨兩處無聊

又

高宴華堂夜向闌急管飛霜羯鼓聲乾仙人掌上水晶盤回按凌波舞袖弓彎　曲罷凝嬌整翠鬟玉筍持杯巧笑嫣然爲君一醉倒金船只恐醒來人隔雲山

又　甲辰除夜

夜永虛堂燭影寒斗轉春來又是明年異鄉懷抱只淒然尊酒相逢姑且自寬　天際孤雲雲外山夢繞觚稜日下長安功名已覺負初心羞對菱花綠鬢成斑

六么令

梅英飄雪弱柳弄新綠冷冷畫橋流水風靜波如縠長記扁舟共載偶近旗亭宿渺雲橫玉鴛鴦枕上聽徹新番數般曲　此際魂清夢冷繡被香芬馥因念多感情懷觸處傷心目自是今宵獨寐怎不添愁蹙

如今心足風前月下賴有新人慰幽獨

鎮西

秋風吹雨覺重衾寒透傷心聽曉鐘殘漏凝情久記紅窗夜雪促膝圍爐交杯勸酒如今頓孤歡偶　念別後菱花清鏡裏眉峯暗鬭想標容怎禁銷瘦忍回首但雲牋妙墨鴛錦啼妝依然似舊臨風淚霑襟袖

看花回　和趙智夫韻

夜久涼生庭院漏聲頻促念昔勝遊舊地對畫閣層巒雨餘煙簇新詩暗藏小字霜刀刊翠竹攜素手細繞回塘芰荷香裏彩鴛宿　別後想香銷膩玉帶圍減削寬金粟雖有鱗鴻錦素奈事與心違佳期難卜擬解愁腸萬結唯憑尊酒綠望天涯斷魂處酹拍闌干曲

訴衷情

亭亭秋水玉芙蓉天際水浮空碧雲望中空暮人在廣寒宮　雙縷枕曲屏風小房櫳可憐今夜明月清風無計君同

浪淘沙

樓下水潺湲樓外屏山淡煙籠月晚涼天曾與玉人攜素手同倚闌干　雲散夢難圓幽恨綿綿舊遊重

到忍重看負你一生多少淚月下花前

如夢令

人靜重門深亞朱閣畫簾高掛人與月俱團月色波光相射瀟洒瀟洒人月長長今夜

又

今夜行雲何處還是月華當午倚徧曲闌橋望斷錦屏歸路空去空去夢到綠窗朱戶

愁倚闌

傷春晚送春歸步雲溪綠葉同心雙小字記曾題樓外紅日平西長亭路煙草萋萋雲雨不成新夢後倚闌時

又

天如水月如鉤正新秋月影參差人窈窕小紅樓如今往事悠悠樓前水腸斷東流舊物忍看金約腕玉搔頭

又

一番雨一番涼夜初長滿院蛩吟人不寐月侵廊木犀微綻幽芳西風透窕窈紅窗恰似箇人鴛被裏玉肌香

望江南 感事

落花盡寂寞委殘紅蝶帳夢回空曉月鳳樓人去漫
東風春事已成空　閑竚立□□水溶溶雲鎖亂山
横慘淡煙籠綠樹晚溟濛却在淚痕中

春光好

鸞屏掩翠衾香小蘭房回首當時雲雨夢兩難忘
如今水遠山長憑鱗翼難敘衷腸況是教人無可恨
一味思量

風流子

韶華驚晼晚卜春光倦客惜年芳□庭樾蔭濃半藏
鶯語晼蘭香減時百蜂忙粉牆低嫩嵐滋翠葆零露
溼殘妝風暖晝長柳綿吹盡澹煙微雨梅子初黃
洛浦音容遠書空漫惆悵往事悲涼無奈錦鱗杳杳
不渡橫塘念蝴蝶夢回子規聲裏半窗斜月一枕餘
香擬待自寬除非鐵做心腸

朝中措

章臺楊柳月依依飛絮送春歸院宇日長人靜園林
綠暗紅稀　庭前花謝了行雲散後物是人非唯有
一襟清淚凭闌洒徧殘枝

又

雨餘清鏡湛秋容屏展九華峯萬里關雲散盡半規

涼月當空　樓高夜□永憑闌笑語此際誰同端有
妙人攜手翛然歸路凌風

侍香金童

寶馬行春緩轡隨油壁念一瞬韶光堪重惜還是去
年同醉日客裏情懷倍添悽惻　記南城錦徑名園
曾偏歷更柳下人家似織此際凭闌愁脈脈滿目江
山暮雲空碧

江城子　秋夜觀牛女星作

碧幗文簟小窗前乍更闌□□□烏鵲南飛愁意漸
淒然滿院蛩吟風露下人窕窈月嬋娟　雙星舊約
又經年信誰傳恨綿綿□隔明河長作斷腸仙爭似
秦樓簫史伴瑤臺路共乘鸞

西江月

翡翠蒙金衫子鏤塵如意冠兒持杯輕按遏雲詞別
是出塵風味　莫羨雙星舊約願諧明月佳期憑肩
密語兩心知一棹五湖煙水

蒼梧謠

天休使圓蟾照客眠人何在桂影自嬋娟

採桑子孫仲益集于西齋題侍兒作第一流因
以詞謝之

奇花不比尋常豔獨步南州往事悠悠遼鶴重來憶夢遊 仙翁不改青青眼一醉遲留妙墨銀鉤題作人間第一流

洞仙歌

鶯鶯燕燕本是于飛伴風月佳時阻幽願但人心堅固後天也憐人相逢處依舊桃花人面 綠窗攜手簾幕重重燭影搖紅夜將半對尊前如夢欲語魂驚語未竟已覺衣襟淚滿我只爲相思特特來這度更休推後回相見

瑞鶴仙

玉猊香漫爇嘆瓶沈簪斷紫簫聲絕丹青掛寒壁細端詳宛是舊時標格音容望極奈弱水蓬山路隔似瑤林瓊樹韶華正好一枝先折 淒切相思情味鏡中綠鬢看成華髮臨風對月空羅袂揾清血待隨羣逐隊開眉一笑除你心腸是鐵看今生爲伊煩惱甚時是徹

伸道莆田人別號友古居士忠惠公之孫也其居距城不及五里舍宇矮欲壓頭猶是伊祖舊物劉後村過而詠之曰廟院蜂房居想羡其同居古風歟但據忠惠公荔子譜云玉堂紅一種佳絕正產其地伸道從無一語詠之何耶其和向伯恭木犀諸闋亦遜酒邊集三舍矣古虞毛晉識

石屏詞

目錄

錦帳春一調　醉落魄一調
柳梢青一調　行香子一調
木蘭花慢一調　鷓鴣天一調
浣溪沙一調　臨江仙一調
祝英臺近一調　鵲橋仙二調
大江西上曲一調　減字木蘭花三調
清平樂二調　醉太平一調
望江南七調　沁園春一調
滿江紅一調　賀新郎三調
水調歌頭一調　滿庭芳二調

石屏詞目錄

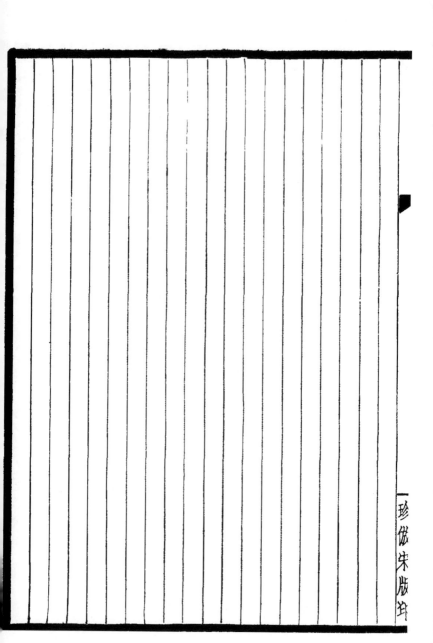

石屏詞

宋　戴復古

錦帳春　淮東陳提舉清明奉母夫人游徐仙翁庵

處處逢花家家插柳政寒食清明時候奉板輿行樂使星隨後人間稀有　出郭尋仙繡衣春晝馬上列兩行紅袖對韶華一笑勸國夫酒百千長壽

醉落魄　九日吳勝之運使黃鶴山登高

龍山行樂何如今日登黃鵠風光政要人酬酢欲賦歸來莫是淵明錯　江山登覽長如昨飛鴻影裏秋光薄祇有黃花覺牢裹烏紗一任西風作

柳梢青　岳陽樓

袖劍飛吟洞庭青草秋水深深萬頃波光岳陽樓上一快披襟　不須攜酒登臨問有酒何人共斟變盡人間君山一點自古如今

行香子　永州爲魏深甫壽

萬石崔嵬二水漣漪此江山天下之奇太平氣象百姓熙熙有文章公經綸手把州麾　滿斟壽酒笑撚梅枝管年年長見花時佳人休唱淺近歌詞讀浯溪頌愚谷記淡巖詩

木蘭花慢懷舊

鶯啼啼不盡任燕語語難通這一點閑愁十年不斷惱亂春風重來故人不見但依然楊柳小樓東記得同題粉壁而今壁破無蹤　蘭皐新漲綠溶溶流恨落花紅念著破春衫當時送別燈下裁縫相思漫然自苦算雲煙過眼總成空落日楚天無際凭闌目送飛鴻

鷓鴣天題趙文山魚樂堂

圉圉洋洋各自由或行或舞或沈浮觀魚未必知魚樂政恐清波照白頭　休結網莫垂鉤機心一露使魚愁終知不是池中物掉尾江湖汗漫游

浣溪沙

病起無聊倚繡牀玉容清瘦懶梳妝水沈煙冷橘花香　說箇話兒方有味喫些酒子又何妨一聲鶗鴂斷人腸

臨江仙代作

誤入風塵門戶駈來花月樓臺尊前幾度得徘徊可憐容易別不見牡丹開　莫恨銀瓶酒盡但將妾淚添杯江頭恰恨北風回再三相祝去千萬寄書來

祝英臺近別李澤之諸丈

泛杭州臨壓水幾日共游戲歌笑開懷酒醒又還醉
奈何一旦分攜連宵風雨翦不斷客愁千里 水雲
際遙望一片飛鴻苦是失羣地滿眼春風管甚閒桃
李此行歸老家山相逢難又但一味相思而已

鵲橋仙 周子俊過南昌問訊宋吉甫黃存之兄弟

西山巖壑東湖亭館盡是經行舊路別時相見有荷
花還又見梅花歲暮 宋家兄弟黃家兄弟一一煩
君傳語相忘不寄一行書元自有不相忘處

又

新荷池沼綠槐庭院檐前雨聲初斷喧喧雨部亂蛙
鳴怎得似啼鶯睍睆 風光流轉客游汗漫莫問鬢
絲長短醒時杯酒醉時歌算省得閑愁一半

大江西上曲 寄李實父提刑時郊後兩相皆乞歸

大江西上鬱孤臺八境人間圖畫地湧千峯搖翠浪
雨派玉虹如瀉彈壓江山品題風月四海今王謝風
流人物如公一世雄也 一片憂國丹心彈絲吹笛
未必能陶寫西北風塵方澒洞宰相閒歸綠野月斧
爭鳴風斤運巧不用修亭榭紫樞黃閣要公整頓天

下

減字木蘭花 寄欽州劉叔治史君

羊城舊路檀板一聲驚客去不擬重來白髮飄飄上越臺 故人居處曲巷深深通竹所問訊桃花欲訪劉郎不在家

又 寄五羊鍾子洪

天台狂客醉裏不知秋髮白應接風光憶在江亭醉幾場 吳姬勸酒唱得廉頗能飯否西雨東晴人道無情又有情

又

阻風中酒流落江湖成白首歷盡間關贏得虛名滿世間 浩然歸去憶著石屏茅屋趣想見山村樹有交柯犢有孫

清平樂 與國軍呈李司直

今朝欲去忽有留人處說與江頭楊柳樹繫我扁舟且住 十分酒興詩腸難禁冷落秋光借取春風一笑狂夫到老猶狂

又 嘲人

醉狂癡作誤信青樓約酒醒梅花吹畫角翻得一場寂寞 相如漫賦淩雲琴臺不遇文君江上琵琶舊

曲只堪分付商人

醉太平

長亭短亭春風酒醒無端惹起離情有黃鸝數聲
芙蓉繡茵江上畫屏夢中昨夜分明悔先行一程

望江南 壺山宋謙父寄新刊雅詞內有壺山好三十闋自說平生僕謂猶有說未盡處爲續四曲

壺山好博古又通今結屋三間藏萬卷揮毫一字值千金四海有知音 門外路咫尺是湖陰萬柳隄邊行處樂百花洲上醉時吟不負一生心

又

壺山好膽氣不妨麤手奮空拳成活計眼穿故紙下工夫處世未全疎 生涯事近日果何如背錦奚奴能檢點畫眉老婦出交租且喜有贏餘

又

壺山好文字滿胸中詩律變成長慶體歌詞綽有稼軒風最會說窮通 中年後雖老未成翁兒大相傳書種在客來不放酒尊空相對醉顏紅

又

壺山好也解憶狂夫轉手便成千里別經年不寄一

行書渾似不相疎　催歸曲一唱一愁予有劍賣來酤酒喫無錢歸去買山居一向作狂徒壺山有催歸曲贈僕甚妙

又僕既爲宋壺山說其自說未盡處壺山必有答語僕僕自嘲三解

石屏老家住海東雲本是尋常田舍子如何呼喚作詩人無益費精神　千首富不救一生貧賈島形摸元自瘦杜陵言語不妨村誰解學西崑

又

石屏老長憶少年遊自謂虎頭須食肉誰知猿臂不封侯身世一虛舟　平生事說著也堪羞四海九州雙腳底千愁萬恨兩眉頭白髮早歸休

又

石屏老悔不住山林注定一生知有命老來萬事付無心巧語不如瘖　貧亦樂莫負好光陰但願有頭生白髮何愁無地覓黃金遇酒且須斟

沁園春自述

一曲狂歌有百餘言說盡平生費十年燈火讀書讀史四方奔走求利求名蹭蹬歸來閉門獨坐贏得窮吟詩句清夫詩者皆吾儂平日愁歎之聲　空餘豪

氣崢嶸安得良田二頃耕向臨邛滌器可憐司馬成都賣卜誰識君平分則宜然吾何敢怨螻蟻消搖戴粒行開懷抱有青梅薦酒綠樹啼鶯

滿江紅 赤壁懷古

赤壁磯頭一番過一番懷古想當時周郎年少氣吞區宇萬騎臨江貔虎噪千艘列炬魚龍怒捲長波一鼓困曹瞞今如許 江上渡江邊路形勝地興亡處覽遺蹤勝讀詩書言語幾度東風吹世換千年往事隨潮去問道傍楊柳爲誰春搖金縷

賀新郎 豐真州建江淮偉觀樓

百尺連雲起試登臨江山人物一時俱偉旁挹金陵龍虎勢京峴諸峯對峙隱隱接揚州歌吹雪浪舞從三峽下乍逢迎海若談秋水形勝地有如此 使君一世經綸志把風斤月斧來此等閑遊戲見說樓成無多日大手一何容易笑天下紛紛血指醞釀春風與和氣舉長江變作香醪美人共樂醉桃李

又寄豐宅之

憶把金罍酒歎別來光陰荏苒江湖宿舊世事不堪頻著眼贏得兩眉長皺但東望故人翹首木落山空天遠大送飛鴻北去傷情久天下事公知否 錢塘

風月西湖柳渡江來百年機會從前未有嘆起東山丘壑夢莫惜風霜老手要整頓封疆如舊早晚樞庭開幕府是英雄盡爲公奔走看金印大如斗

又 兄弟爭塗田而訟歌此詞主和議

蝸角爭多少是英雄割據乾坤到頭休了一片泥塗荒草地盡是魚龍故道新隄上風濤難保滄海桑田何時變怕桑田未變人先老休爲此生煩惱 訟庭不許頻頻到這官坊翻來覆去有何分曉無諍人中爲第一長訟元非吉兆但有恨平章不早尊酒喚回和氣在看從來兄弟依然好把前事付一笑

水調歌頭 題李季允侍郎鄂州吞雲樓

輪奐半天上勝概壓南樓籌邊獨坐豈欲登覽怯雙眸浪說胸吞雲夢直把氣吞殘虜西北望神州百載好機會人事恨悠悠 騎黃鶴賦鸚鵡漫風流岳王祠畔楊柳煙鎖古今愁整頓乾坤手段指授英雄方略雅志若爲酬杯酒不在手雙鬢恐驚秋

滿庭芳 楚州上巳萬柳池應監丞飲客

三月春光羣賢勝餞山陰何似山陽鵝池墨妙曲水記流觴自許風流丘壑何人共擊楫長江新亭上山河有異舉目恨堂堂 使君經世志十年邊上兩鬢

風霜問池邊楊柳因甚淒涼萬樹重新種了株株在
桃李花傍仍須待𦡱栽蘭芷爲國洗河湟
又元夕上郡武王守子文
草木生春樓臺不夜團團月上雲霄太平官府民物
共逍遙指點江梅一笑幾番負雨秀風嬌今年好花
邊把酒歌舞醉元宵　風流賢太守青雲志氣玉樹
丰標是神仙班裏舊日王喬出奉板輿行樂金蓮照
十里笙簫收燈後看看丹詔催入聖明朝

石屏詞

式之以詩鳴東南半天下所稱南渡後江湖四靈之一也石屏其所居山名因以爲號性好遊南適甌閩北窺吴越上會稽絶重江浮彭蠡泝洞庭望匡廬五老九嶷諸峯然後放於淮泗歸老委羽之下讀其自述沁園春一闋自嘲望江南三闋可想見其大槪矣一時樓四明吴荊溪輩盛稱其痛念先人固窮繼志以爲天台詩品莫出其右者楊用脩乃以江西烈女一事疵其爲人不幾以小節掩大德耶至如胸中無千百字書云云是石屏自恨少孤失學之語指爲方虛谷短之抑謬矣樓大防陶南村所紀二則聊附於左以俟賞識君子古虞毛晉識

樓鑰云云黄巖戴君敏才獨能以詩自適號東皋子不肯作舉子業終窮而不悔且死一子方襁褓中語親友曰吾之病革矣而子甚幼詩遂無傳乎爲之太息語不及他與世異好乃如此子既長名曰復古字式之或告以遺言收拾殘編僅存一二深切痛之遂篤意古律雪巢林監廟景思竹隱徐直院淵子皆丹邱名士俱從之游講明句法又登三山陸放翁之門而詩益進一日攜大編訪予且言吾以此傳父業然亦以此而窮求一語以書其志余答之曰夫詩能窮人

或謂惟窮然後工笠澤之論李長吉玉谿生甚悲也
子惟能固窮則詩愈昌矣余之言固何足爲軒輊邪
嘗聞戴安道善琴二子勃顒並受琴於父父殁所傳
之聲不忍復奏乃各造新弄廣陵止息之流皆與世
異其孝固可稱然似稍過果爾則琴亦當廢矣式之
豈其苗裔耶而能以詩承先志殆異於此東皋子其
不死矣
陶宗儀云戴石屏先生復古未遇時流寓江右武寧
有富家翁愛其才以女妻之居二三年忽欲作歸計
妻問其故告以曾娶妻白之父父怒妻宛曲解釋盡
以匳具贈夫仍餞以詞云惜多才憐薄命無計可留
汝揉碎花牋忍寫斷腸句道旁楊柳依依千絲萬縷
抵不住一分愁緒捉月盟言不是夢中語後回君若
重來不相忘處把杯酒澆奴墳土夫既別遂赴水死
可謂賢烈也已

海野詞

目錄

水龍吟一調　念奴嬌四調
瑞鶴仙一調　傾杯樂一調
木蘭花幔一調　水調歌頭三調
醉蓬萊一調　滿庭芳一調
燕山亭二調　沁園春一調
喜遷鶯一調　金人捧露盤一調
傳言玉女一調　好事近三調
柳梢青三調　春光好三調
減字木蘭花一調　點絳脣二調
浣溪沙四調　釵頭鳳一調
訴衷情四調　轉調踏莎行一調
眼兒媚二調　蝶戀花二調
隔浦蓮一調　浪淘沙一調
驀山溪二調　感皇恩一調
阮郎歸一調　鷓鴣天四調
定風波四調　南鄉子一調
憶秦娥五調　鵲橋仙一調
清平樂一調　長相思一調

虞美人一調　採桑子一調
朝中措八調　南柯子四調
玉樓春一調　江神子一調
踏莎行一調　生查子一調
青玉案一調　菩薩蠻二調
西江月三調　繡帶兒一調
卜算子一調　柳梢青三調
醉落魄一調　鵲橋仙一調
清平樂一調　訴衷情一調
浣溪沙一調　壺中天慢一調

海野詞目錄

海野詞

宋 曾覿

水龍吟

楚天千里無雲露華洗出秋容淨銀蟾臺榭玉壺天地參差桂影鴛瓦寒生畫簷光射碧梧金井聽韶華半夜江梅三弄風嫋嫋良宵永　攜手西園宴罷下瑤臺醉魂初醒吹簫仙子驂鸞歸路一襟清興鳷鵲樓高建章門迥星河耿耿看滄江潮上丹楓葉落浸闌山冷

念奴嬌

霽天湛碧正新涼風露冰壺清徹河漢無聲□□□湧出銀蟾孤絕巖桂香飄井梧影轉冷浸宮袍潔西廂往事一簾幽夢淒切　腸斷楚峽雲歸尊前無緒只有愁如髮此夕姮娥應也恨冷落瓊樓金闕禁漏迢迢邊鴻杳杳密意憑誰說闌干星漢落梅三弄初闋

又席上賦林檎花

羣花漸老向曉來微雨芳心初拆拂掠嬌紅香旖旎渾欲不勝春色淡月梨花新晴繁杏裝點成標格風光都在半閑深院人寂　剛要買斷東風裊欒枝低

映舞茵歌席記得當時曾共賞玉人纖手輕摘醉裏
妖嬈醒時風韻比並堪端的誰知憔悴對花空任恁思
憶

又 賞芍藥

人生行樂算一春歡賞都來幾日綠暗紅稀春已去
嬴得星星頭白醉裏狂歌花前起舞拚罰金杯百淋
漓宮錦忍辜妖豔姿色 須信殿得韶光秖愁花謝
又作經年別嫩紫嬌紅還解語應爲主人留客月落
烏啼酒闌燭暗離緒傷吳越竹西歌吹不堪老去重
憶

又余年十八寓符離臨行作此詞

媚容素態比羣花嬴了風流顏色昵枕低幃銷受得
□□輕憐深惜怎望如今瓶沈簪折驀地成疎隔□
□夕雨甚時重見蹤跡 門外暫泊蘭舟一行霜樹
□一重山碧淚眼相看爭忍望天際孤村寒驛汴水
無情催人東去去也添愁寂鱗鴻方便爲人傳箇消
息

瑞鶴仙

陡寒生翠幕凍雲垂繽紛飛雪初落縈風度池閣嫋
餘妍時趁舞腰纖弱江天漠漠認殘梅吹散畫角正

貂裘乍怯黃昏院宇入簷飄泊　依約銀河迢遞種玉羣仙共驂鸞鶴東君未覺先春綻萬花蕚向尊前已喜豐年呈瑞人間何事最樂擁笙歌繡閣低帷縱歡細酌

傾杯樂仙呂○席上賞雪

錦帳寒添畫簷雀噪凍雲布野望空際瑤峯微吐瓊花初綻江山如畫裁冰翦水裝鴛瓦杳旗亭路依稀管絃臺樹倚小樓佳興一行珠簾不下　隨縷板歌聲閒暇傍翠袖雲鬟憐豔冶似佯醉不耐嬌羞濃歡旋學風雅向暝色雙鸞舞罷紅獸暖春生金斝但殢飲香霧捲壺天不夜

木蘭花慢長樂臺晚望偶成

正枝頭荔子晚紅皺裊薰風對碧瓦迷雲青山似浪返照浮空高臺稱吟眺處繁華清勝兩兩無窮簾捲榕陰暮合萬家香靄溟濛　年光冉冉逐飛鴻嘆雨跡雲蹤漸暑退蘭房涼生象簟知與誰同臨鸞晚妝初罷怨清宵好夢不相逢看即天涯秋也恨隨一葉梧桐

水調歌頭書懷

溪山多勝事詩酒辦清游主人爲我增葺臺樹足凝

眸髮鬢玉壺天地隱見瀛洲風月千首傲王侯誰與共登眺公子氣橫秋　記當年曾共醉庾公樓一杯此際重話前事逐東流多謝兼金清唱更擬重陽佳節挼菊任扶頭但願身長健浮世拚悠悠

又

圖畫上麟閣莫使鬢先秋壯年豪氣無奈黯黯陣雲浮常記青油幕下一矢聊城飛去談笑靜邊頭勳業出無意非爲快恩讎　卷龍韜隨鳳詔與時謀朱旛皂蓋南下聊試海山州邂逅故人相見俯仰浮生今古蠛蠓共王侯萬事偶然耳風月恣嬉遊

又和南劍薛倅

長樂富山水杖屨足追遊故人千里西望雙劍黯迴眸多謝扁舟乘興慰我天涯羈思何必羨封侯暮雨疎簾捲爽氣颯如秋　送征鴻浮大白倚危樓參橫月落耿耿河漢近人流堪嘆人生離合後日征鞍西去別語却從頭老矣江邊路清興漫悠悠

醉蓬萊侍宴德壽宮應制賦假山

向逍遙物外造化工夫做成幽致杳靄壺天映滿空蒼翠聳秀峯巒媚春花木對玉階金砌方丈瀛洲非煙非霧恍移平地　況值良辰宴遊時候日永風和

一珍倣宋版印

暮春天氣金母龜臺傍碧桃陰裏地久天長父堯子舜燦綺羅佳會一部仙韶九重鸞仗年年同醉

滿庭芳 賞牡丹

冶態輕盈香風搖蕩畫闌淑景初長彩霞深處明豔奪昭陽試問沈香舊事應勸我莫負韶光多情是低徊顧影雲幕淡微涼 人間春更好一枝斜插猶記疎狂到如今潘鬢暗點吳霜樂事直須年少何妨拚一醉千觴醺醺醉壺天向晚春思正悠揚

燕山亭 中秋諸王席上作

河漢風清庭戶夜涼皓月澄秋時候冰鑑乍開跨海飛來光掩滿天星斗四捲珠簾漸移影寶階鴛甃還又看歲歲嬋娟向人依舊 朱邸高宴簪纓正歌吹瑤臺舞翻宮袖銀管競酬棣萼相輝風流古來誰有玉笛橫空更聽徹霓裳三奏難偶拚醉倒參橫曉漏

又 楊廉訪生日

玉立明光才業冠倫漢曆方承休運江左奏功塞壘宣威紫綬幾垂金印歲晚歸來望丹極新清氛祲忠憤著撓節朋儔便成嘉遯 千載雲海茫茫記舉目新亭壯懷難盡蝴蝶夢驚化鶴飛還遼榮華等閑一瞬七十尊前算疇昔都無可恨休問長占取朱顏綠鬢

沁園春 初冬夜坐聞淮上捷音次韻

更漏迢迢乍寒天氣畫燭對牀正井梧飄砌邊鴻度月故人何處水遠山長老去功名年來情緒寬盡寒衣銷舊香除非是仗蠻牋象管時伴吟窗　詞章莫話行藏且喜見捷書來帝鄉看銳師雲合妖氛電掃隋隄宮柳依舊成行夢繞他年青門紫陌對酒花前歌正當空成恨奈潘郎兩鬢新點吳霜

喜遷鶯 福唐平蕩海寇宴犒將士席上作

七閩形勝鎮南紀會府山川交映簫鼓喧天綺羅盈市不負四時風景共喜太平無事豈料潢池不逞殄羣醜看一鼓雷奔滄溟波靜　指縱詩書帥曾到鳳池密勿陪幾政暫淹籌幃催分戰艦總出智謀先定想見捷書初上盡道臣賢主聖正圖舊聽重宣丹詔歸調金鼎

金人捧露盤 庚寅歲春奉使過京師感懷作

記神京繁華地舊遊蹤正御溝春水溶溶平康巷陌繡鞍金勒躍青驄解衣沽酒醉絃管柳綠花紅　到如今餘霜鬢嗟前事夢魂中但寒煙滿目飛蓬雕闌玉砌空餘三十六離宮塞笳驚起暮天雁寂寞東風

傳言玉女

鳳闕龍樓，清夜月華初照萬點星毬護花梢寒峭華胥夢裏老去歡情終少花愁醉悶總消除了　紫陌嬉遊不似少年懷抱珠簾十里聽笙簫聲杳幽期密約暗想淺顰輕笑良時莫負玉山頻倒

好事近　仰賡聖製

搖颺杏花風遲日淡陰雙闕絲管緩隨檀板看舞腰迴雪　龍舟閑艤畫橋邊須趁好花折頻勸御杯宜滿正清歌初闋

又　嚴陵柳守席上

一夢別長安山路雨斜風細行到子陵灘畔謝主人深意　多情低唱下梁塵拚十分沈醉去也爲伊消瘦悄不禁思憶

又

霽雪好風光恰是相逢時節酒量不禁頻勸便醉倒人側　嚴城更漏夜厭厭應有斷腸客莫問落梅三弄喜一枝曾折

柳梢青　侍宴禁中賀張知閤應制作

梅粉輕勻和風布暖芳徑無塵鳳閣淩虛龍池澄碧芳意鱗鱗　清時酒聖花神對內苑風光又新一部仙韶九重鸞仗天上長春

又臨安春會泛舟湖中胡帥索詞因賦

花柳爭春湖山競秀恰近清明綺席從容蘭舟搖曳穩泛波平　君恩許宴簪纓密座促仍多故情一部清音兩行紅粉醉入嚴城

又山林堂席上以主人之意解嘲

品雅風流端端正正堪人憐惜因甚新來眉兒不展愁情如織　倡條冶葉無情猶爲他千思萬憶據恁當初真心實意如何虧得

春光好侍宴苑中賞杏花

胭脂臙粉光輕正新晴枝上鬧紅無處著近清明　仙娥進酒多情向花下相鬧盈盈不惜十分傾玉斝惜凋零

又感舊

心下事不思量自難忘花底夢迴春漠漠恨偏長　閑日多少韶光雕闌靜芳草池塘風急落紅留不住又斜陽

又

槐陰密蕉發寒荔枝丹珍重主人憐客意薦雕盤　多情翠袖凭闌晚妝罷誰與共歡簾捲玉鉤風細細斂眉山

減字木蘭花 席上賞宴賜牡丹之作

一聲杜宇滿地落紅愁不語國色春嬌不逐風前柳絮飄　珠簾休捲愛惜龍香藏粉豔勝友俱來同醉君恩倒玉杯

點絳脣 慶卽席上

璧月香風萬家簾幕煙如晝鬧蛾雪柳人似梅花瘦行樂清時莫惜笙歌奏更闌後滿斟金斗且醉厭厭酒

又

細雨斜風上元燈火還空過下簾孤坐老去知因果風月詞情冷落教誰和今志我靜中看破萬事空花墮

浣溪沙 奉詔次韻張池州賞杏聽琵琶

豔杏紅芳透粉肌沈香亭宴太真妃新晴庭館燕來遲　試抹幺絃妝半掩滿斟綠醑袖交飛九重天上捧金卮

又 鄭相席上贈舞者

元是昭陽宮裏人驚鴻宛轉掌中身只疑飛過洞庭雲　按徹涼州蓮步緊好花風裊一枝新畫堂香暖不勝春

又

綺陌尋芳惜少年長楸走馬著金鞭玉樓春醉杏花前　憔悴如今誰作伴別離還近養花天碧雲凝處憶嬋娟

又

一扇薰風入座涼輕雲微雨弄晴光綠團梅子未成黃　漸近日長愁悶處更堪羇旅送歸艎亂山重疊水茫茫

釵頭鳳向誤作清商怨

華燈鬧銀蟬照萬家羅幕香風透金尊側花顏色醉裏人人向人情極惜惜惜　春寒峭腰肢小鬢雲斜嚲蛾兒裊清宵寂香閨隔好夢難尋雨蹤雲跡憶憶憶

訴衷情夜直殿廬晚雪因作○花庵作宮怨

建章宮殿晚生寒飛雪點朱闌舞腰緩隨檀板輕絮殢春閑　愁思亂酒腸慳漏將殘玉人今夜滴粉搓酥應斂眉山

又趙德夫還延平因語舊遊作此以贈之

半鉤珠箔小揚州春色在重樓曾醉玳筵歌舞楚夢苦難留　情脈脈恨悠悠幾時休大都人世會少離

多總是閑愁

又

晩妝初試蕊珠宮隨步異香濃檀槽緩垂鸞帶纖指撚春蔥　鶯語巧上林中正嬌慵暫教花下簾影微開多謝東風

又 史丞相宴曲水席上作

蘭亭曲水擅風流移宴向清秋黃花未應憔悴盞面尚堪浮　圍豔質發歌喉細相酬明年此會主人還是在鳳池頭

轉調踏莎行

翠幄成陰誰家簾幕綺羅香擁處觥籌錯清和將近春寒更薄高歌看簌簌梁塵落　好景良辰人生行樂金杯無奈是苦相虐殘紅飛盡裊垂楊輕弱來歲斷不負鶯花約

眼兒媚 閨思

花近清明晩風寒錦幄鬭香殘醺醺醉裏匆匆相見重聽哀彈　春情入指鶯聲碎危柱不勝絃十分得意一場輕夢淡月闌干

又

重勸離觴淚相看寂寞上征鞍臨行欲話風流心事

萬緒千端　春光漫漫人千里歸夢繞長安不堪向晚孤城吹角回首關山

蝶戀花　惜春

翠箔垂雲香噴霧年少疎狂載酒尋芳路多少惜花春意緒勸人金盞歌金縷　桃杏飄零風景暮只有閑愁不逐流年去舊事而今誰共語畫樓空指行雲處

又　三月上巳應制

御柳風柔春正暖紫殿朱樓赫奕祥光遠十二玉龍迎鳳輦香騰錦繡聞絃管　扇卻雙鸞開寶宴綠繞紅圍宣勸金巵滿萬歲千秋流寵眷此身欲備昭陽燕

隔浦蓮　詠白蓮

涼秋湖上過雨作意回商素暗綠翻輕蓋蕭然姑射儔侶妝臉宜淡佇紅衣妬步襪淩波去　異香度天教占斷風汀月浦煙渚纖塵不到夢繞玉壺清處多少芳心待怨訴無語飛來一片鷗鷺

浪淘沙　觀潮作

一線海門來雪噴雲開崑山移玉下瑤臺捲地西風吹不斷直到蓬萊　鞨鼓噪春雷鼉舞蛟回歌樓鼓

吹夕陽催今古清愁流不盡都一尊罍

驀山溪坤寧殿得旨次韻賦照水梅花

催花小雨輕把香塵洒簾捲水亭風梅影轉夕陽初下靚妝窺鑑鴛甃湛清漪浮暗麝翦芳瓊消得連城價　玉樓十二寒怯銖衣掛曾是綠華仙眷餘情新詞如畫花隨人聖須信世無雙騰鳳吹駐鑾轝堪與瑤池亞

又暮秋賞梨花

凋紅減翠正是清秋杪深院嫋香風看梨花一枝開早瓏璁映面依約認嬌顰天淡淡月溶溶春意知多少　清明池館芳信年年好更向五侯家把江梅風光占了休教寂寞辜負向人心檀板響寶杯傾潘鬢從他老

感皇恩重到臨安

依舊惜春心花枝常好只恐尊前被花笑少年青鬢耐得幾番重到舊歡重記省如天杳　綺陌青門斜陽芳草今古銷沈送人老帝城春事又是等閑來了亂紅隨過雨鶯聲悄

阮郎歸上苑初夏侍宴池上雙飛新燕掠水而去得旨賦之

柳陰庭館占風光呢喃清晝長碧波新漲小池塘雙
雙鵁水忙　萍散漫絮飄颺輕盈體態狂爲憐流去
落紅香銜將歸畫梁

鷓鴣天選德殿賞燈先宴梅堂侍兩宫沾醉口
占

龍馭親迎玉輦來江梅枝上雪培堆東風上苑春光
到更放金蓮匝地開　騰鳳吹進瑤杯兩宫交勸正
歡諧父慈子孝從今數準擬開筵一萬迴

又奉和伯可郎中席上見贈

桃李飄零春已深可憐輕負惜花心尊前賴有紅千
疊窗外休驚綠滿林　燈灼灼醉沈沈笙歌叢裏酒
頻斟留歡且莫匆匆去悵望春歸何處尋

又了堂淨惠師示予寒食感懷二闋因次其韻

每上春泥向曉乾花間幽鳥舞姍姍年華不管人將
老門外東風依舊寒　投簪易息機難鹿門歸路不
曾闕羨君早覺無生法識破南柯一夢閑

又

故鄉寒食醉酡顏鞦韆綵索眩爛斑如今頭上灰三
斗羸得疎慵到處閑　鍾已動漏將殘浮生猶恨別
離難鑊湯轉作清涼地只在人心那樣看

定風波 應制聽琵琶作

捍撥金泥雅製新紫檀槽映小腰身婭姹雛鶯相對語欣覩上林花底暖生春　颯颯胡沙飛指下休訝一般奇絕稱精神向道曲終多少意須記昭陽殿裏舊承恩

又 賞牡丹席上走筆

上苑穠芳初雨晴香風嫋嫋泛軒楹猶記洛陽開小宴嬌面粉光依約認傾城　流落江南重此會相對金蕉蘸甲十分傾怕見人間春更好向道如今老去尚多情

又 題續宅江樓

極目秋光夕照開潮頭初自海門來杳杳江天橫一線如練疾驅千騎鼓聲催　傑檻翠飛爭徙倚□□一行新雁去仍迴翠袖半空歌笑迥低映十分沈醉勸金杯

又

天語丁寧對未央少攄素志向荊襄烜赫家聲今不墜英偉風姿颯爽紫髯郎　別酒一杯君莫阻□□燭前粉黛儼成行領略大隄花好處無緒也應回首水雲鄉

南鄉子 文叔開尊席上作〇花庵作别意

霜月晚雲收蕭瑟西風滿院秋雅會難期嗟易散遲
留把酒聽歌且勸酬 萬事捹悠悠只有情親意未
休後夜扁舟煙浪裏回頭葉葉丹楓總是愁

憶秦娥

晴空碧吳山染就丹青色丹青色西風搖落可堪淒
惻 世情冷暖君應識鬢邊各自侵尋白侵尋白江
南江北幾時歸得

又

西風節碧雲捲盡秋宵月秋宵月關河千里照人離
別 尊前俱是天涯客那堪三載遙相憶遙相憶年
光依舊漸成華髮

又 賞雪席上

暮雲蹙小亭帶雪斟醽醁斟醽醁一聲羌管落梅蔌
蔌 舞衣旋趁霓裳曲倚闌相對人如玉人如玉錦
屏羅幌看成不足

又

正飛雪園林一樣梨花白梨花白畫堂簾捲暖生春
色 鞦韆轉軸聲幽咽新來多病嬌無力嬌無力淺
紅轉黛自然標格

又　邯鄲道上望叢臺有感

風蕭瑟邯鄲古道傷行客傷行客繁華一瞬不堪思憶　叢臺歌舞無消息金尊玉管空陳跡空陳跡連天草樹暮雲凝碧

鵲橋仙　同舍郎載酒見過醉後作

菊花小摘西風斜照簾影輕籠暝色玉尊側倒莫辭空滿座賓朋□弁側　鄉邦萬里北來年少幾箇如今在得扶頭一任且留連歎人世光陰半百

清平樂

松姿不老獨立蓬萊杪風捲流蘇香霧曉又是江梅開了　丹青早畫麒麟貂蟬自屬王門聞道碧桃花綻一枝枝祝千春

長相思

清夜長泛玉觴照座江梅花正芳風傳細細香　圍豔妝留醉鄉一曲清歌聲繞梁尊前人斷腸

虞美人　中秋前兩夜作

芙蓉池畔都開徧又是西風晚霽天碧淨暝雲收漸看一輪冰魄冷懸秋　閩山層疊迷歸路把酒寬愁緒舊歡新恨幾淒涼暗想瀛洲何處夢悠揚

採桑子　清明

清明池館晴還雨綠漲溶溶花裏遊蜂宿粉棲香錦繡中　玉簫聲斷人何處依舊春風萬點愁紅亂逐煙波總向東

朝中措　趙知閤生日

畫堂簾捲獸香濃花上雪玲瓏平地十洲三島蟠桃已試春紅　清朝舊德仙姿難老主眷方隆爛醉笙歌叢裏年年先占春風

又　山父賞牡丹酒半作

畫堂闌檻占韶光端不負年芳依倚東風向曉數行濃淡仙妝　停杯醉折多情多恨冶豔真香只恐去為雲雨夢魂時惱襄王

又

金沙架上日璁瓏濃綠襯輕紅花下兩行紅袖直疑春在壺中　如今尚覺惜花愛酒依舊情濃無限少年心緒從教醉倒東風

又

休論社燕與秋鴻時節太匆匆海上一番微雨朱門濃綠陰中　主人情厚金杯滿泛且共從容莫問鶯花俱老今朝猶是春風

又

西湖南北舊遊空誰料一尊同回首四年間事渾如飛絮濛濛　林花謝了明年春到依舊芳容惟有朱顏綠鬢暗隨流水常東

又席上贈南劍翟守

雙溪樓上凭闌時瀲灩泛金卮醉倒鬧花深處歌聲遏住雲飛　風流太守鸞臺家世玉鑑丰姿行奉紫泥褒詔要看擊浪天池

又維揚感懷

雕車南陌碾香塵一夢尚如新回首舊遊何在柳煙花霧迷春　如今霜鬢愁停短棹懶傍清尊二十四橋風月尋思只有消魂

又同前代御帶作

功名雖未壓英游一種舊風流人世百年須到如今七十春秋　當時帷幄貂璫貴重譽藹朋儔贏得尊前沈醉浮華付去悠悠

南柯子元夜書事

璧月窺紅粉金蓮映綵山東風絲管滿長安移下十洲三島在人閒　兩兩人初散厭厭夜向闌倦妝殘醉怯輕寒手撚玉梅無緒倚闌干

又次韻南劍趙倅

粉黛娉婷豔芝蘭笑語香延平春色鬬芬芳不管清宵更漏聽霓裳　燭暗人方醉杯傳意更長可堪羇客九迴腸蕭瑟一簷風雨過橫塘

又　將出行陸丈知府置酒出姬侍酒半索詞

綠蔭侵簷淨紅榴照眼明主人開宴出傾城正是雨餘天氣暑風清　別酒殷勤意危絃要妙聲年年相見豈無情後日暮雲回首奈乘行

又　浩然與予同生己丑歲月日時皆同秋日見席上出新詞且命小姬歌以侑觴次韻奉酬

共稟陰陽數誰知造化工安閑百計總輸公掩映芙蓉花徑郡城東　風月三秋與尊罍一笑同新詞佳麗見情通更喚雪兒低唱慰衰容

玉樓春　雪中無酒清坐寒冷承觀使太尉與賓客酬唱謹和

江天暝色傷心目凍鵲爭投林下竹四垂雲幕一襟寒片片飛花輕鏤玉　美人試按新翻曲點破舞裙春草綠融尊側倒也思量清坐有人寒起粟

江神子　贈章遂道

故人情分轉綢繆小窗幽話離愁海闊天遙鴻雁雨悠悠今日相逢誰較健應怪我鬢先秋　功名漸米

在刀頭壯心休弊貂裘何事留歡不竟漾扁舟桃李春風將近也如後會醉青樓

踏莎行　和材甫聽彈琵琶作

鳳翼雙雙金泥細細四絃斜抱攏纖指紫檀香暖轉春雷嘈嘈切切聲相繼　弱柳腰枝輕雲情思曲中多少風流事紅牙拍碎少年心可憐辜負尊前意

生查子

溫柔鄉內人翠微閣中女顏笑洛陽花肌瑩荆山玉　東君深有情解與花爲主移傍楚峯居容易爲雲雨

青玉案

蒲葵佳節初經雨正闌檻薰風度滿泛香蒲斟醁醑故人情厚豔歌嬌舞總是留賓處　榴花照眼江天暮醉裏春情蕩輕絮豈止捲簾通一顧今宵酒醒一襟風露夢指高唐去

又

乘鸞影裏冰輪度秋空淨南樓暮娟娟天風吹玉兎今宵只在舊時圓處往事難重數　天涯幾見新霜露怎得朱顏舊如故對酒臨風慵作賦藍橋煙浪故人千里夢也無由做

菩薩蠻 次韻龍深甫春日即事

杏花寒食佳期近一簾煙雨琴書潤砌下水潺潺玉笙吹暮寒 陽臺雲易散往事尋思嬾花底醉相扶當時人在無

又

雲煙漠漠秋容老茅簷映水人家好林葉未凋疏遠山橫有無 平生耕釣事若箇安身是勸君早歸來碧香新甕開

西江月 元夕醉中走筆

煥爛蓮燈高下參差梅影橫斜凭闌一目盡天涯雪月交輝清夜 莫惜柔荑勸酒從教醉臉紅霞爛銀宮闕對仙家一段風光如畫

又

桂苑旋生涼思銀河左界秋高纖塵不動湛清霄皓月照人偏好 詩爲情多却減酒因愁裏難銷一聲羌管夢魂勞可惜風光虛老

又

醉伴三千珠履如登十二瓊樓壺天澄爽露華秋灩灩金波釃酒 羅扇不隨恩在佳時須要人酬麒麟閣畫爲誰留只見浮生白首

繡帶兒客路見梅

瀟灑隴頭春取次一枝新還是東風來也猶作未歸人　微月淡煙村漫佇立惆悵黃昏暮寒香細疎英幾點儘奈銷魂

卜算子湖州塼牆吳氏女失身于士山張氏作妾

數盡萬般花不比梅花韻雪壓風欺恁地寒刻地清香噴　半醉折歸來插向烏雲鬢不是愁人悶帶花花帶愁人悶

柳梢青詠海棠

雨過風微温泉浴倦妃子妝遲翠袖牽雲朱唇得酒臉暈臙脂　年年海燕新歸怎奈向黃昏恁時倚徧瓊干燒殘銀燭花又爭知

又春祺錫宴

[ ]杏堂前清深窗外宛似蓬瀛珠翠分行笙歌爭奏音韻清新　玉皇金母情親勸酥醑更酬嗣君地久天長花朝月夕天上長春

又

小宴清秋霎時見了雨散雲收柳絮輕柔梅花閑澹宮院風流　空教夢繞青樓待說箇相思又休無奈

情何不來眼底常在心頭

醉落魄

情深恨切憶伊詣没此些休歇百般做處百厮愜管是前生曾負你冤業　臨歧不忍匆匆別兩行珠淚流紅頰關山漸遠音書絶一个心腸兩處對風月

鵲橋仙

嬌波媚靨尊前席上只是尋常梳裹温柔伶俐總天然没半搯教人看破　從來可恁凝迷著相百計消除不過煙花不是不曾經放不下唯他一箇

清平樂

豔苞初拆偏借東君力上苑梨花風露溼新染胭脂顏色　玉人小立簾櫳輕匀媚臉妝紅斜插一枝雲鬢看誰剩□春風

訴衷情

閑窗靜院漏聲長金鴨冷殘香幾番夢回枕上飛絮恨悠揚　身在此意伊行瞰思量不言不語幾許閑情月上回廊

浣溪沙 櫻桃

穀雨郊園喜弄晴滿林璀璨綴繁星筠籃新採絳珠傾　樊素扇邊歌未發葛洪爐內藥初成金盤乳酪

齒流冰

壺中天慢此進御月詞也上皇大喜曰從來月詞不曾用金甌事可謂新奇賜金束帶紫番羅水晶盌上亦賜寶盞至一更五點還宮是夜西興亦聞天樂焉

素飈漾碧看天衢穩送一輪明月翠水瀛壺人不到比似世間秋別玉手瑤笙一時同色小按霓裳疊天津橋上有人偷記新闋　當日誰幻銀橋阿瞞兒戲一笑成癡絕肯信羣仙高宴處移下水晶宮闕雲海塵清山河影滿桂冷吹香雪何勞玉斧金甌千古無缺

海野詞

純甫與龍大淵同爲建王內知客孝宗以二人皆潛邸舊人觴詠唱酬字而不名怙寵恃勢純甫尤甚故陳俊卿虞允文輩交章逐之然文采頗有可觀如過京師望叢臺諸作語多感慨令人有麥秀黍離之悲與張掄不時賦詞進御賞賚甚渥至進月詞一夕西興共聞天樂豈天神亦不以人廢言耶湖南毛晉識

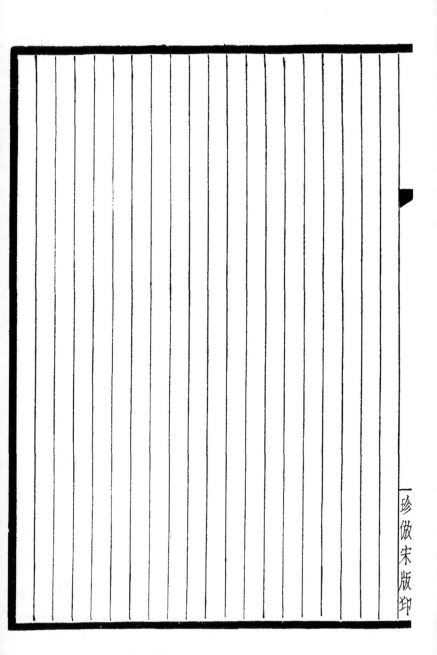

逃禪詞

目錄

水龍吟六調　念奴嬌一調
隔浦蓮一調　一斛珠一調
陽春一調　白雪一調
垂絲釣二調　解蹀躞一調
醉落魄一調　青玉案四調
望江南四調　選冠子一調
滿庭芳一調　二郎神一調
水調歌頭四調　傳言玉女二調
於中好三調　瑞雲濃一調
一叢花一調　好事近一調
殢人嬌二調　蝶戀花四調
鋸解令一調　憶秦娥一調
傾杯樂一調　望海潮一調
齊天樂二調　驀山溪四調
醉蓬萊三調　朝中措二調
點絳脣四調　卜算子三調
滴滴金二調　上林春令一調
瑞鶴仙四調　雨中花慢三調

鵲橋仙一調　洞仙歌一調
多麗一調　卓牌子慢一調
倒垂柳一調　惜黃花慢一調
醉花陰五調　解蹀躞一調
瑣寒窗一調　玉樓春二調
清平樂二調　漁家傲四調
雙雁兒二調　迎春樂一調
永遇樂三調　玉燭新三調
御街行一調　柳梢青十七調
解連環一調　踏莎行一調
探春令四調　人月圓二調
眼兒媚一調　倒垂柳一調
南歌子六調　西江月二調
生查子三調　甘草子一調
鷓鴣天四調　天下樂一調
玉抱肚一調　雨中花令三調
明月棹孤舟五調　兩同心四調
相見歡一調　朝天子一調
步蟾宮二調　長相思一調
曲江秋三調　點絳脣一調

逃禪詞目錄

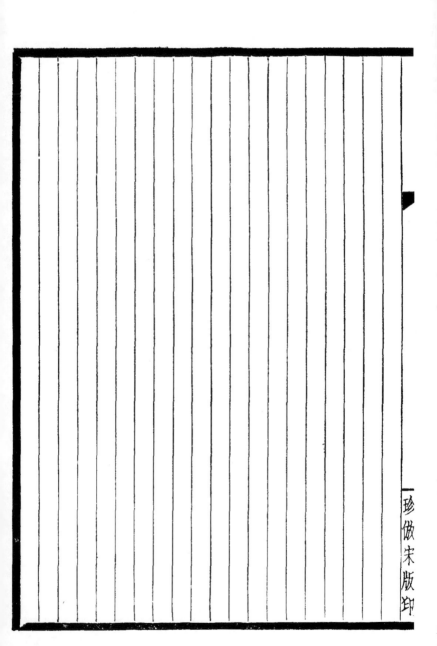

宋 楊旡咎

水龍吟

當年誰種官梅自開自落清無地一朝驚見危亭岑立繁華叢裏知是賢侯有難兄弟素書時寄縱舞攜如意吟搔短髮無從訴心中喜　却對疎枝冷蕊似於人不勝風味冰姿斜映朱脣淺破欣然會意青子垂垂翠陰密密尤堪頻憩待促歸禁近邦人指點作甘棠比

又　武寧瑞蓮

曉來雨歇風生素商乍入鴛鴦浦紅蕖翠蓋不知西帝神遊何處羅綺叢中是誰相慕憑肩私語似漢皐珮解桃源人去成思憶空凝竚　肯爲風流令尹把芳心雙雙分付碧紗對引朱衣前導應須此去好揖清香盛邀佳客杯行無數喚瑤姬並立如花並蒂唱黃金縷

又　趙祖文畫西湖圖名曰總相宜

西湖天下應如是誰喚作真西子雲凝山秀日增波媚宜晴宜雨況是深秋更當遙夜月華如水記詞人解道丹青妙手應難寫真奇語　往事輸他范蠡泛

扁舟仍攜佳麗毫端幻出淡妝濃抹可人風味和靖
幽居老坡遺跡也應堪記更憑君畫我追隨二老遊
千家寺

又雪

小軒蕭洒清宵午風正緊門深閉藜牀危坐竹窗頻
聽春蟲撲紙燈燼垂紅篆煙消碧衣輕如水料飛花
未止堆簷已滿時摧折瑯玕尾　骨冷魂清無寐這
身在廣寒宮裏暗懷千古渾疑一夜冰生腸胃歲事
崢嶸故園睽阻歸期猶未向寒鄉不念豐年只憶青
天萬里

又

夜來六出飛花又催寂寞袁門閉幽齋無寐寒欺衾
布明吞窗紙起步閑庭月華交映長空如水便乘風
欲去凌雲直上青冥際騎箕尾　誰信團成和氣在
賢侯笑談聲裏咸驚句琢瓊瑰端是錦纏腸胃宿麥
連雲遺蝗入地田家知未更明年看取東阡北陌黃
雲萬里

又木犀

智瓊嬌額塗黃爲誰種作秋風蕊寒香半露綠帷深
護猶聞十里山麝生臍水沈削蠟一時羞避向錢塘

江上中秋月下有人暗尋遺子　不奈書生習氣對羣花領略風味騷人已去欲紉幽佩重爲湘酬天賦風流友梅兄蕙輿桃奴李向明窗棐几纖枝未老眼明如水

念奴嬌

單于吹罷望西山乞得斜陽收腳素魄旋升聽桂子風裏時時飄落瑩徹杯盤冷侵毛髮渾不勝衣著天公有意爲人掀盡雲幕　童稚猶也多情廣庭掃淨草不容纖惡步繞周遭疑便是踏雪當年東郭慢引歌聲響穿雲際直使姮娥覺一尊重酬爲言千載同約

掃花遊

乳鶯囀午好夢正初醒小軒清楚水沈細縷趁遊絲落絮緩隨風舞冪冪起春心又是愁雲怨雨玉人去徧徙倚舊時曾並肩處　相望知幾許縱遠隔雲山不遮愁路捧杯薦俎記低歌麗曲共論心素薄恨斜陽不道離情最苦正凝竚向譙樓又催笳鼓

隔浦蓮

牆頭低蔭翠幄格磔鳴烏鵲好夢驚回處餘酲推枕猶覺新晴人意樂雲容薄麗日明池閣捲簾幕　披

衣散策閒庭吟繞紅藥殘英幾許尚可一供春酌天氣今宵怕又惡憑托東風且慢吹落

一斛珠

水寒江靜浸一抹青山倒影樓外指點漁村近笛聲誰噴驚起賓鴻陣　往事總歸眉際恨這相思情味誰問淚痕空把羅襟印淚應啼盡爭奈情無盡

陽春

蕙風輕鶯語巧應喜乍離幽谷飛過北窗前迎晴曉麗日明透翠幃穀篆臺芬馥初睡起橫斜簪玉因甚自覺腰肢瘦新來又寬裙幅　對清鏡無心欣梳裹誰問著餘酲帶宿尋思前懽往事似驚回好夢難續花亭徧倚檻曲厭滿眼爭春凡木儘憔悴過了清明候愁紅慘綠

白雪

蟾收雨腳雲乍斂依舊又滿長空紋蠟熖低熏爐燼冷寒衾擁盡重重隔簾櫳聽撩亂撲漉春蟲曉來見玉樓珠殿恍若在蟾宮　長愛越水泛舟藍關立馬畫圖中悵望幾多詩無句可形容誰與問已經三白或是報年豐未應真个情多老却天公亦作掃除陰翳惟祈紅日生東

垂絲釣

燕將舊侶呢喃終日相語似惜別離情知幾許誰與度爲向人代訴空朝暮 漫千言百句怎生會得爭如作个青羽又聞院宇不在當時住飛去無尋處腸萬縷寄暴風橫雨

又 鄧端友席上贈呂倩倩

玉纖半露香檀低應鼉鼓逸調響穿空雲不度情幾許看兩眉碧聚爲誰訴 聽敲冰戛玉恨雲怨雨聲聲總在愁處放杯未舉傾坐驚相顧應也腸千縷人欲去更畫簷細雨

解蹀躞 呂倩倩吹笛

金谷樓中人在兩點眉顰綠叫雲穿月橫吹楚山竹怨斷憂憶因誰坐中有客猶記在平陽宿 淚盈目百轉千聲相續停杯聽難足漫誇天海風濤舊時曲夜深煙慘雲愁倩君洗醉明日看梅梢玉

醉落魄 龍涎香

雙心小篆瑞爐慢炷煙初著清香已透紅綃幄底事多情玉筍更輕掠 鬢雲側畔蛾眉角妝成曾印鉛華薄幾回殢酒襟懷惡鶯舌偷傳低語教人嚼

青玉案 徐侍郎生辰

芝蘭桃李環圍著擁和氣浮簾幕壽斝交飛爭滿酌一聲珠串數敲牙板應有梁塵落　腰金雖重何曾覺更看懸魚上麟閣不用祖洲尋靈藥平時陰德幾人今日額手稱安樂

又

南州獨數多居士誰富貴歸桑梓晝錦如公誰比似傍湖開徑雨簾雲棟平地居仙子　行須勳業超青史再侍宸幃任非次醉袖儘教春酒漬明年此會壽觴欲舉百拜君王賜

又　次了翁韻

奇葩珍樹叢叢繞望仙隱蓬萊小前枕湖光秋色曉荷花今歲也如人意不逐西風老　霞觴獻壽頻頻倒瑞靄浮空凝不掃定自日邊飛詔早芝庭呈秀桂宮得意更看明年好

又　次賀方回韻

五雲樓閣蓬瀛路空相望無由去弱水渺茫誰可渡君家徐福蕩舟尋訪却是曾知處　羣仙應問來何暮說與榮歸錦封句句裏丁寧天已許要教強健召還廊廟永作商巖雨

望江南　張節使生辰

鍾陵好嘉節慶元正瑞色潛將春共到台星遙映月
初升賢帥爲時生 人意樂天宇亦清明淡薄梅腮
嬌倚暖依微柳眼喜窺晴和氣滿江城

又

鍾陵好和氣滿江城憶昨旌麾初正到至今政令只
寬平仍歲兆豐登 稱慶日遐邇一般情共信我公
躋壽考弭來陰德被生靈襦袴聽歡聲

又

鍾陵好襦袴聽歡聲薰入管絃增亮響喚教羅綺亦
光榮引滿勸金觥 誰信是元自悟長生鈴閣纔投
公事筆雲章惟讀道家經家世仰仙卿

又

鍾陵好家世仰仙卿衣帶不須藏貝葉集賢何用化
金瓶且欲佐中興 期早晚丹詔下天庭不許南州
猶從節促歸東府共和羹膏澤徧寰瀛

選冠子 亦名蘇武慢○許倅生辰

海上樓臺壺中日月乍覺孥來平地熙熙雞犬簇簇
僮奴亦自有登天志知是仙官出應亨期因識前修
風味看縱橫才美雍容談笑一團和氣 鍾秀處雪
深霜凝梅清竹瘦占盡小春佳致笙歌韻溢錦繡香

濃飲少未妨歡醉好在雙椿佇看丹桂分折芝庭蘭砌向□□□和羹勳業共傳家世

滿庭芳 彭守生辰

節物爭妍江山改觀已聞春到蕭灘瑞煙和氣蔥蒨接螺川元是使君誕日半千運來踵三賢丞相劉公詩云四百年間出三相爭相競誰知勝地拜相有前山 芳筵開富壽羅綺□□簪組駢闐正雪梅迎臘霜月將圓看取霜髯秀頰人人道平世神仙調元手陰功在繼八百定長年

二郎神 清源生辰

炎光欲謝更幾日薰風吹雨共說是天公亦嘉神貺特作澄清海宇灌口擒龍離堆平水休問功超前古當中興護我邊陲重使四方安堵 新府祠庭占得山川佳處看曉汲雙泉晚除百病奔走千門萬戶歲歲生朝勤勤稱頌可但民無災苦□□□願得地久天長協佐皇都

水調歌頭 次向薌林韻

閏餘有何好一歲兩中秋霽雲捲盡依舊銀漢截天流長記薌林堂上靜對小山叢桂尊俎許從游遙想此詩興不減上南樓 引玉觴看金餅水雲頭醉聽

哦響寧羨王粲賦荊州此夕翻成愁絕未斫廣寒丹桂猶衣敝貂裘萬事付諸笑斗酒且寬憂

又再用前韻為生日詞

鄰林有何好花藥不驚秋千章雲木長見密葉翠光流中有三朝勳舊早歲辭榮軒冕歸伴赤松游不羨鴛鷺侶鐘聽景陽樓　問向來麟閣上鳳池頭有誰能繼向來解印似蘇州自是英姿絕俗非我與時違異何用衣羊裘況得長生趣千歲有懷憂

又徐侍郎生辰

寥亮度絃管笑語集簪纓又逢華旦爭慶豪傑為時生猶對中秋月影漸放重陽菊蕊萬寶正西成爽氣知多少天賦滿襟靈　擅詞華追鮑謝踵斯冰入趨禁近出鎮藩輔早辭榮休戀平湖佳致好為蒼生重起歸去侍宸庭一德及元□千載致昇平

又韓倅九月八日生辰

帝里記當日賜第富相聯惟君家最稱著桐木老參天三相勳庸才業一代風流人物繼世賴君賢自合躋清要小屈佐平川　下車初逢慶日聽歡傳冰清玉潤仁愛終始被江端滿泛黃花稱壽細看紅萸枝健和氣靄芳筵隔日醉重九千歲似今年

傳言玉女 許永之以水仙瑞香黃香梅幽蘭同

坐名生四和卽席賦此

小院春長整整繡簾低軸異葩幽豔滿千瓶百斛珠鈿翠珮塵襪錦籠環簇日烘風和奈何芬馥　鳳髓龍津覺從前氣味俗夜闌人醉引春蔥兢□只愁飛去暗與行雲相逐月娥好在爲歌新曲

又 王顯之席上

料峭寒生知是那番花信算來都爲惜花人做恨看猶未足早覺枝頭吹盡曲闌幽榭亂紅成陣　釃酒花前試停杯與爲問褪香銷粉問東君怎忍韶華過半贏得幾場春困厭厭空似爲花愁損

於中好

牆頭豔杏花初試繞珍叢細按紅蕊欲知占盡春明媚誚無意看桃李　持杯準擬花前醉早一葉兩葉飛墜晚來旋旋深無地更聽得東風起

又

濺濺不住溪流素憶曾記碧桃紅露別來寂寞朝朝暮恨遮亂當時路　仙家豈解空相誤嗟塵世自難知處而今重與春爲主儘浪蕊浮花妬

又

梅花摘索穿疏竹蔭紋禽喜懽相逐坐中已自清堪
掬更瀟洒人如玉　新聲愛度周郎曲捧霞杯再三
相囑無情有恨重分北也撩得雙眉蹙

瑞雲濃

睽離漫久年華誰信曾換依舊當時似花面幽懽小
會記永夜杯行無算醉裏屢忘歸任虛簷月轉　能
變新聲隨語意悲歡感怨可更餘音寄羌管倦遊江
湖問似伊阿誰曾見度已無腸爲伊可斷

一叢花

娟娟纖月可庭方窗戶進新涼美人爲我歌新曲翻
聲調韻出宮商犀筋細敲花蕊清響餘韻繞紅梁
風流難似我清狂隨處占煙光憐君語帶京華樣縱
嬌輭不似吳邦拚了醉眠不須重唱眞个已無腸

好事近　黃瓊

花裏愛姚黃瓊苑舊曾相識不道風流種在又一枝
傾國　擬圖遮斷倚闌人休教妄攀摘其奈老來情
減負十分春色

帶人嬌　李瑩

惱亂東君滿目千花百卉偏憐處愛他穠李瑩然風
骨占十分春意休漫說唐昌觀中玉蕊　妬雪凝霜

淩紅掩翠看不足可人情味會須移種向曲闌幽磩
愁綠葉成陰道傍人指

又曾韻壽詞

露下天高最是中秋景勝喜小名銀蟾十分增暈名
嫦娥飛下見霧鬟風鬢念八第行景園中畫誰能盡
慢奏雲韶美字斟仙醞清不寐桂香成陣只愁來
夕又陰晴無準却待約重圓後期難問

蝶戀花曾韻鞵詞

端正纖柔如玉削窄韈宮鞵暖襯吳綾薄堂上細看
纔半搦巧偷強奪嘗春酌　穩稱身材輕綽約微步
盈盈未怕香塵覺試問更誰如樣脚除非借與嫦娥
著

又牛楚

春睡騰騰長過午楚夢雲收雨歇香風度起傍妝臺
低笑語畫簷雙鵲尤偷顧　笑指遙山微斂處問我
清癯莫是因詩苦不道別來愁幾許相逢更忍從頭
訴

又

昔在仁皇當極治南極星宮曾降爲嘉瑞猶有畫圖
傳好事身材只恐君今是　對酒不妨同看戲他日

功名晏子甚爲比更顧遠孫逢九世安排君在雞窠裏

又

萬里無雲秋色靜上下天光共水交輝映坐對冰輪心目瑩此身不在塵寰境　撲漉文禽飛不定勾引離人分外添歸興來往悠悠重記省夜闌人散花移影

鋸解令

送人歸後酒醒時睡不穩衾翻翠縷應將別淚洒西風盡化作斷腸夜雨　卸帆浦溆一種恓惶兩處尋思卻是我無情便不解寄將夢去

憶秦娥

情難足不堪黃帽催行速催行速扁舟一葉別愁千斛　津亭送客驚相囑舉杯欲唱眉先蹙眉先蹙背人掩面不能終曲

傾杯樂上梁帥上元詞

瑞日凝暉東風解凍峭寒猶淺正池館梅英粉淡柳枝金軟蘭芽香暖滕城誰種芙蕖滿浸銀蟾影一夜萬花開遍翠樓朱戶是處重簾競捲　羅綺簇歡聲一片看五馬行春旌旆遠擁襦袴千里歌謠都入太

平絃管且莫厭瑤觴屢勸聞鳳詔催歸非晚願歲歲
今夜裏端門侍宴

望海潮 上梁帥生辰

菊暗荷枯橙黃橘綠嘉時記得今朝懽謳十州香飄
萬井春容小試梅梢星昴耀層霄慶誕生元德出佐
明朝雅奏聲中彩旂光裏仰英標 遐年已卜民謠
最招徠瘵俗洗盡奸驕東府政聲北門治績流芳況
自迢遙莫惜拚今宵聽緩敲牙板引滿金蕉看即泥
封峻召無計駐華驄

齊天樂 和周美成韻

後堂芳樹陰陰見疎蟬又還催晚燕守朱門螢粘翠
幕紋蠟啼紅慵翦紗幃半捲記雲鬟瑤山粉融珍簟
睡起援毫戲題新句漫盈卷 暌離鱗雁頓阻似聞
頻念我愁緒無限瑞鴨香銷銅壺漏永誰惜無眠展
轉蓬山恨遠想月好風清洒登琴薦一曲高歌爲誰
眉黛斂

又 端午

疎疎數點黃梅雨殊方又逢重五角黍包金菖蒲泛
玉風物依然荊楚衫裁艾虎更釵裊朱符臂纏紅縷
撲粉香綿喚風綾扇小窗午 沅湘人去已遠勸君

休對景感時懷古慢囀鶯喉輕敲象板勝讀離騷章句荷香暗度漸引入陶陶醉鄉深處臥聽江頭畫船喧疊鼓

驀山溪 端午有懷新淦

去年今日蹤跡留金水乘興挈朋儕遊賞徧南峯佳致崇仙岸左爭看競龍舟人洶洶鼓鼕鼕不覺金烏墜 而今寂寞獨處山林裏欲去恨無因奈阻隔川途百里香蒲角黍對暑悄無言梅雨細麥風輕悵望空垂淚

又 和鶩州晏倅酴醾

天姿雅素不管羣芳妬微笑倚春風似窺宋牆頭凝竚一春花草陡覺更無香懸繡帳結羅巾誰更熏沈炷 可堪開晚未放韶光去生怕糝庭階直不忍蒼苔散步會須開宴滿摘蘸瑤觴何況有綺窗人嬌鬢相宜處

又 同前

玉英檀蕊細意憑君看青帝忒多情費幾許春風暗翦曉來敧枕不覺嫩香飄披宿霧啓幽窗不道開初偏 無窮風味乍可蜂鶯占莫遣俗人知怕毒眼急須遮斷倚牆壓架嬌困臥枝頭心緒裏阿誰知似个

人撩亂

又 和徐侍郎木犀

蟾宮仙種幾日飄鴛甃密葉繡團欒似翦出佳人翠袖葉間金粟蔌蔌糝枝頭黃菊嫩碧蓮披獨對秋容瘦 濃香馥郁庭戶宜燻透十里遠隨風又何必凭闌細嗅明犀一點暗裏爲誰通秋夜永月華寒無寐聽殘漏

醉蓬萊

見恩榮故里□著賢關特然超指滿腹詩書洗膏粱餘味羞挽烏號換將藍綬向廣庭親試磊落胸襟雍容人物于今誰比 爭許才猷合躋嚴禁行看橫飛少將清議喜對生朝且陶陶歡醉太華蓮開海山桃熟況是當佳致滿引瑤觴相期眉壽君家重耳

又

正纔過七夕又近中元素秋時候月皎風高漸涼生襟袖灝氣澄凝是誰清白應此□□秀味洗膏粱才侔沈謝三朝勳舊 好是新來日臨連帥化格黔黎政歸仁厚早禱羣祠有雨隨車驟願與寰區共資膏澤歲歲稱眉壽孝感靈泉涓涓不絕斟爲醇酎

又

見禾山凝秀禾水澄清地靈境勝天與珍奇產凌霄峯頂嫩葉森槍輕塵飛雪冠中州雙井絕品家藏武陵有客清奇相稱　坐列羣賢手呈三昧雲逐甌圓乳隨湯迸珍重殷勤念文園多病毛孔生香舌根回味助苦吟幽興兩腋風生從教飛到蓬萊仙境

朝中措

杯盤狼藉燭參差欲去未容辭春雪看飛金碾香雲旋湧花甆　雍容四座矜誇一品重聽新詞歸路清風生腋不妨輕撚吟髭

又　熟水

打窗急聽□然湯沈水騰熏香冷暖旋投冰碗葷羶一洗詩腸　酒醒酥魂茶添勝致齒頰生涼莫道淡交如此於中有味尤長

點絳脣　紫蘇熟水

寶勒嘶歸未教佳客輕辭去姊夫屢竄笑聽殊方語　清入回腸端助詩情苦春風路夢尋何處門掩桃花雨

又

瓦枕藤牀道人勸飲雞蘇水清雖無比何似今宵意　紅袖傳詩別是般情味歌筵起絳紗影裏應有吟

難墜

又和向薌林木犀

借問嫦娥當初誰種婆娑樹空中呈露不墜凡花數
却愛薌林便似蟾宮住清如許醉看歌舞同在高
寒處

又

散策薌林幾回來繞團團樹月明風露平地神仙數
準擬歸來移近東家住應相許爲君起舞直到高
寒處

卜算子

婆娑月裏枝隱約空中露擬訪嫦娥高處看一夜心
生羽 仙種落人間羣豔難儔侶惱亂騷人有底香
欲賦無奇語

又

平分月殿香碎點金盤露占斷秋光獨自芳端稱觴
飛羽 謝了卻重開若个花同侶誰識靈心一點通
手撚空無語

又李宜人生辰

昨夜月初圓今日春纔半自是元君並日生豈在稱
遐算 花誥看加封玉巵休辭滿綺席來年誰與同

笑揖麻姑伴

滴滴金 同前

當初本合蟾宮裏漫容易到塵世表裏冰清誰與比占無雙兩地　詵詵已是多孫子看將來總榮貴歲歲今朝捧瑤觴勸南園桃李

又

相逢未盡論心素早容易背人去憶得歌翻腸斷句更惺惺言語　萋萋芳草迷南浦正風吹打船雨靜聽愁聲夜無眠到水村何處

上林春令 魯師文生辰

穠李夭桃堆繡正暖日如薰芳袖少年未用稱遐壽願來歲如今時候相將得意皇都同攜手上林春晝

瑞鶴仙

看燈花爐落更欲換門外初聽剝啄一尊赴誰約甚不知早暮忒貪歡樂嗔人調謔飲芳容索強倒惡漸嬌慵不語迷奚笑帶笑柳柔花弱　難藐扶歸鴛帳不褪羅裳要人求托偷偷弄搦紅玉軟暖香薄待酒醒枕臂同歌新唱怕曉愁聞畫角問昨宵可憐歸遲更休道著

又

聽梅花再弄殘酒醒無寐寒衾愁擁淒涼誰與共漫
贏得別恨離懷千種拂牆樹動更曉來雲陰雨重對
傷心好景回首舊遊恍然如夢　歡蹤西湖曾返畫
舫爭馳繡鞍雙控歸來夜中要銀燭銜金鳳到而今
誰揀花枝同載誰酌酒杯笑捧但逢花對酒空秖自
歌自送

又

見蘭枯菊悴□寂寞天與春風來至梅梢弄晴葉似
於人裝點十分和氣吳頭楚尾聽民謠歡聲鼎沸總
扶攜拍手嬉遊鼓腹頓忘愁悴　誰比承流宣化問
俗觀風一時雙美笙歌宴啟交酬獻儘沈醉□□□
行看宸庭同拜歸向天街並轡對西湖把酒應須共
談舊治

又

數文章翰墨前輩遠稍稍風流岑寂公才萬夫敵嗣
家聲不墜江西人物凝脂點漆向鴛行神峯秀出況
襟懷倜儻詞華灑落未容儔匹　均逸妙齡識退故
國懷歸問安親戚屏風坐隔看除召在晨夕對生朝
且趁清明時節痛飲無妨墮幘著萊衣戲舞千春永

如是日

雨中花慢　一本失慢字非

海宇澄明，天氣晏温，人情物態昭蘇。喜分付攬轡來輿，春俱瀟洒。蘭亭醉墨，丁寧黃石傳書。到如今幾載，不墜風流，世有名儒。　山川瑞色，樵牧懽聲，盡隨絃管虛徐。判醉笑、頻揮玉麈，共挈金壺。湔祓聊勤大手，謀謨宜佐皇圖。定知朝暮，未容温席，已促鋒車。

又　七夕

漠漠雲輕，涓涓露重，西風特地颼颼。覺良宵初永，袢暑微收。乘鶴緱山，浮槎銀漢，尚想風流。笑人間兒戲，瓜果堆盤，繒綵爲樓。　廣庭淨掃，露坐披衣，細看新月如鉤。誰道是、嫦娥不嫁，獨守清秋。雅有騷人伴侶，長交清影夷猶。舉杯相屬，卻應羞殺，騃女癡牛。

又　中秋

雨霽雲收，風高露冷，銀河萬里波澄。正冰輪初見，玉斧修成。還是一年，憑闌望處，對景愁生。想嫦娥應念，待久西廂，爲可中庭。　番思皓彩，不如微暗，向人多少深情。長記得、牆陰密語，花底潛行。飲散頻羞燭影，夢餘常怯窗明。此時此意，有誰曾問，月白風清。

鵲橋仙

雲容掩帳星輝排燭待得鵲成橋後匆匆相見夜將闌更應到家家乞巧　經年怨別霎時歡會心事如何可了朝朝暮暮是佳期乍可在人間先老

洞仙歌　草堂集　刻毛澤民

癡牛騃女漫恩深情遠一歲惟能一相見縱金風玉露勝卻人間爭奈向雪月花時阻間　幽歡猶未足催度橋歸烏鵲無端便驚散別後欲重來杳杳銀河空悵望不勝淒斷最可惜當初泛槎人甚不問天邊遮此二麽難

多麗　中秋

晚風清淡雲捲盡輕羅看銀蟾初離海上碧溪萬里澄波碾雲衢玉輪緩駕照山影寶鏡新磨光徹庭除寒生綺席無聊清興助吟哦共宴賞明宵天氣晴晦又知他無眠處夜濡湛露目斷明河　念年來青雲失志舉頭羞見嫦娥且高歌細敲檀板拚痛飲頻倒金荷斷約他年重揮大手桂枝須斫最高柯恁時節清光比似今夕更應多功名事到頭須在休用忙呵

卓牌子慢　中秋　次田不伐韻

西樓天將晚流素月寒光正滿樓上笑揖姮娥似看羅襪塵生鬢雲風亂　珠簾終夕捲判不寐闌干凭

暖好在影落清尊冷侵香幄歡餘未教人散

倒垂柳 重九

曉來煙露重爲重陽增勝致記一年好處無似此天氣東籬白衣至南陌芳筵啓風流曾未遠登臨都在眼底 人生如寄漫把茱萸看子細擊節聽高歌痛飲莫辭醉烏帽任教顛倒風裏墜黃花明日縱好無情味

惜黃花慢

霽空如水襯落木墜紅遙山堆翠獨立閒階數聲蟬度風前幾點雁橫雲際已涼天氣未寒時問好處一年誰記笑聲裏摘得半釵金蕊來至 橫斜爲插烏紗更揉碎泛入金尊瓊蟻滿酌霞觴願人壽百千可奈此時情味牛山何必獨沾衣對佳節惟應懽醉看睡起曉蝶也愁花悴

醉花陰

滿城風雨無端惡孤負登高約佳節若爲酬盛與歌呼勝却秋蕭索 菊花旋摘揉青萼滿滿浮杯杓老鬢未侵霜醉裏烏紗不怕風吹落

又

捧杯不管餘酲惡玉腕寬金約宛轉一聲清戛玉敲

冰渾勝鳴絃索　朱脣淺破桃花蕚重注鸕鶿杓夜永醉歸來細想羅襟猶有梁塵落

又

楚鄉易得天時惡風雨長如約不道有幽人衣帶秋深猶是懸鶉索　招呼朋侶如花蕚有酒須同酌世態任凋疎卻愛黃花不似羣花落

又 鴛鴦菊

金鈴玉屑嫌非巧生作文鴛小西帝也多情偷取佳名分付閒花草　淵明手把誰攜酒羞把簪烏帽寄與綺窗人百種妖嬈不似酴醿好

又

淋漓盡日黃梅雨斷送春光暮目斷向高樓持酒停歌無計留春住　撲人飛絮渾無數總是添愁緒回首問春風爭得春愁也解隨春去

解蹀躞

迤邐韶華將半桃杏勻於染又還撩撥春心倍悽黯準擬酩酊狂吟可憐無復當年酒腸文膽　倦遊覽憔悴羞窺鸞鑑眉端爲誰斂可堪風雨無情暗亭檻觸目千點飛紅問春爭得春愁也隨春減

瑣窗寒時刻前段尾句多搔首二字非

柳暗藏鴉花深見蝶物華如繡情多思遠又是一番清瘦憶前回庭榭來春个人預約同攜手恨遲留載酒期程孤負踏青時候　忽雙眉暗鬬況無似今年一春晴晝風僝雨僽直得恁時迤逗想閒窗針線倦拈寂寞細撚酴醾嗅待還家定自寃人淚粉盈襟袖

玉樓春　許運幹生辰

朱簾碧瓦干雲際占盡瀟灑形勢地傍牆人喚狀元家想見華堂融瑞氣　壽杯莫惜團欒醉跳虎轉龜尋舊喜小邦只恐久難留異日君王重賜第

又　爲童四十壽

娉婷標格神仙樣幾日珮環離海上小春只隔一旬期菊蕊包香猶未放　霞觴滿酌搖紅浪慢引新聲雲際響玉顏長與姓相宜壽數三回排第行

又　茶

酒闌未放賓朋散自揀冰芽教旋碾調膏初喜玉成泥濺沫共驚銀作線　已知於我情非淺不必叮嚀書椀面滿嘗乞得夜無眠要聽枕邊言語軟

清平樂　熟水

開心暖胃最愛門冬水欲識味中猶有味記取東坡詩意　笑看玉筍雙傳還思此老親煎歸去北窗高

臥清風不用論錢

又

花陰轉午小院清無暑雪椀冰甌凝灝露自滌紫毫雞距　麝煤落紙生春秖應李衞夫人我亦前身逸少莫嗔太逼君真

漁家傲十月二日老妻生辰

昨日小春纔得信明宵新月初生暈又對壽觴斟九醞香成陣歡聲點破梅梢粉　琪樹長青資玉潤鴛鴦不老眠沙穩此去期程知遠近君休問山河有盡情無盡

又同前

菊暗荷枯秋已滿橙黄橘綠冬初暖草草杯盤成小宴殷勤勸尊前莫遣霞觴淺　兩鬢從教霜點半人生最要長爲伴舉酒豈徒稱壽筭深深願來年更看門風換

又同前

梅暈漸開紅蠟疊菊籬尚耀黄金蕊正是小春風物美宜家喜生朝顏巷猶和氣　古鼎氤氳雲縷細霞觴瀲灩紅鱗起聽取殷勤歌裏意千秋氣北堂同我供甘旨

又

事事無心閒散慣有時獨坐溪橋畔雨密波平魚曼衍魚曼衍綸輕釣細隨風捲　憶昔故人爲侶伴而今怎奈成疎闊水遠山長無計見無計見投竿頓覺腸千斷

雙雁兒

窮陰急景暗推遷減綠鬢損朱顏利名牽役幾時閑又還驚一歲圓　勸君今夕不須眠且滿滿泛觥船大家沈醉對芳筵願新年勝舊年

又

休驚明日歲華新且喜得又逢春北堂歌舞奉慈親願遐齡等大椿□□□□□□□□□□□□□□□□□□□□□□□□□□

迎春樂

新來特特更門地都收拾山和水看明年事事如意迎福祿俱俱來至　莫管明朝添一歲儘同向尊前沈醉且共唱迎春樂祝母千秋歲

永遇樂

鴛瓦霜明繡簾煙暖和氣容與雲想衣裳風清環珮擁翠娥扶步蓬山遠別仙班知是有客舊同儔侶揭

來到人間又也愛他相門榮遇　清秋菊在小春梅
綻正是年華好處酒滿瑤觴歌翻金縷莫放行雲去
已隨夫貴仍因兒顯兩國看封齊楚此時對生朝聽
我卻稱壽語

又

黃葉繽紛碧江清淺錦水秋暮畫鼓鼕鼕高牙颭颭
離棹無由駐波聲笳韻蘆花蓼穟翻作別離情緒須
知道風流太守未嘗恝情來去　那堪對此來時單
騎去也文鴛得侶繡被薰香蓬窗聽雨還解知人否
一川風月滿隄楊柳今夜酒醒何處□□□雙棲正
穩慢搖去櫓

又 梅子

風褪柔英雨肥繁實又還如豆玉核初成紅腮尚淺
齒輭酸微透粉牆低亞佳人驚見不管露沾襟袖折
一枝釵頭未插應把手挼頻嗅　相如病酒只因思
此免使文君眉皺入鼎調羮攀林止渴功業還依舊
看看飛燕銜將春去又是欲黃時候爭如向金盤滿
捧共君對酒

玉燭新

荒山藏古寺見傍水梅開一枝三四蘭枯蕙死登臨

處慰我魂消惟此可堪紅紫曾不解和羹結子高壓盡百卉千葩因君合修花史　韶華且莫吹殘待淺揾松煤寫教形似此時胸次凝冰雪洗盡從前塵滓吟安个字判不寐勾牽幽思誰伴我香宿蜂媒光浮月姊

御街行

平生厭見花時節惟只愛梅花發破寒迎臘吐幽姿占斷一番清絕照溪印月帶煙和雨傍竹仍藏雪　松煤淡出宜孤潔最嫌把鉛華說暗香銷盡欲飄零須得笛聲嗚咽這些風味自家領略莫與傍人說

柳梢青

傲雪凌霜平欺寒力攙借春光步繞西湖興餘東閣可奈詩腸　娟娟月轉迴廊謂無處安排暗香一夜相思幾枝疏影落在寒窗

又

雪豔煙輕又要春色來到芳尊卻憶年時月移清影人立黃昏　一番幽思誰論但永夜空迷夢魂繞徧江南繚牆深苑水郭山村

又

茆舍疏籬半飄殘雪斜臥低枝可更相宜煙籠修竹

月在寒溪　寧寧佇立移時判瘦損無妨爲伊誰賦才情畫成幽思寫入新詩

又

月墮霜飛隔窗疎瘦微見横枝不道寒香解誰羌管吹到屏帷　个中風味誰知睡乍起烏雲任攲嚼蕊挼英淺顰輕笑酒半醒時

又

日轉牆東幾枝寒影一點香風清不成眠醉憑詩興起繞珍叢　平生只个情鍾漸老矣無愁可供最是難忘倚樓人在橫笛聲中

又

玉骨冰肌爲誰偏好特地相宜一段風流廣平休賦和靖無詩　綺窗睡起春遲困無力菱花笑窺嚼蕊吹香眉心貼處鬢畔簪時

又

爲愛冰姿畫看不足吟看不足已恨春催可堪風裏飛英相逐　祗應自惜高標似羞伴妖紅媚綠藏白收香放他桃李漫山麤俗

又

水曲山傍寒梢冷蕊隱映脩篁細細吹香疎疎沈影

惱斷回腸　爲伊駐馬橫塘漫立盡煙村夕陽空裊
吟鞭幾多詩句不入思量

又

天付風流相時宜稱著處清幽雪月光中煙溪影裏
松竹梢頭　卻憎吹笛高樓一夜裏教人鬢秋不道
明朝半隨風遠半逐波浮

又

屋角牆隅占寬閑處種兩三株月夕煙朝影侵窗牖
香徹肌膚　羣芳欲比何如癯儒豈膏粱共途因事
順心爲花修史從記中書

又

瑞鴨煙濃曉來絃管聲在霜空卻退寒威借回春色
滿苑香風　幾時人下瑤宮記千載今朝慶逢滿捧
瑤觴芝蘭叢裏錦繡光中

又

江月軒中拍隄新漲繞院薰風深注瑤觴低歌金縷
聲在晴空　新詞儘索無窮斷酩酊衰顏爲紅顧得
年年繁枝子滿綠葉陰濃

又步觀察生辰二首

槐院風清霽天欲曉武曲增明元是今朝會生名將

力佐中興　皇家息馬休兵享逸樂嬉遊太平憂國
胸襟平戎材略分付瑤觥
又
灼灼紅榴垂垂綠柳庭戸清和羅綺香中十分春酒
幾疊高歌　遐齡欲問如何記平日陰功數多千載
今朝笑看池面龜戲青荷
又　李瑩
小閣深沈酒醺香暖容易眠熟夢入仙源桃紅似火
李瑩如玉　覺來幾許悲涼記永夜傳杯換燭繡被
薰香寶釵落枕同論心曲
又　癸未秋社有懷故山
送雁迎鴻未寒時節已涼天氣鍼線倦拈簾幃低捲
別般風味　敧眠夢到山中共老幼扶攜笑喜桑柘
影深雞豚香羨家家人醉
又
暴雨生涼做成好夢飛到伊行幾葉芭蕉數竿修竹
人在南窗　傍人笑我悽惶算除是鐵心石腸一自
別來百般宜處都入思量
解連環
素書誰托嗟鱗沈雁斷水遙山邈問別來幾許離愁

但只覺衣寬不禁消薄歲歲年年又豈是春光蕭索
自無心強陪醉笑負他滿庭花藥　援琴試彈賀若
儘清于別鶴悲甚霜角怎得斜擁檀槽看小品吟商
玉纖推卻旋暖薰爐更自炷龍津雙萼正懷思又還
夜永燭花自落

踏莎行

燈月交光笙簧遞響繁華依舊昇平樣心期休卜紫
姑神文章曾照青藜杖　歌落梁塵酒搖鱗浪暫還
南國同邀賞明年侍輦向端門卻瞻日表青霄上

探春令

梅英粉淡柳梢金輭蘭芽依舊見萬家燈火明如晝
正人月圓時候　挨香傍玉偷攜手儘輕衫寒透聽
一聲畫角催殘漏惜歸去頻回首

又

雪梅風柳弄金鉤粉峭寒猶淺又還近三五銀蟾滿
漸玉漏聲初短　尊前重約年時伴揀燈詞先按便
直饒心似蛾兒撩亂也有春風管

又

搦兒身分側兒鞋子捻兒年紀著一套時樣□□紅
甚打扮饒濟濟　回頭一笑千嬌媚知幾多深意奈

月華燈影交相照俏沒个商量地

又　劉伯玉生辰

東風初到小梅枝上又驚春近料天台不比人間日月桃萼紅英暈　劉郎浪迹憑誰問莫因詩瘦損怕桑田變海仙源重返老大無人認

人月圓

風和日薄餘煙嫩惻惻透鮫綃相逢且喜人圓玳席月滿丹霄　爛遊勝賞高低燈火鼎沸笙簫一年三百六十日願長似今宵

又

月華燈影光相射還是元宵也綺羅如畫笙歌遞響無限風雅　鬧蛾斜插輕衫乍試閑趁尖耍百年三萬六千夜願長如今夜

眼兒媚

柳腰花貌天然好聰慧更溫柔千嬌百媚一時半霎不離心頭　是人總道新來瘦也著甚來由假饒薄命因何瘦了剗地風流

倒垂柳

南州初會遇記惺惺說底語而今精神傾下越樣風措雍門人獨夜客舍停杯處餘香應未泯憑君重唱

金縷 移宮易羽縱有離愁休怨訴客裏忒淒涼怕聽斷腸句情山曲海君已心相許驂鸞乘月正好同歸去

南歌子

露寵妝成態風扶醉裏身漫勞逸使走征塵嶺外隴頭何處不知春 詩思清如水毫端妙入神可憐徒效越娘顰爲問吟哦摹寫幾曾真

又 次東坡端午韻

小雨疎疎過長江滾滾流落霞殘照晚明樓又是一番重午身寄南州 羅綺紛香陌魚龍漾彩舟不堪回首鳳池頭誰道於今霜鬢猶自淹留

又 己未和韻

波靜明如染山光翠欲流晚來乘興上裝樓樓外誰歌新唱知有黃州 擬泛銀河浪聊乘藕葉舟蓬山應是隱鼇頭借問謫仙何在今爲誰留

又

笛噴風前曲歌翻意外聲年來老子厭風情可是於君一見眼雙明 枕臂聽殘漏停杯對短檠直教筆底有文星欲狀此時情味若爲成

又

巾染烏煙碧衣拖曉露鮮盈盈風骨小神仙特地勾牽處士夢巫山　星宿羅胸次牙籤弄指端憑君爲算以行年試問與伊結得幾生緣

又

綵縷牽腸斷明珠暗滴圓從頭顆顆手親穿寄與仙鄉同結此生緣　和串攏瑜臂連雲墜雪肩循環密數對沈煙似我真情不斷永相聯

西江月

沙上鷗羣輕戲雲端雁陣斜鋪殷勤特爲故人書寫盡衷腸情素　名字縱非傳匹夤緣自合歡娛儘教塗抹費工夫到底翻成喫醋

又

態度雪香花瘦情懷雨潤雲温故將淡墨寫精神記得洗章餘暈　只恐妖嬈未似誰云彼此難分別來憔悴不堪論相對無言有恨

生查子

秋深郎未歸月上人初靜無語意遲遲步轉梧桐影　羅衣寬莫裁雲鬢鬆還整誰與問相思立盡清宵永

又

秋來秋愁更深黛蕪拂雙蛾淺翠袖怯春寒修竹蕭蕭晚此意有誰知恨與孤鴻遠小立背西風又是重門掩

又

妖嬈百種宜總在春風面含笑又和嗔莫作丹青現問著卻無言覷了還回盼底處奈思量倦了還轉展

甘草子

秋暮永夜西樓冷月明窗戶夢破櫓聲中憶在松江路　欹枕試尋曾遊處記歷歷風光堪數誰與浮家五湖去盡醉眠秋雨

鷓鴣天

湖上風光直萬金芙蓉並蒂照清深須知花意如人意好在雙心同一心　詞共唱酒俱斟夜闌扶醉小亭陰當時比翼連枝願未必風流得似今

又

休倩傍人爲正冠披襟散髮最宜閑水雲況得平生趣富貴何曾著眼看　低泊棹稱鳴鑾一尊長向枕邊安夜深貪釣波間月睡起知他日幾竿

又

不學真空不學仙不居塵市不居山時沽魯酒供詩興莫管吳霜點鬢斑　只麽去幾時還豈知魂夢□□間憑君休作千年調到處惟知一味閑

又

蕙性柔情忒可憐盈盈真是女中仙披圖一見春風面攜手疑同玳瑁筵　渾象管擘蠻牋等閑寫就碧雲篇風流意態猶難畫瀟洒襟懷怎許傳

天下樂

雪後雨兒雨後雪鎮日價長不歇今番為寒忒太切和天地也來廝鼈　睡不著身心自暗攧況味憑誰說枕衾冷得渾似鐵秪心頭些个熱

玉抱肚

同行同坐同攜同臥正朝朝暮暮同歡怎知終有拋嚲記江皐惜別那堪被流水無情送輕舸有愁萬種恨未說破知重見甚時可　見也渾閑堪嗟處山遙水遠音書也無个這眉頭強展依前鎖這淚珠強收依前墮我平生不識相思為依煩惱忒大你還知麽你知後我也甘心受摧挫又只恐你背盟誓似風過共別人忘著我把洋瀾左都捲盡與殺不得這心頭火

雨中花令

堪惆悵紅塵千里恨死撥浮名浮利欠我温存少伊撋就兩處懸懸地　擬待歸來伏不是更與問孤眠子細月照紗窗曉燈殘夢可煞惡滋味

又

早已是花魁柳冠更絕唱不容同伴畫鼓低敲紅牙隨應著个人勾喚　慢引鶯喉千樣轉聽過處幾多嬌怨換羽移宮偷聲減字不顧人腸斷

又

原來是雲温雨潤諳不解伴嗔偷悶傾坐精神權人情性眉際生春暈　語帶京華清更韻聽婭姹鶯喉嬌穩別後相思心頭欲見見个燈花信

明月棹孤舟白玉○向誤作夜行船後三闋同誤今按譜正之

不假鉛華嫌太白玉搓成體柔腰搦明月堂深蓮花杯輭情重自斟瓊液　寄語砥砆休並立信秦城未教輕易綠闕樓成藍橋藥就好吹簫乘鸞翼

又 呂倩

醉袖輕籠檀板轉聽聲聲曉鶯初囀花落江南柳青客舍多少舊愁新怨　我也尋常聽見慣渾不似這

翻撩亂調少情多語嬌聲咽曲與寸腸俱斷

又周三五

寶髻雙垂煙縷縷年紀小未周三五壓□精神出羣標格偏向衆中翹楚　記得譙門初見處禁不定亂魂飛去掌托鞋兒肩拖裙子悔不做閑男女

又

怪被東風相錯誤落輕帆暫停煙渚桐樹陰森茆檐瀟洒元是那回來處　相與枉朋沽綠醑聽胡姬隔窗言語我既凝迷君還留戀明日慢移船去

夜行船

夾岸綺羅歡聚看喧喧彩舟來去晴放湖光雨添山色誰識總相宜處　輸與騷人卻知勝趣醉臨流戲評坡句若把西湖比西子這東湖似東鄰女

兩同心

行看不足坐看不足柳條輭斜倚春風海棠睡醉欹紅玉清堪掬桃李漫山真成麤俗　遙夜幾番相屬暗魂飛逐深酌酒低唱新聲密傳意解回嬌目知誰福得似風流可伊心曲

又

秋水明眸翠螺堆髮卻扇坐羞落庭花凌波步塵生

羅襪芳心發分付春風恰當時節　漸解愁花怨月
忒貪嬌劣寧寧地情態千人惺惺處語言低說相思
切不見須臾可堪離別

又

月可中庭夜涼初燕見个人越格風流饒濟濟入時
打扮小從容不似前回匆匆得見　坐上不禁腸斷
捧杯深勸爭敢望自雪新聲唯愁得秋波一眄告從
今休要教人千呼萬喚

又夢牛楚

涼生秋早夢魂忒好見玉人且喜且悲恁接臉廝偎
廝抱信言多剛被山禽一聲催曉　覺來滿船清悄
愁恨多少知是我憐你心微知是你與我情厚謝殷
勤不易山遙水遠尋到

相見歡向作烏夜啼誤

不禁枕簟新涼夜初長又是驚回好夢葉敲窗　江
南望江北望水茫茫贏得一襟清淚伴餘香

朝天子周師從小閣

小閣寬如掌占螺浦山川夷曠千奇萬狀見雲煙收
放　更永夜風生明月上用取真成無盡藏誰共賞
徙倚撫危闌吟望

步蟾宮九月二十六夜宿周師從家睡覺風雨作有懷木犀

桂花馥郁清無寐覺身在廣寒宮裏憶吾家妃子舊遊瑞龍腦暗藏葉底　不堪午夜西風起更颼颼萬絲斜墜向曉來卻是給孤園乍驚見黃金布地

又

一斑兩點從初起這手腳漸不靈利背人只得暗搔爬腥臭氣薰天炙地　下梢管取好膿水要潔淨怎生堪洗自身作壞匹如閑更和卻傍人帶累

長相思己卯歲留塗上同諸交泛舟至盧家洲登小閣追用賀方回韻以資坐客歌笑

急雨回風淡雲障日乘閑攜客登樓金桃帶葉玉李含朱一尊同醉青州福善橋頭記檀槽淒絕春筍纖柔窗外月西流似潯陽商婦鄰舟　況得意情懷倦妝模樣尋思可奈離愁何妨乘逸興任征帆只抵蘆洲月怯花羞重見相歡情更稠問何時佳期卜夜綢繆

曲江秋

前山雨歇愛竹樹低陰軒窗無熱珠箔半垂清風細繞蕭蕭吹華髮珍簟粲枕設珊瑚瘦琉璃滑永日欹

枕知誰是伴舊書重揭　清絕輕雲淡月夢同泛滄波萬疊杯盤狼籍處相扶就枕歡笑歌翻雪轉棹小溪灣人家燈火斷明滅正攜手無端驚回檻外數聲鷓鴣

又

香消爐歇喚沈水重燃薰爐猶熱銀漢墜懷冰輪轉影冷光侵毛髮隨分且宴設小槽酒真珠滑漸覺夜闌烏紗露濡畫簷風揭　清絕輕紈弄月緩歌處眉山怨疊持杯須我醉香紅映臉雙腕凝霜雪飲散晚歸來花梢指點流螢滅睡未穩東窗漸明遠樹又聞鷓鴣

又

鳴鳩怨歇對急雨過雲暗風吹熱漠漠稻田差差柳岸新沐青絲髮樓上素琴設愛流水隨絃滑深炷龍津濃薰絳幕博山頻揭　超絕遙岑吐月照蒼蒨重重疊疊恍然身在處渾疑同泛花舫波噴雪滉漾醉魂醒驚呼不是漚生滅屹望久空嘆無才可賦厭聽鷓鴣

點絳脣　趙育才席上用東坡韻贈歌者

小閣清幽膽瓶高插梅千朵主賓歡坐不速還容我

換羽移宮絕唱誰能和伊知麽暫聽些一个已覺絲成堁堁者塵起貌言其聲之繞梁也一作裹字者誤

逃禪詞

補之清江人世所傳江西墨梅卽其人也其詩文亦不多見向有補之詞行世或謂是晁補之謬矣無論字句之舛譌章次之顚倒卽調名如一斛珠誤作品令相見歡誤作烏夜啼之類亦不可條舉今悉一一釐正但散花庵詞客一無選錄豈謂其多獻壽之章無麗情之句耶草堂集止載癡牛騃女一調又逸其名後人妄注毛東堂可恨坊本無據反令人疑香籢之或凝或偓云云古虞毛晉識

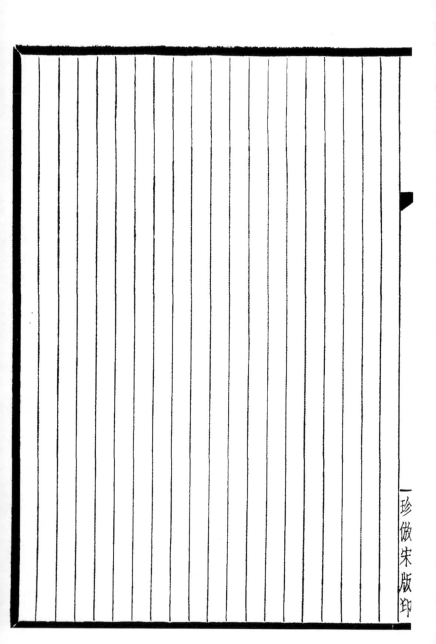

空同詞

目錄

月華清一調　水龍吟一調
驀山溪一調　齊天樂一調
菩薩鬘二調　踏莎行一調
瑞鶴仙一調　浪淘沙一調
南柯子一調　永遇樂一調
謁金門一調　菩薩鬘一調
阮郎歸一調　行香子一調
鷓鴣天一調　清平樂一調

空同詞目錄

空同詞

宋　洪　瑹

月華清　春夜對月

花影搖春，蟲聲吟暮，九霄雲幕初捲。誰駕冰蟾，擁出桂輪天半。素魄映、青瑣窗前，皓彩散、畫闌干畔。凝盼。見金波滉漾，分輝鵲殿。　況是風柔夜暖。正燕子新來，海棠微綻。不似秋光，只照離人腸斷。恨無奈、利鎖名韁，誰爲喚、舞裙歌扇。吟玩。怕銅壺催曉，玉繩低轉。

水龍吟　追和晁次膺

經年不見書來，後期杳杳從誰問。梅英蠟小，柳枝金嫩，豔陽春近。羅幕風柔，泛紅浮綠，連朝花信。念平生多少，情條恨葉，鎮長使、芳心困。　可是風流薄命。鏡臺前、鬆鬆鬆蟬鬢。茜桃凝粉，薰蘭漲膩，翠愁紅損。縱使歸來，燈前月下，恐難相認。捲重簾憔悴，殘妝淚洗，把羅襟揾。

驀山溪　憶中都

潮平風穩，行色催津鼓。回首望重城，但滿眼、紅雲紫霧。分香解佩，空記小樓東，銀燭暗，繡簾垂，眤眤凭肩語。　關山千里，垂柳河橋路。燕子又歸來，但惹得、滿身花雨。彩箋不寄，蘭夢更無憑，燈影下，月明中，魂斷

金釵股

齊天樂 閨思

轆轤聲破銀牀凍霜寒又侵鴛被皓月疎鐘悲風斷漏驚起畫樓人睡銀屏十二歎塵壓滿絲簧暗消金翠可恨風流故人迢遞隔千里　相思情緒最苦舊歡無續處魂夢空費斷雁無情離鸞有恨空想吳山越水花憔玉悴但翠黛愁横紅鉛淚洗待翦江梅倩誰傳此意

菩薩蠻 宿水口

斷紅遠飲横江水萬山紫翠斜陽裏繫馬短亭西丹楓明酒旗　浮生長客路事逐孤鴻去又是月黄昏寒燈人閉門

又 湖上

吳姬壓酒浮紅蟻少年未飲心先醉駐馬綠楊陰酒樓三月春　相看成一笑遺恨知多少回首欲魂銷長橋連斷橋

踏莎行 別意

滿滿金杯垂垂玉筯離歌不放行人去醉中扶上木蘭船醒來忘卻桃源路　帶綰同心釵分一股斷魂空草高唐賦秋山萬疊水雲深茫茫無著相思處

瑞鶴仙 離筵代意

聽梅花吹動涼夜何其明星有爛相看淚如霰問而今去也何時會面匆匆聚散恐便作秋鴻社燕最傷情夜來枕上斷雲零雨何限 因念人生萬事回首悲涼都成夢幻芳心繾綣空惆悵巫陽館況船頭一轉三千餘里隱隱高城不見恨無情春水連天片帆似箭

浪淘沙 別意

花霧漲冥冥欲雨還晴薄羅衫子正宜春無奈今宵鴛帳裏身是行人 別酒不須斟難洗離情絲鞘如電紫騮鳴腸斷畫橋芳草路月曉風清

南柯子 新月

柳浪搖晴沼荷風度晚簷碧天如水印新蟾一罅清光斜露玉纖纖 寶鏡微開匣金鈎半押簾西樓今夜有人忺應傍妝臺低照畫眉尖

永遇樂 送春

歌雪徘徊夢雲溶曳欲勸春住薄倖楊花無端杜宇抵死催教去參差煙岫千回百匝不解禁春歸路病厭厭那堪更聽小樓一夜風雨 金釵鬬草玉盤行菜往事了無憑據合數松兒分香帕子總是牽情處

小桃朱戶題詩在否尚憶去年崔護綠陰中鶯鶯燕燕也應解語

謁金門 春晚

風共雨催盡亂紅飛絮百計留春春不住杜鵑聲更苦 細柳官河狹路幾被嬋娟相誤空憶墜鞭遺扇處碧窗眉語度

菩薩蠻 春感

玉琴不療文園病對花長抱深深恨恨入鬢霜邊才情輸少年 蛾眉梳墮馬翠袖薰蘭麝醉夢未全醒綠窗啼曉鶯

阮郎歸 壬辰邵武試燈夕

東風吹破藻池冰清光開五雲綠情紅意兩逢迎扶春來遠林 花豔豔玉英英羅衣金縷明鬧蛾兒簇小蜻蜓相呼看試燈

行香子 代贈

楚楚精神楊柳腰身是風流天上飛瓊淩波微步羅襪生塵有許多嬌許多韻許多情 十年心事兩字眉婚問何時真箇行雲秋衾半冷窗月窺人想爲人愁爲人瘦爲人顰

鷓鴣天 情景

意態嬋娟畫不如瑩然初日照芙蕖笑捐瓊佩遺交甫肯把文梭擲幼輿　花上蝶水中鳧芳心密意兩相於情知不作庭前柳到得秋來日日疎

清平樂　漁父

陣鴻驚處一綱沈江渚落葉亂風和細雨撥棹不如歸去　蘆花輕汎微瀾篷窗獨自清閒一覺遊仙好夢任他竹冷松寒

空同詞

珍做宋版邽

叔嶼自號空同詞客先輩稱其不減周美成如燕子又歸來但惹得滿身花雨又花上蝶水中凫芳心密意兩相於等語尤豔驚一時惜不多見旣讀空同詞一卷眞若遊金張之堂而攬嬙施之袂宜花庵全錄之但卷尾淸平樂一闋是連可久作可久十二歲時其父攜見熊曲肱適有漁父過前命賦詞援筆立成四座歎服後果爲江湖得道之士得竟混入耶海虞毛晉識

介庵詞

目錄

醉蓬萊一調　滿江紅三調
水調歌頭二調　瑞鶴仙二調
朝中措六調　新荷葉三調
看花回二調　芰荷香一調
垂絲釣二調　謁金門八調
柳梢青三調　好事近八調
點絳脣五調　秦樓月二調
阮郎歸三調　減字木蘭花六調
鵲橋仙四調　菩薩蠻五調
蝶戀花二調　琴調相思引二調
杏花天二調　浣溪沙六調
虞美人三調　南鄉子三調
畫堂春二調　滴滴金一調
青玉案一調　沙塞子一調
臨江仙二調　鷓鴣天三調
清平樂二調　眼兒媚一調
永遇樂一調　訴衷情二調
千秋歲一調　風入松一調

茶瓶兒一調　祝英臺近一調
五綵結同心一調　瑞鷓鴣一調
月中桂一調　滿庭芳一調
水龍吟一調　如夢令二調
蕊珠閑一調　念奴嬌一調
憶少年一調　思佳客令一調
惜分飛一調　絳都春一調
小重山一調　隔浦蓮一調
賀聖朝一調　念奴嬌一調
點絳脣一調　轉調踏莎行一調
瑞鶴仙一調　看花回一調
好事近一調　賀聖朝一調
浣溪沙二調　菩薩蠻一調
眼兒媚一調　江城子一調
西江月一調　千秋歲一調
虞美人二調　瑞鷓鴣一調
豆葉黃一調　念奴嬌一調
水調歌頭一調　臨江仙一調
喜遷鶯一調　鷓鴣天十一調

介庵詞

宋　趙彥端

醉蓬萊 梅

向蓬萊雲渺姑射山深有春長好香滿枝南笑人間驚早試問寒柯鏤冰裁玉費化工多少東閣詩成西湖夢覺幾番清曉　好是羅幃麝溫屏暖卻恨煙村雨愁風惱一一清芬爲東君傾倒待得明年翠陰青子蔭鳳凰池沼更把陽和從頭付與繁花芳草

滿江紅 荼蘼

千種繁春春已去翩然無迹誰信道荼蘼枝上靜中收得曉鏡洗妝非粉白晚衣弄舞餘衫碧粲寶鈿珠珥不勝持濃陰夕　金翦度還堪惜霜蝶睡無從覓知多少清夢釀成冰骨天女散花無酒聖仙人種玉慚香德悵攀條記得鬢絲青東風客

又 錢前政盧光祖赴鼎州幕府上作

津鼓鼕鼕三老醉知誰留得都不記琵琶洲畔草青江碧桃李春風吹不斷煙霞秋興清無極悵尊前桂子有餘香曾相識　殘雨晝初涼夕高燭爛新醅白長歌斷歡意不如愁色父老能尋循吏傳關河暫枉諸侯客待日邊一紙詔黃飛勝相憶

又汪秘監席上作

賜被熏爐曾同見官槐重綠時歸看綺疏疊嶂楚腰翻曲君過蓬山輕歲月我懷廬阜分符竹道別離待得再歸來人應俗　春欲動醅初熟追一笑森二玉且相對青眼共裁紅燭小語人家閑意態淺寒都下新裝東念平生和雨醉東風從今足

水調歌頭秀州坐上作

秋色忽如許風露皎如空平生青鬢餘地老與故人同憶得鱸魚來後雜以洞庭新橘月墮酒杯中賓客可人意歌舞轉春風　坐間玉花底扇又從容從容更好無奈多病已衰翁賴有主人風味識我少年狂態乞與酒顏紅一醉曉鴉起流水任西東

又爲壽

淦水定何許樓外滿晴嵐落霞蜚鳥無際新酒爲誰甘聞道居鄰玉笥下有芝田琳苑光景照江南已轉丹砂九應降素雲二　憶疇昔翻舞袖縱劇談玉壺傾倒香霧黃菊釀紅柑好在當時明月只有爐熏一縷緘寄可同參賸肯南遊不蓬海試窮探

瑞鶴仙爲壽

記河梁折柳問畫堂樂事燕鴻難偶十年漫回首但

亭亭紫蓋差差南斗傳聞小有種桃花靚煩素手怪歸來道骨仙風縹緲迥然非舊　清晝江南如畫紫菊冬前翠橙霜後扁舟渡口佳客至奉名酒喚青鸞起舞雲窗月檻一曲山明水秀笑相看玉海別來淺如故否

又餞交代沈公雅臺山寺作繼作朝中措

攬垂楊細折有別情遺愛與君都說文茵帶瑂軏是行春來處去年阡陌柔桑半葉轉風光輕颺秀麥正人家共約耕相借牛社相留客　清絕溪山猶記脫帽吟風倚樓招月東君何事將春至放春歸道從今江上一花一柳皆想油幢瑞節縱離愁瘦減腰圍帶金正華

朝中措

山礬風味更梨花清白競春華試問西園清夜何如山崦人家　楚東千嶂吳江一棹雲路非賒惟有相思兩地可憐淡月朝霞

又

燒燈已過禁煙前春信遞相傳柳暗乍迷津霧花暄欲照江天　天涯賓主相逢老矣一笑歡然晚歲許同盧社西風不買吳船

又東風亭初成

長松擎月與天通霜葉亂驚鴻露泂乍疑杯灩雲生
似覺衣重　江南勝處青環楚嶂紅半溪楓倦客會
應歸去一亭長枕寒空

又

幾枝節印竹半煙雲鐘鼓醉中聞千點好山餘思一灣
流水能分　多情皓月栖輪夜午光動風文看取清
閒賓主猶勝富貴封君

又路彥豐生日

新涼溪閣暮山重水月共空濛九轉不須塵外三峯
只在壺中　他年盛業雲間可望林下難逢記取鄰
林巖洞何如千越秋風

又

西城煙霧一重重蕭洒便秋風巧妒玉人裝髻無如
禁籥難通　新聲窈眇怨傳楚些嬌並吳宮夜久三
星爲粲皓蛾寧爲君容

新荷葉

欲暑還涼如春有意重歸春若歸來任他鶯老花飛
輕雷澹雨似晚風欺得單衣簷聲驚醉起來新綠成
圍　回首分攜光風冉冉菲菲曾幾何時故山疑夢

還非鳴琴再撫將清恨都入金徽永懷橋下繫船溪柳依依

又

雨細梅黃去年雙燕還歸多少繁紅盡隨蝶舞蜂飛陰濃綠暗正麥秋猶衣羅衣香凝沈水雅宜簾幕重幃　繡扇仍攜花枝塵染芳菲遙想當時故交往往人非天涯再見悅情話景仰清徽可人懷抱晚期蓮社相依

又 秀州作

玉井冰壺人間有此清秋笑語雍容令從庭戶初修迎風待月香凝處四捲簾鉤月波奇觀未饒當日南樓　聞說三吳江湖從古風流況有雙轓舊譜黃閣青油金甌屢啟應難解久爲人留天池波灩可憐蘋滿汀洲

看花回 張守生日

注目正江湖浩蕩煙雲離屬美人衣蘭佩玉澹秋水凝神陽春翻曲烹鮮坐嘯清淨五千言自足橫劍氣南斗光中浩然一醉引雙鹿　回雁未歸書未續夢草處舊芳重綠誰憶瀟湘歲晚爲喚起長風吹飛黃鵠功名異時圯上家傳謝寵辱待封留拜公堂下授

我長生籙

又 爲壽○東巖龐蘊居士也

愛日報疎梅動意春前呼得畫棟曉開壽域度百和温馨霜華無力斑衣翠袖人面年年照酒色環四座壁月瓊枝恍然江縣擬鄉國　聞道撫東巖舊迹又殊勝謝家清逸知與桃花笑了定何似青鳥層城消息他年妙高峯上優曇會堪折擁輕軒未妨遊戲看取朱輪十

芰荷香 席上用韻送程德遠罷金谿

燕初歸正春陰暗淡客意淒迷玉觴無味晚花雨退凝脂多情細柳對沈腰渾不勝衣垂別袖忍見離披江南陌上強半紅飛　樂事從今一夢縱錦囊空在金梳誰揮舞裙歌扇故應閒瑣幽閨練江詩就算檥舟寧不相思腸斷莫訴離杯青雲路穩白首心期

垂絲釣 千越亭路彥捷置酒同別富南叔

短篷醉檥江南秋意如水露草星明風柳絲委危檻倚爲故人宴喜　歡無幾念青鞵紫綺論詩載酒猶勝心記雙鯉倦游晚矣雲路非吾事湖海從君意沙雁起記夜闌隱几

又

暮愁有信全勝春夢無準篆縷欲銷衣粉堪認殘夢醒枕夜涼滿鬢　想香徑正垂垂美蔭晚花在否朱闌誰與同凭斷雲怨冷青鳥無憑問紅葉翻成恨三五近試預占破鏡

謁金門 題扇

朱檻曲妝淺鬢雲吹綠半尺鵝溪涼意足手香霑柄玉　午夢已驚難續說與翠梧修竹蓬海路遙天六六乘鸞何處逐

又

勞顧曲燕貢雅羞衣綠魯酒不能無味足小杯空薦玉　只願此懽常續莫序水邊絲竹明日朝參同趁六六猶期歸騎逐

又

休相憶明夜遠如今日樓外綠煙村冪冪花飛如許急　柳岸晚來船集波底斜陽紅濕送盡去雲成獨立酒醒愁又入

又

春已半繡綠新紅如換燕子還來簾幕畔閑愁天不管　翠被曲屏香滿花葉彩牋人遠鵲喜蛛絲都未判連環空約腕

又

春不盡處處與情相趁誰道劉郎家恁近一年花不問　雙翦畫羅春勝今夜月圓如鏡怎得酒闌心易定試將金液鎮

又

春似繡不是別離時候滴盡黃昏殘刻漏月高花影畫　好在畫屏金獸深瑣粉窗蘭牖溪水南來堪問否幾時離渡口

又

朱戶密鎮鎖一庭春日畫幕黃簾芳草碧游蜂初未識　脆管么絃無力青子綠陰如織花滿深宮無路入舊遊渾記得

又

春意密不受人問風日一曲清歌雲暮碧尊前今夜識　醉客倦吟無力滯夢得愁相織只道桃源難再入有人還問得

柳梢青　生日

衰翁自謫堪笑忘了山林閒適一歲花黃一秋酒綠一番頭白　浮生似醉如客問底事歸來未得但願長年故人相與春朝秋夕

又庚寅生日鉛山作

卮言日出天上漫試人間無術一笑歸來身如蟬蛻首如龜縮　年年白酒黃花共願我光風霽月不道道人鬢鬢老去如何消得

又

酴醾過也酴醾過過後無花堪折只有垂楊垂楊卻作絮驚行色　海棠半在如無又爭倩薔薇戀得除是東風隨君歸問玉堂消息

好事近乘風亭作

君莫厭江鄉也有茂林脩竹竹外有此一亭樹置酒尊棋局　棋神酒聖各成歡歡長更燒燭寄語故人鵬鷃任傾金屋玉

又送林主簿

君到共黃花君去早梅將發君不待梅歸去問與誰同折　白頭潘令一年秋有酒恨無客莫忘道山堂上話清音風月

又盧僉判席上

草草復匆匆相見也還相憶記取夢魂詩思似水光山色　清音堂下一扁舟誰主又誰客休厭一杯相勸看梅梢將白

又晚集後園

尋得一枝春驚動小園花月把酒放歌添燭看連林
爭發　從今日有花開野水釀春碧舊日愛閒陶
令作江南狂客

又白雲亭

風露入新亭看盡楚天秋色行到暮霞明處有金華
僊刻　孤城喬木墮荒涼白雲帶溪碧喚取小舟同
醉話江湖歸日

又蠟梅

一種歲前春誰辨額黃腮白風意只吟羣木與此花
修別　此花佳處似佳人高情帶詩格君與歲寒相
許有芳心難結

又

朱戶閉東風春在小紅纖雪門外未寒猶暖怪有花
堪折　梨花菊蕊不相饒嬌黃帶輕白莫厭醉歌相
惱是中原鄉客

又

日日念江東何有舊人重說二妙一時相遇怪尊前
頭白　山城無物為君歡薄酒待寒月草草數歌休
笑似主人衰拙

點絳脣 路德友席上作

山水鄉中豈知還有中原笑醉歌傾倒記得昇平調舊日年光試把華燈照心情好有些懷抱擬向梅花道

又

一點青陽早梅初識春風面暖回瓊管斗自東方轉白馬青袍莫作銅駝戀看宮線但長相見愛日如人願

又

護雨烘晴紫雲縹緲來深院晚寒誰見紅杏梢頭怨絕代佳人萬里沈香殿光風轉夢餘千片猶恨相逢淺

又

秋入闌干亭亭波面虹千丈一聲漁唱畫箇三高樣江上風波更泛吳松浪寒潮漲石魚酒舫漫叟知何向

又題西隱

好在蒼苔摩挲遺恨風還雨一涼相與片月生新浦天外離居爲我蒸橈舉山如許故人來否歲晚鱸堪煮

秦樓月 詠瑞香

香蔌蔌小山叢桂烘温玉烘温玉酒愁花暗沈腰如束 煩君剩與陽春曲爲君細拂衾羅馥衾羅馥一春幽夢與君相續

又

梅綴雪雪綴梅花肌膚愜肌膚愜豐姿濃態瑩如玉色 歲寒期約無相缺祥花不滅晴空月晴空月依前消瘦還共清絶

阮郎歸

歲寒堂下兩株梅商量先後開春前日繞一千回花來春又來 冰可斷玉堪裁寒空無暖埃爲君翻動臘前醅酒醒香滿懷

又

一春種得牡丹成那知君遽行東君也自沒心情夜來風雨聲 追間闊數清明不應歌渭城只愁河畔草青青卻須離緒生

又 餘干留別人家

三年何許競芳辰君家千樹春如今欲去復逡巡好花留佳人 紅蕊亂綠陰匀綵雲新又新只因小闋記情親動君梁上塵

減字木蘭花　贈摘阮者

四絃續續山水依然關塞足天上新聲謫墮人間得自名　清歌宛轉彈向指間依舊見滿眼春風不覺黃梅細雨中

又

綠陰紅雨暗淡衣裳花下舞花月佳時舞破東風第幾枝　一杯相屬從妣尊前三四燭酒盡花闌京洛風流仔細看

又

一年歌舞還是花黃尊綠處雨橫風多比似年時恨若何　簾深酒暖細雨斜風渾不管只有黃花欲近佳人鬢畔鴉

又

送人南浦日日客亭風又雨相見如何梅子枝頭春已多　真成別去酒病明朝知幾許淋損宮袍都是人人醉後嬌

又

屈亭湘浦怨盡朝雲還暮雨知是誰何賦得清愁爾許多　愛來慵去此意平生成淚許著盡茸袍想見江梅雪後嬌

又

亂雲縈浦做雪不成還是雨知我爲何一笑仍添一恨多　不須歸去琥珀杯深能幾許草色如袍記取從今舞處嬌

鵲橋仙

來時夾道紅羅步障已換青絲翠羽春愁元自逐春來卻不肯隨春歸去　千觴美酒十分幽事歸到只愁風雨憑誰傳語牡丹花爲做取東君些主

又　正月廿三日秀野堂作

江梅仙去臘梅風化只有緗梅呈秀不知春在阿誰邊試與問青青楊柳　小園幽事中都風味鬬草分香如舊東風莫漫送扁舟爲管取輕寒羅袖

又　送路勉道赴長樂

留花翠幕添香紅袖常恨情長春淺南風吹酒玉虹翻便忍聽離絃聲斷　乘鸞寶扇淩波微步好在清池涼館直饒書與荔枝來問纖手誰傳冰盌

又　紅白二色蓮

藕花塘上無塵無暑灩灩一池秋韻綠羅寶蓋碧瑱竿翠浪裏亭亭月影　一家姊妹兩般梳洗濃淡施朱傅粉夜深風露逼人寒問誰在牙牀酒醒

菩薩蠻同飲晁伯如家席上和韓无咎韻

雪中梅豔風前竹詩緣漸與情緣熟醉眼眩成花惱伊生臉霞　巫雲將楚雨只恐翻然去我有合懽杯爲君聊挽回

又

雨聲不斷垂簷竹清歌喚起清眠熟洞戶有餘花同傾細細霞　酒行如過雨雨盡風吹去吹去復盈杯一春能幾回

又

繡羅裙上雙鴛帶年年長繫春心在梅子別時青如今渾已成　美人書幅幅中有連環玉不是只催歸要情無斷時

又

倚闌閑撚生綃扇新涼庭戶微風轉疏雨斷簷聲淡雲開晚晴　蔗漿寒浸齒枕簟清如水相憶不勝愁月來簾上鈎

又集句

青春背我堂堂去桃花亂落如紅雨是妾斷腸時芳心空自持　相思君助取脈脈脈如牛女天遠暮江遲今宵歸不歸

蝶戀花 贈別趙邦才席上作

堂外溪橋楊柳畔滿樹東風更著流鶯喚時節清明寒暖半秦箏欲妒歌珠貫　一寸離腸無可斷舊管新收盡記雙帷捲賴得今年春較晚送人猶有餘紅亂

又

雪裏珠衣寒未動雪後清寒驚損幽帷夢風撼海牛簾幕重畫簷冰筯如流汞　一穗香雲佳客共溜溜金槽政爾新詞送酒戲詩鬮忘百中燭閒有箇人非衆

琴調相思引 臨別餘干席上作

拂拂輕陰雨麴塵小庭深幕墮嬌雲好花無幾猶是洛陽春　燕語似知懷舊主水生只解送行人可堪詩墨和淚漬羅巾

又

曾躡姑蘇城上臺好山知有好人來幾回徙倚月裏暮雲開　閑倚和風千步柳倦臨殘雪一枝梅暖香高燭翻動道人灰

杏花天

風韶雨潤催花候歎無限年年常有桃蹊杏陌相期

久一爲東君試手　匆匆去那人信否襟淚漬粉香
依舊單衣煮酒重來後好與看承人瘦

又

當時衆裏聞新曲拚一醉移舟換燭清波快送千帆
幅十里披煙泛玉　誰知度春寒夜獨常寄恨花闌
漏促西風渡口蓮堪束一枕新涼會足

浣溪沙題扇

冰練新裁月見羞墨花飛作淡雲浮宜歌宜笑不妨
秋　約腕半籠衫草碧洗妝初失黛蛾愁嫩涼輕暑
奈風流

又

過雨園林綠漸濃晚霞明處暮雲重小橋東畔再相
逢　睡起未添雙鬢綠汗融微退小妝紅幾多心事
不言中

又

菊已開時梅未通似寒如暖意融融情親語妙一杯
中　歌舞欲來須更理林泉有樂政須同好詩多味
酒無功

又

渺渺東風泛酒船月華爲地酒爲川春于紅藥更留

連　雲路功名方步步草廬松竹自年年他時人說二疏賢

又

花下憑看月下迎避人私語臉霞生畫堂紅燭意盈盈　病酒一春愁與睡倚闌終日雨還晴強移心緒作清明

又辛卯會黃運屬席上作

人意歌聲欲度春春容溫暖勝於人勸君一醉酒如澠　梅子枝頭應有恨柳花風底不堪嚬蓋公堂下淨無塵

虞美人九月飲乘風亭故基

煙空磴盡長松語佳處遺基古道人乘月又乘風未用秋衣洗水換熏籠　兩峯千澗依稀是想像詩翁醉莫驚青蕊後時開笑倒江南陶令未歸來

又

凌虛風馬來無迹水淨山光出松間孤鶴睡殘更喚起纖簫飛去與雲平　新亭聊共豐年悅一醉中秋月江山擬作畫圖臨樂府翻成終勝寫無聲

又罷官嘉禾張忠甫諸公置酒舟中作

蘭畦梅徑香雲繞長恨相從少相從雖少卻情親不

道相從頻後是行人　行人未去猶清瘦想見相分後書來梅子定嘗新記取江東日暮雨還雲

南鄉子同韓子東飲汪德召新樓

風露曉珊珊洛下湘中接珮環急把一杯相勞苦雲端只恐冰肌亦自寒　二客共闌干瀲瀲鯨波吸未乾待得月華移十丈乘懽更上層樓極處看

又

濃綠暗芳洲春事都隨芍藥休風雨只貪梅子熟颸颸卻送行人一夜秋　新月幸如鉤二五還催玉鑑浮一段離愁溪樣遠悠悠只是溪流淺似愁

又集句

窗戶映朝光花氣渾如百和香卽遣花飛深造次茫茫曲渚飄成錦一張　相憶莫相忘並帶芙蓉本自雙草色連雲人去住堪傷海上尖峯似劍鋩

畫堂春飲趙淵卿容光堂

倡條繫帶綠層層解衫扶醉同登暝雲無樹亦崚嶒紅袖深憑　病思去春饒睡醉魂因酒思冰夜涼星斗挂修豈歌盡香凝

又

滿城風雨近重陽夾衫清潤生香好辭賡盡楚天長

喚得花黃　客勝不知門陋酒新如趁春狂故人相見等相忘一語千觴

滴滴金 送路彥捷赴儀真

澄溪瞑度輕澌白對平湖澹煙隔我與征鴻共行人更張燈留客　東園半是餘花迹料仙帆到時發若倚江樓望清淮爲殷勤鄉國

青玉案 贈勉道琵琶人

當年萬里龍沙路載多少離愁去冷壓層簾雲不度芙蓉雙帶垂楊嬌鬢絃索初調處　花凝玉立東風暮曾記江邊麗人句異縣相逢能幾許多情誰料琵琶洲畔同醉清明雨

沙塞子

春水綠波南浦漸理棹行人欲去黯消魂柳上輕煙花梢微雨　長亭放餞無計住但芳草迷人去路忍回頭斷雲殘日長安何處

臨江仙 和洪景盧送行韻

憶著舊山歸去樂松筠歲晚參天老來慵似柳三眠從教官府冷甘作地行仙　青瑣紫微追昨夢扁舟已具猶憐有情如酒月如川爲君忘飲病更擬索茶煎

又 庸上次元明韻

潦水似譏酒淺秋雲如妬蟾明幽人聞雁若聞鶯更長端有意菊晚近無情　詩學笑中偷換燭花醉裏頻傾羅衣迥立可憐生五湖雖好在客意欲登瀛

鷓鴣天 白鷺亭作

天外秋雲四散飛波間風艇一時歸他年淮水東邊月猶爲登臨替落暉　誇客勝數星稀晚寒拂拂動秋衣酒行不盡清光意輸與漁舟睡釣磯

又 送王漕侍郎奏事

渺渺東風拂畫船不堪臨雨落花前清歌只擬留春住好語頻聞有詔傳　秦望月鏡湖天養成英氣自當年兩山總是經行處獻納雍容定幾篇

又 爲韓漕无咎壽

憶醉君家倚翠屏年年相喜鬢毛青誰知緩步從天下猶許清彈此地聽　揮羽扇寫鵝經使星何似老人星幾時一試薰風手今日桐陰又滿庭

清平樂 建安泛舟作

新寒一段變盡人間暖說與羣花花不管只有江梅情亂　江梅也似山人山人到老梅親斗擻衣冠氣象百般歸去精神

又席上贈人○花庵作閨思

桃根桃葉一樹芳相接春到江南三二月迷損東家蝴蝶　殷勤踏取青陽風前花正低昂與我同心支子報君百結丁香

眼兒媚建安作

儂家風物似山家梅老鬢絲華幾回記得攀翻琪樹醉帽欹斜　冷香不斷春千里歸路本非賒有人卻道使君猶健看徧餘花

永遇樂陪程金谿躍馬用其韻

杜曲桑麻灞橋風雪歸夢無路馬健淩秋人間玩日聊用寛遲暮搖搖羽扇翩翩烏帽勝處恍疑仙去笑相看風林露草古來有誰知趣　黃公壚下山陰亭畔歲月著鞭如鶩出塞功名入關游說紙上俱難據論詩說劍尊前風味天巧卻容人覷問少陵酣歌拓戟爲誰獻賦

訴衷情雨中會飲賞梅燒燭花枤

洗妝傲舞傍清尊霏雨澹黃昏殷勤與花爲地燒燭助微溫　松半嶺竹當門意如村明朝酒醒桃李縵山心事誰論

又

江梅初試雨三花人意竟年華春工未敢輕放深院擁吳娃翻酒戲醉人家舊生涯而今且趁便面斜陽莫照紅紗

千秋歲

杏花風下獨立春寒夜微雨度疏星挂暉暉濃豔出嬝嬝繁枝亞朱檻倚輕羅醉裏添還卸寂寞情猶乍悵望驂鸞駕鳳衣褪玉香欺麝一花拚一醉杯重憑誰把春去也重簾翠幕人如畫

風入松杏花

傳聞天上有星榆歷歷誰居淡煙暮擁紅雲暖春寒乍有還無作態似深仍淺多情要密還疏移尊環坐足相娛醉影憑扶江南歸到雖憐晚猶勝不見踟躕儘拚綠陰青子憑肩攜手如初

茶瓶兒上元

澹月華燈春夜送東風柳煙梅麝寶釵宮髻連嬌馬似記得帝鄉游冶悅親戚之情話況溪山坐中如畫淩波微步人歸也看酒醒鳳鸞誰跨

祝英臺近春恨

獸金寒簾玉潤梅雪印苔絮春意如人易散苦難聚幾多絲竹深情池塘幽夢猶倚賴與春同住舊游

處誰喚別浦仙帆風前問征路煙雨連江吹恨正無數莫教紫燕燕歸來彩雲開後空悵望主人輕去

五綵結同心 爲淵卿壽

人間塵斷雨外風回涼波自泛仙槎非郭還非欒閑鶯燕時傍笑語清佳銅壺花漏長如線金鋪碎香暖簷牙誰知道東園五畝種成國豔天葩　主人漢家龍種正翩翩迥立雪紵烏紗歌舞承平舊圍紅袖詩興自寫春華未知三斗朝天去定何似鴻寶丹砂且一醉朱顏相慶共看玉井浮花

瑞鷓鴣 爲嬸壽

芙蓉池館一重重留得黃花壽斝中春到小春如有信日臨良月正相同　芝蘭美應瑤階瑞蘋藻香吹翠沼風此夜隔牆聞鳳管人間元自勝蟾宮

月中桂 送杜仲微赴闕

露醑無情送長歌未終已醉離別何如暮雨釀一襟涼潤來留佳客好山侵座碧勝昨夜疎星淡月君欲翩然去人間底許員嶠問帆席　詩情病非疇昔賴覯朋對影且慰良夕風流雨散定幾回腸斷能禁頭白爲君煩素手薦碧藕輕絲細雪去去江南路猶應水雲秋共色

滿庭芳道中憶錢塘舊遊

雲暖萍漪，雨香蘭徑，西湖二月初時。兩山十里，錦繡照金羈。柳外闌干相望，弄東風、倚徧斜暉。朋遊好，亂紅堆裏，一飲百篇詩。　三年江上夢，青衫風日，白紵塵泥。聽幾聲黃鳥，粵樹閩溪。長是春朝多病，今年更、添得相思。須歸去，倦遊滋味，猶有箇人知。

水龍吟

春溪漠漠如空，望中只與新愁去。何知尚有，煙間餘怨，洛津閑賦。已瘦難豐，久離重見，好春如許。念海棠未老，荼蘼欲吐，且莫恨、風嫌雨。　休問無情水驛，載幽懷、小槐輕艣。君看睡起，平階柳絮，入門花霧。才盡無奇，客殘如掃，一尊誰舉。悵行雲斷後，秖應夢裏，有澄江句。

如夢令酥花

鴛瓦初凝霜粟，冰筍旋裁春玉。巧思化東風，喚省蕊紅枝綠。清淑，清淑，會有蜂棲蝶宿。

又

嫩柳眉梢輕蹙，細草煙凝堪掬。爭似小桃穠，酒入香肌紅玉。清馥，清馥，不覺花闌漏促。

蕊珠閑

浦雲融梅風斷碧水無情輕度有嬌黃上林梢向春欲舞綠煙迷晝淺寒欺暮不勝小樓凝佇　倦游處故人相見易阻花事從今堪數片帆無恙好在一篙新雨醉袍宮錦畫羅金縷莫教恨傳幽句

念奴嬌

雨斜風横正詩人閑倦淮山清絶彈壓秋光江萬頃只欠淩波羅襪好事幽人憐予止酒著意温瓊雪翠帷低捲堅來飛墮初月　涼夜華宇無塵舞裙香漸暖錦茵聲闋不分金蓮隨步步誰遣芙蓉爭發賴得高情湘歌洛賦稱作西風客爲君留住不然飄去雲闕

憶少年

逢春如酒逢花如露逢人如玉東風送寒去蔚温温香縠　海上三山元似粟試招來共藏金屋與君醉千歲看人間新綠

思佳客令

天似水秋到芙蓉如亂綺芙蓉意與黃花倚　歷歷黃花矜酒美清露委山間有箇閒人喜

惜分飛　送江鳴玉歸烏墩

相與十年親且舊一笑天涯攜手霜際寒雲迎去年

情味君思否　遠水無情冰不就好在尊前眉岫腸斷東南秀淡煙疎月梅時候

絳都春　春别張子儀

平生相遇算未有笑語閩山佳處舊日文章如今風味渾如許眼前都是蓬萊路但莫道有人曾住異時天上種種風流待君如故　此自君家舊物看九萬清風爲君掀舉舉上青雲卻憶梅花如舊否故人衰病今無緒只種得梅花盈圃待君一過山家共斟露醑

小重山

春日歸來如許長不知償此意幾何觴老人臨酒興猶狂溪山主終不道山王　一雨罷耕桑平生懽喜處是吾鄉與君花底共風光春莫笑花不似人香

隔浦蓮

西風吹斷蘺草來度芙蓉老座上人誰在晨參疎影相照幽館寒意早簷聲小□□□醉語秋屏曉　相攜勝處黃花香滿烏帽如今將見璧月瓊枝空好準擬新歌待見了不道些兒心事還惱

賀聖朝

一江風月同君住了不知秋去賞心亭下過帆如馬

墮楓如雨　相將莫問與亡事舉離觴誰訴垂楊指
點但歸來有溫柔佳處

念奴嬌　建安錢交代沈公雅

棠陰綠徧正金菊芙蓉爭放時節滿路歌謠民五袴
底事逢車催發結綵成門攀轅臥轍何計留連得故
園花柳盡成憔悴難說　今夜祖席郵亭主人來日
已是朝天客旌旆匆匆從此去□賞□湖風月眷戀
無因笑啼不敢那忍傷輕別瀛洲難駐一杯聊送行
色

點絳脣　途中逢管倅

憔悴天涯故人相遇情如故別離何遽忍唱陽關句
我是行人更送行人去愁無據寒蟬鳴處回首斜
陽暮

轉調踏莎行　路宜人生日

宿雨纔收餘寒尚力牡丹將綻也近寒食人間好景
算仙家也惜因循盡掃斷蓬萊跡　舊日天涯如今
咫尺一月五番□共懽集些兒壽酒且莫留半滴一
百二十箇好生日

瑞鶴仙

氣佳哉壽域正曉松呈翠早梅施白良辰值良月看

景星朝覲洗空霜潔珍圖瑞牒仰天心鍾在俊傑向人間化作如膏甘雨莫放春歸　堪憶二吳樂事畫戟凝香舞衣回雪風流勝絕尊中酒坐中客問今年何事騎鯨南去久矣湘楓下葉早歸來應取千齡鳳池舊列

看花回

端有恨留春無計花飛何速檻外青青翠竹鎮高節凌雲清陰常足春寒風袂帶雨穿窗如利鏃催處處燕巧鶯慵幾聲鉤輈叫雲木　看波面垂楊蘸綠最好是風流煙沐陰重熏簾未捲正泛乳新芽香飄清馥新詩惠我開卷醒然欣再讀嘆詞章過人華麗擲地勝如金玉

好事近

一泪寄江干十載山青水碧山水大無餘意有故情難識　故情難識有誰知衣殘更頭白別後是人安穩只楚吳行客

賀聖朝

河陽桃李開無數待成春歸去小園幾月忽驚飛恨主人難駐　雛鶯乳燕愁悲語道留君不住願君隨處作東風與羣花爲主

浣溪沙 張宜輿生日

花縣雙鳧縹緲仙家庭椿樹正蒼然斑衣舉酒大人前 嫋嫋涼風供扇枕悠悠飛露濕叢萱醉扶黃髮弄曾玄

又

水到桐江鏡樣清有人還似水清明尊前無語更盈盈 翠袖舞衫何日了白頭歸去幾時成老來猶有惜花情

菩薩蠻

佩環解處妝初了翠娥玉面金鈿小萼綠本仙家天香誰似他 芳心貞耐久度月長相守歲晚未能忘相期雲水鄉

眼兒媚 王澧赴介庵賞梅

黃昏小宴史君家梅粉試春華暗香素蕊横枝疏影月淡風斜 更燒紅燭枝頭桂粉蠟鬬香奢元宵近也小園先試火樹銀花

江城子 上張帥

春風旗鼓石頭城急麾兵斬長鯨緩帶輕裘乘勝討蠻荊蟻聚蜂屯三十萬爭面縛向行營 舳艫千里大江横凱歌聲犬羊驚尊俎風流談笑酒徐傾北望

旄頭今已滅河漢淡兩台星

西江月 爲壽

擣玉揚珠萬戶臙眉高髻千峯佳辰請壽黑頭公老稚扶攜歡動　借問優游黃綺何如強健夔龍畝船一棹百分空澆潑胸中雲夢

千秋歲 外姑生日

柏舟高躅晚歲宜遐福門戶壯疎湯沐青袍圍白髮瑞錦纏犀軸仙桂長交柯卻映蟠桃熟　縹緲長生曲入破笙簫逐香霧薄菲華屋玉鉤涼月挂水麝秋藻馥千萬壽酒中倒臥南山綠

虞美人

斷蟬高柳斜陽處池閣絲絲雨綠檀珍簟捲猩紅屈曲杏花蝴蝶小屏風　春山疊疊秋波慢收拾殘針綫又成嬌困倚檀郎無事更拋蓮子打鴛鴦

又 劉帥生日

疎梅淡月年年好春意今年早迎長時節近佳辰看取衮衣黃髮畫麒麟　酒中倒臥南山綠起舞人如玉風流椿樹可憐生長與柳枝桃葉共青青

瑞鷓鴣

榴花五月眼邊明角簟流冰午夢清江上扁舟停畫

槳雲間一笑濯塵纓　主人杯酒留連意倦客關河去住情都付郵亭今日水伴人東去到江城

豆葉黃

粉牆丹桂柳絲中簾箔輕明花影重午醉醒來一面風綠蔥蔥幾顆櫻桃葉底紅

念奴嬌 中秋

姮娥萬古算清光常共山清水綠我欲蓬萊風露頂眇視寰瀛一粟攜手羣仙廣寒遊戲玉砌琉璃屋歸來一笑葛陂還訪騎竹　此夕縱飲清歡吸寒輝萬丈快如飛瀑傾倒銀河斟斗杓莫問人間榮辱獨倚闌干浩歌長嘯驚墮雲飛鵠亂呼蟾兔搗霜為駐顏玉

水調歌頭

山色望中好□氣□□□連峯疊巘極目高下與雲平三洞洸洸何處玉清洞在溪水中隱映一溪煙樹倒影碧波□喚起驂鸞客丹竈夜光橫　□□捲風□□□□明佳人爲我垂手淒怨理秦箏千載虹橋新路依約慢□歌舞一醉話浮生但得尊盈酒莫問世間名

臨江仙 賞芙蓉

十載長安桃李夢年來鏡淨塵空忽傳綵筆小箋紅滿懷秋思傾倒爲芙蓉　莫恨霜濃開較晚尊前元有春風酣嬌肯爲別人容試攜銀燭斜照綠波中

喜遷鶯

登山臨水正桂嶺瘴開蘋洲風起玄鶴高翔蒼鷹遠擊白鷺欲飛還止江上澄波似練沙際行人如蟻目斷處見遙峯蹙翠殘霞浮綺　千里關塞遠雁陣不來猶把闌干倚數疊悲笳一行征旆城郭幾番成毀白塔前朝寢陵青嶂故都營壘念往事但寒煙滿目秋蟬盈耳

鷓鴣天　羊城舊名京口天下最號都會風軒月館豔姬角妓倍於他所人以羣仙目之因列十名於後各賦一闋

蕭秀

有女青春正及笄蕊宮仙子下瑤池簫吹弄玉登樓月絃撥昭君未嫁時　雲體態柳腰肢綺羅活計強偎隨天教謫入羣花苑占得東風第一枝

蕭瑩

花動儀容玉潤顏溫柔婀娜趁幽閑盈盈醉眼橫秋水淡淡蛾眉抹遠山　膏雨霽曉風寒一枝紅杏拆

朱闌天台迥迴失劉郎路因憶前緣到世間

歐懿

月晛金□雲□梳素娥何事下天衢翩翩舞袖穿花蝶宛轉歌喉貫素珠 簾翡翠枕珊瑚錦衾冰簟水紋鋪春光九十羊城景百紫千紅總不如

桑雅

雲暗青絲玉瑩冠笑生百媚入眉端春深芍藥鮮煙拆秋曉芙蓉破露看 星眼俊月眉彎舞狂花影上闌干醉來直駕僊鸞去不到銀河到廣寒

劉雅

醉撚花枝舞翠翹十分春色賦妖嬈千金笑裏爭檀板一搦纖圍閒舞腰 行也媚坐也嬌乍離銀闕下青霄檀郎若問芳笄記二月鮮風弄柳條

歐倩

梅粉新妝閒玉容壽陽人在水精宮浴殘雨洗梨花白舞轉風搖菡萏紅 雲枕席月簾櫳金爐香噴鳳幃中凡材縱有凌雲格肯學文君一日蹤

文秀

綽約嬌波二八春幾時飄謫下紅塵桃源寂寂啼春鳥蓬島沈沈鎖暮雲 丹臉嫩黛眉新肯將朱粉汙

天眞楊妃不似才卿貌也得君王寵愛勤

玉婉

未有年光好破瓜綠珠嬉小翠鬟了清肌瑩骨能香玉豔質英姿解語花　釵插鳳鬟堆鴉舞腰春柳受風斜有時馬上人爭看擘破紅窗新絳紗

楊蘭

兩兩青螺綰額傍彩雲齊會下巫陽俱飛蛺蝶尤相逐並蒂芙蓉本自雙　翻綵袖舞霓裳點風飛絮恣輕狂花神只恐留難住早晚承恩入未央

吳玉

拂拂深帷起暗塵清歌緩響自回春月和燈市雲間墮人對梅花雪後新　杯掌露舞衣雲酒慵微覺翠鬟傾洞房不厭陽臺雨乞與游人弄晚晴

總詠

一簇神仙會見奇漫誇蘇小與西施憐輕鏤月爲歌扇喜薄裁雲作舞衣　牙板脆玉音齊落霞天外雁行低看看各得風流侶回首乘鸞舊路歸

介詞庵

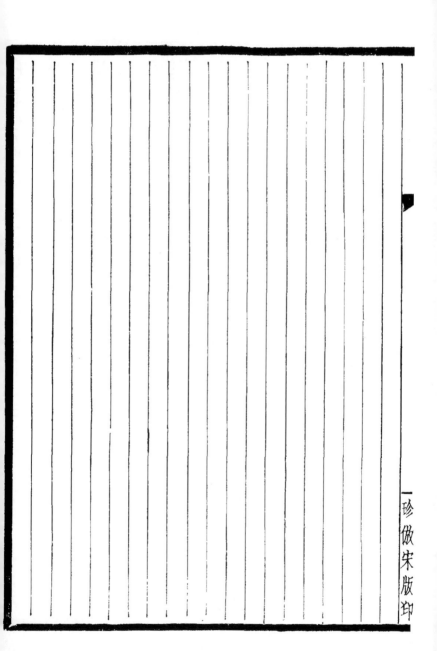

德莊名噪乾淳間官至朝請大夫直寶文閣知建寧府開府事賜紫金魚袋恩遇甚隆而度量宏博常戒趙忠定公曰謹勿以一魁先置胸中可想見其大槪矣余家舊藏介庵詞一卷板甚精良惜未得其全集又有文寶雅詞四卷中誤入孫夫人咏雪詞又曾見琴趣外篇六卷章次顛倒贋作頗多不能悉舉至如席上贈人淸平樂昔人稱爲集中之冠反逸去可恨坊本之亂眞也湖南毛晉識

平齋詞

目錄

沁園春四調　風流子一調
賀新郎四調　漢宮春一調
夏初臨一調　滿江紅二調
天香一調　水調歌頭二調
念奴嬌二調　更漏子一調
好事近一調　朝中措三調
點絳脣一調　西江月一調
浣溪沙四調　菩薩鬘一調
鷓鴣天一調　蝶戀花一調
臨江仙一調　南鄉子一調
眼兒媚二調　南鄉子一調
祝英臺近一調　謁金門二調
卜算子二調　柳梢青二調

平齋詞目錄

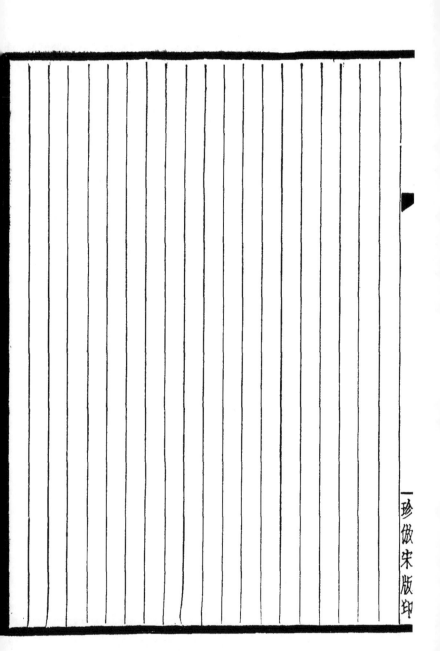

宋 洪咨夔

沁園春 壽俞紫薇

詩不云乎蒹葭蒼蒼白露爲霜看高山喬木青雲老榦英華滋液亦斂而藏匠石操斤便游林下一舉採之充棟梁須知道是天將大任翕處還張 薇郎玉佩丁當問何事午橋花竹莊又星回歲換臘殘春淺錦薰籠紫栗玉杯黃嗅起東風吹醒宿酒把甲子從頭重數將明朝去趁傳柑宴近滿袖天香

又 次黃宰韻

歸去來兮杜宇聲聲道不如歸正新煙百五雨留酒病落紅一尺風妒花期睡起綠窗銷殘香篆手板榰頭還倒持無人解自追遊仙夢作送春詩 風流不似年時把別墅江山供弈棋空一川芳草半池晴絮歌翻長恨賦續懷離桃葉渡頭沈香亭北往事悠悠難重思徘徊處看鳴鳩喚婦乳燕將兒

又 壽淮東制置

飲馬咸池攬轡崑崙橫鶩九州慶中興機會天生山甫非常事業天授留侯左摶龍蛇右馴虎兕萬里中原談笑收功名早便貂蟬獵獵飛出兜牟 新町無

限歡謳盡賣劍賣刀歸買牛正麥搖薰吹黃迷斷壟秧涵朝雨綠偏平疇眼底太平不圖再見羅拜焚香青海頭從今去願君王萬歲元帥千秋

又用周潛夫韻

秋氣悲哉薄寒中人皇皇何之更黃花吹雨蒼苔滑屐闌空鬭鴨牀老支龜靜裏蛩音明邊眉睫蹴踏星河天脫鞿清談久頓雨忘妍醜嫫姆西施 濂溪家住江湄愛出水芙蓉清絕姿好光風霽月一團和氣尸居龍見神動天隨著察工夫誠存體段個裏語言文字非君家事莫空將太極散打圖碑

風流子 和楊帥芍藥

錦幄醉荼蘼狻猊暖銀蒜壓煙霏正韓范安邊歐蘇領客紅芳庭院綠蔭窗扉看句挽春春肯住更判羽觴揮金繫花腰玉勻人面嬌慵無力婭姹相依 繁華都能幾青油幕好與遮護晴暉寄語東君莫教一片輕飛向溫馨深處留歡卜夜月移花影露裛人衣只恐明朝西垣有詔催歸

賀新郎 壽成都孫宰

露洗秋光透指岷峨無邊峭碧與君爲壽萬里同隨琴鶴到只願人情長久儘頭白眼青如舊從臾功名

三尺劍倚函關風雨蛟龍吼談笑取印如斗　從今盡展眉峯皺看諸郎翩翩黃甲班班藍綬一簇孫枝扶膝下翠竹碧梧爭秀便嘉慶圖中都有花影婆娑清晝永護新涼更著絲簧手歡未盡賸添酒

又　壽程於浩

風□簾花約玉壺天芙蕖欲蓋篔簹初槊宿靄收陰晴色定一點明星碧落光拍滿浮谿岸蕚銀櫛鐵冠風物古更秧青麥熟蠶登箔謹取酒爲君酌　華堂繡衮今如昨長官清水晶燈照珊瑚鉤琢富貴功名知有樣晨起一聲簷鵲使好趁六更宮鑰龍尾朝回長燕喜寶香深醉引萊衣著吹紫鳳舞黃鶴

又　詠梅用甄龍友韻

放了孤山鶴向西湖問訊水邊嫩寒籬落試粉盈盈微見面一點芳心先著正日暮煙輕雲薄欲攬清香和月蘸倩馮夷爲洗黃金杓花向我勸多酌　單于吹徹今成昨未甘渠琢玉爲堂把春留卻倚徧黃昏闌十二知被兒曹先覺更笑殺盧仝赤脚但得東風先在手管綠陰好踐青青約方寸事兩眉角

又

誰識昂昂鶴且隨緣剩水殘山東村西落世事幾番

新局面看底卻高三著況轉首西山日薄雪意壓簷
梅索笑任柄長柄短鄰家杓篘小甕動孤酌　見花
憶得年時昨正微醺獨步黃昏被花迷卻冷月吹香
春弄影幺鳳梢頭先覺恍夢斷羅浮山脚欲寄心期
無驛使想淩寒不奈腰肢約空凭暖畫闌角

漢宮春　老人慶七十

南極仙翁占太微元蓋洞府爲家身騎若木倒景手
弄青霞芙蓉飛旆映一川新綠平沙好與問東風結
子幾回開徧桃花　況是初元玉曆更循環數起希
有年華長把清明夜氣養就丹砂麻姑送酒安期生
遺棗如瓜歡醉後呼兒烹試頭綱小鳳團茶

夏初臨

鐵甕栽荷銅彝種菊膽瓶萱草榴花庭戶深沈畫圖
低映窗紗數枝奇石谽谺染宣和瑞露明霞於菟長
嘯風林□□霜草先斜　雪絲香裏冰粉光中與來
進酒睡起分茶輕雷急雨銀篁迸插簷牙涼入琵琶
枕幃開又送蟾華問生涯山林朝市取次人家

滿江紅

送雨迎晴花事過一庭芳草簾影動歸來雙燕似悲
還笑笑我不知人意變悲人空爲韶華老滿天涯都

是別離愁無人掃　海棠晚荼蘼早飛絮急青梅小
把風流醞藉向誰傾倒秋水盈盈魂夢遠春雲漠漠
音期悄最關情鵓鴣一聲催窗紗曉

又老人遊東山追和俞貳卿詞謹用韻

把酒西風渾莫問主賓誰惡千古事幾人遇合幾人
流落肝膽輪囷溟渤小精神浩蕩蓬萊薄望拒霜紅
處是東山長如昨　蒼苔跡何曾削黃葉夢何難覺
等春雲出岫秋波歸壑老子婆娑風度遠佳人縹緲
腰肢約況登高節過又登高須多酌閏九月

天香壽朱尚書

雲母屏開博山爐熨人閒南極星現酥篆千秋燈圖
百子酒泛花光照面堂深戲綵任父老兒童爭勸耆
艾相將潞國精明恰如清獻　春風飄香合殿仗雲
齊漏遲宮箭正好簪荷人侍帕柑傳宴日月華蟲旂
絢便與試胸中五紋線壽域長開洪鈞長轉

水調歌頭送曹侍郎歸永嘉

四海止齋老百世水心翁都將不盡事業付與道俱
東氣脈中庸大學體統采薇天保幾疏柘袍紅仞
倚寥碧一點駕歸鴻　扈江籬貫薜荔製芙蓉午橋
綠野深處心與境俱融搏控乾坤龍馬皺弄坎離日

月蒼鬢映方瞳只恐又催詔飛度橋花風

又中夏望前一夕步月

如此好明月梅裏自來無炎雲涄霧收盡宇宙一冰壺淺瀨乍分隨合清影欲連還斷滉漾玉浮圖風物庾樓似秋思欠菰蒲　醉魂醒塵骨換我非吾瓊簫紫鳳何許風露足清都君看流光多處縹緲游洸人立白與藕花俱只恐姮娥妬涼透粟生膚

念奴嬌老人用僧仲殊韻詠荷花横披謹和

香山老矣正商量不下去留鑾素獨立躊躇腸欲斷一段若耶溪女水底新妝空中香袖斜日疏風浦向人欲語垂楊清蔭多處　便好花裏喚船碧筩白酒微吸荷心苦佳月一鉤天四碧隱約明波横注雪藕逢絲碧蓮見薏枕簟涼如雨一雙宿鷺伴人永夜翹竚

又敬借老人燈韻爲壽

光風霽月信行窩到處人間天上一笑喚回新造化滿眼翠舒紅放腦後功名脚跟富貴夢斷春旗仗幅巾蕭散任他蟣蝨龍象　正是楊柳初眠海棠半睡錦繡天開障鶴骨松勳年望八得醉不妨瀾浪節過燒燈時催修禊迎面韶華蕩宗文扶著問翁馬有何

向

更漏子 次黃宰夜聞桂香

眼生花燈綴粟人在黃金列屋金縷細道冠明膽瓶涼意生 緩歌絃停酒斝待得香風吹下斜月轉斷雲回風流不讓梅

好事近 次曹提管春行

二十四番風纔見一番花鳥已自有人春瘦正遠山橫峭 踏青底用十分晴半陰晴方好深院日長睡起又海棠開了

朝中措 送同官滿歸

荷花香裏藕絲風人在水晶宮天上橋成喜鵲雲邊帆認歸鴻 去天尺五城南杜趣對柘袍紅若問安邊長策莫須浪說和戎

又 次楊仲禹韻

翠盆紅藥護觥籌風物似揚州春事一聲杜宇人生能幾狐裘 有山可買有書可讀不願封留一任東風輦路羣公蒼佩鳴璆

又 壽章君舉

滂葩七十二灘春鍾瑞石麒麟流水行雲才思光風霽月精神 金蕉進酒斑衣起舞喜氣津津羣玉峯

頭環珮紫薇花底絲綸

點絳脣 次張伯修韻

花事無多笙歌綰取東風住玉彝雕俎樓外更籌屢
醉喚驪駒催上天梯去君知否半邊銅虎鄧艾經
行路

西江月 壽章叔厚

庭下宜男萱草牆頭結子榴花非煙非霧富平家人
物風流如畫 寶月曾修玉斧銀河欲泛仙槎美人
睡起綠雲斜一笑扶將壽斝

浣溪沙 壽子有

蒼鶴飛來水竹幽初弦涼月一簾秋木犀花底試新
篘 鳳咮硯供無盡藏龍飛膀占最高頭慈闈洗眼
看封侯

又用吳叔承韻

細雨斜風寂寞秋黃花壓鬢替人羞□□□□負箜
篌 燕子樓寒迷楚夢鳳凰池暖愜秦謳暮雲凝碧
可禁愁

又 壽蔡千及

小雨輕霜作嫩寒蠟梅開盡菊花乾清香收拾貯詩
肝 文武兩魁前樣在功名四諫後來看麻姑進酒

斗闌干

又

六曲屏山似去年雪花欺得怕□寒小窗和月照無眠　筆點輕澌心欲折燭搖斜吹淚空煎伴人梅影更堪憐

菩薩鬘和子有韻

翠翹花艾年時昨鬬新五采同心索含笑祝千秋長眉如莫愁　流光旋磨蟻換調重拈起深院竹和絲皺紅裁舞衣

鷓鴣天為老人壽

天理從來屈有信東風到處物皆春門前驄馬權奇種臺上慈烏反哺心　花鳥屐柳湖尊好將長健傲長貧諸孫認取翁翁意插架詩書不負人

蝶戀花

畫斛黃花寒更好人愛花繁卻被花催老舊恨新愁誰醞造帶圍暗減知多少　開眼萬般渾是惱只仗微醺假寐寬懷抱隔屋愁眉春思早數聲啼破池塘草

臨江仙

萬紫千紅鬟上粉聚成一撮精神宣和宮樣太清真

韶風搖斗帳芳露溼綸巾　消得流鶯花底滑一聲驚起深塵扶將芍藥牡丹春光浮金盞面香到玉池津

南鄉子向刻作行香子誤○或作賀方回

風雨過芳晨多少愁紅恨紫塵雨點眉尖凝遠碧紛紛又被楊花誤一春　金鳳壓嬌雲睡起紗窗背欠伸心事欲言言不盡沈沈乳燕雛鶯觸撥人

眼兒媚

平沙芳草渡頭村綠徧去年痕遊絲下上流鶯來往無限銷魂　綺窗深靜人歸晚金鴨水沈溫海棠影下子規聲裏立盡黃昏

又壽錢德成

花光燈影浸簾櫳蓬島現仙翁瑤裾織翠詩瞳點碧酒臉潮紅　寶郎陰德知多少萬卷奏新功前庭梧竹後園桃李無限春風

南鄉子德清舟中和老人韻

霜月冷婷婷夾岸蘆花雪點成短艇水晶宮裏繫閑情誰道芙蓉更有成　阿鵲數歸程人倚低窗小畫屏莫恨年華飛上鬢堪憑一度春風一度鶯

祝英臺近為老人壽

臉長紅眉半白老鶴飽風露歲換星移祿運又交午須知命帶將來福推不去穩做箇榮華彭祖　記初度謝他紫燕黃鸝爭先送好語春滿湖山歷歷舊遊處管教柳外行廚花邊步屧長占斷好晴奇雨

謁金門　壽夢祥

春正美滿眼萬紅千紫收拾羣香歸甕蟻長年花信裏深院簾櫳如水雙燕呢喃芳壘啞碧輕衫人送喜梅梢新結子

又九日

開笑口又是茱萸重九好水佳山長似舊健如黃犢走菊蕊哷哷如豆風雨輕寒初透簷外鵲聲誰送酒莫閑金椀手

卜算子

皺弄柳梢春呼吸花心露倦粉嬌黃扇底風盡向眉心度喚醒海棠紋約住櫻桃素上到瑤臺最上層共跨青鸞去後句夢中得

又

芍藥打團紅萱草成窩綠簾捲疏風燕子歸依舊盧全屋　貧放麴生疏閑到青奴熟掃地焚香伴老仙人勝連環玉

柳梢青 老人生日

野服綸巾白鬢紅頰無限陽春二滿三平䴥衣淡飯鐘鼎山林　尊前喜氣輪囷道鑑麥分朝甲申天放新晴人占一飽老子寬心

舜俞於潛人其功烈載在史冊如毀鄧艾祠更祠諸
葛武侯告其民曰毋事仇讐而忘父母尤爲當時稱
歎迨卒時御筆批其鯁亮忠慤今抄所著兩漢詔暨
詩文行世樓大防又極賞大冶賦一篇予恨未見全
集其詩餘四十有奇多送行獻壽之作無判花嗜酒
之篇昔人謂王岐公文多富貴氣余于舜俞之詞亦
云湖南毛晉識

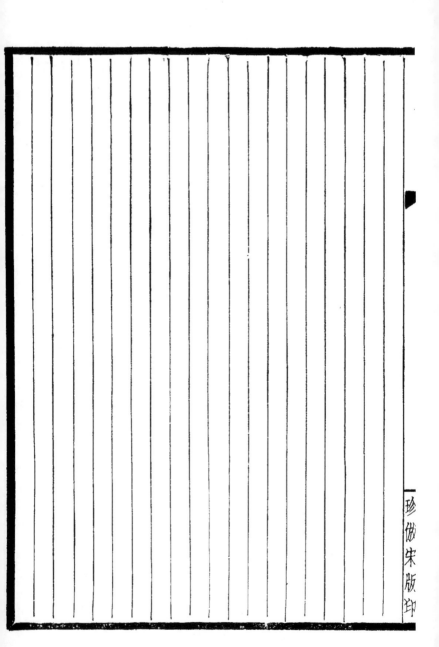

文溪詞

目錄

蘭陵王一調　摸魚兒四調
賀新郎七調　水龍吟三調
水調歌頭四調　念奴嬌二調
瑞鶴仙一調　沁園春一調
滿江紅二調　菩薩蠻一調
漁家傲一調　西江月一調
浣溪沙一調　城頭月一調

文溪詞目錄

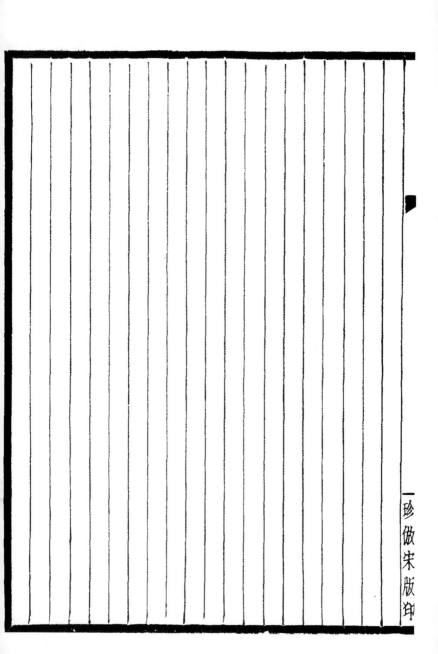

蘭陵王

宋 李公昂

燕穿幕春在深深院落單衣試龍沫旋薰又怕東風曉寒薄別來情緒惡瘦得腰圍柳弱清明近正似海棠怯雨芳踪任飄泊　釵留去年約恨易老嬌鶯多誤靈鵲碧雲杳渺天涯各望不斷芳草更迷香絮回文強寫字屢錯淚欲注還還閣　孤酌佳春腳便彩局惟恢寶軫慵學階除拾取飛花嚼是多少春恨等閑吞卻猛拍闌干數命薄悔舊諾

摸魚兒

曉風吹繡簾低舞霜霏香碎紅雨燕忙鶯嬾春無賴嬾爲好花遮護渾不顧費多少工夫做得芳菲聚休顰百五卻自恨新年游疏醉少光景恁虛度　猊煙瘦困起庭陰正午游絲飛絮無據千林溼翠須臾徧難綠鬢根霜縷愁絕處怎忍聽聲聲杜宇深深樹東君寄語道去也還來後期長在紫陌歲相遇

又　用古買坡塘旋栽楊柳韻

敞茅堂茂林環翠苔磯低蘸煙浦青蓑混入漁家社斜日斷橋船聚真樂處坐芳草瓦尊滿酒頻頻注臯

禽自舞慣松徑穿雲梅村踏雪朗笑自來去　車乘
墜爭似脩筇穩步前程回首俱誤安閒得在中年好
抱甕尚堪蔬圃高眼覷算不識人間寵辱除巢許風
篁解語應共笑羣狙無端喜怒三四計朝暮

又五羊郡圃築壯猷堂落成

繞西園粉籠千雉鏡池屏石天造主人意匠工收拾
華屋落成聞早輪奐巧望縹緲五雲深處移蓬島油
幢羽葆指貔虎長驅鯨鯢網取電走捷旗報　鐃吹
發回廡連屯飲犒海山波靜煙掃綸巾蕭散環珠履
春滿綠楊芳草人境好是握穗五翁福地無塵到芝
書在道便整頓乾坤經營萬宇棟國要元老

又送王子文知太平州

怪朝來片紅初瘦半分春事風雨丹山碧水含離恨
有腳陽春難駐芳草渡似叫住東君滿樹黃鸝語無
端杜宇報采石磯頭驚濤屋大寒色要春護　陽關
唱畫鷁徘徊東渚相逢知又何處摩娑老劍雄心在
對酒細評今古君此去幾萬里東南隻手擎天柱長
生壽母更穩步安輿三槐堂上好看綵衣舞

賀新郎　陪廣帥方右史登越臺

繡谷流明幟穩飛輿茵柔草碧蓋欹松翠遨首意行

窮絕頂綵樹千年勝地遠峯斷莽蒼煙水護日晴雲收午暑颯長風振葉生秋思籠霧炷影霞袂　清明官府歌棠芾且蕭閒事外下看玉城珠市山色驕人逢此客麈尾霏霏露碎一笑又羊銜新穗田野歡聲和氣合喚毹船猛爲漁占喜誰會得醉翁意

又錢廣帥馬方山赴召

世羨官高大又誰知幾多卿相身榮名壞我輩相逢無愧色彼此蒼顏健在又容易分攜越海寫出陽關離別恨看一行雁字斜分界天下寶願自愛　白衣蒼狗須臾改久冥心雞蟲得失鷃鵬遲快君帶貂蟬頭上立老我荷衣草帶肯此膝向人惟拜遠餞元非趨炎者二十年相與形骸外義金石更堅耐

又同年顧君景冲雲翼經屬官舍白蓮盛開招

飲水亭

誰種藍田玉碧雲深亭亭月上水明溪曲羞作時妝兒女態冷淡水餐露沐出塵壁外風標幽獨除了留侯無此貌便何郎傅粉終麤俗意凝遠韻清淑　涼臺向晚微風馥評銀杯羽化折取戲浮醽醁安得梅花如許大天遺辟除暑溽渾不覺鷺翹鷗沐可恨妖妃汙太液只東林社友追遊熟宜夜看燦瑤燭

又賦菊

細雨黃花說是天教開遇重陽玉裁金屑老行要尋松竹伴雅愛山翁鬢雪任滿插追陪節物惟有淵明吾臭味傍東籬盤薄芳叢擷便無酒也清絕　芒寒色正孤標潔慣平生餐霜飲露倚風迎月不比芙蓉偏嫵媚不比茱萸太烈似隱者蕭閑巖穴至老枝頭猶健在笑紛紛紅紫塵沙汨香耐久看晚節

又　錢廣東吳憲燧時持節憲江西

元日除書遲到而今西風老矣駕軺初入自是龍顏深注想孤鳳翔而後集久父老攀留原隰庾嶺經行梅亦喜小奚奴背底惟詩笈冰雪句又誰及　昨來容易風雲翕便三台兩地也只等閑如拾天馬不鳴凡馬喑百步何如五十況洶洶波濤方急此去一言回天力看著高百尺竿頭立澆磊磈快鯨吸

又　再用韻錢吳憲

過雨璇空澄浩秋香光浮桂菊曉風吹入柳繫牙檣應小駐草草還成勝集又追趁牡車原隰照座玉人風骨聳想胸蟠蕊闕琳琅笈真作者世難及　遠山雲霧工開翕共朱闌徙倚總好錦囊收拾老我祇今才思澀知二爭如知十戛金縷檀敲休急訪古夷猶

行八境憶朝陽鳴鳳臺端立筆也醉硯池吸

又 丙辰自壽游景泰小隱作

天地中間大縱遨遊登山臨水散人一箇學易已來秋又六肯趁名韁利鎖得日日安閑笑過金馬玉堂也曾到儘不妨拍手溪頭坐風箬笠月蘭舸 今朝記是初生我近小春黃菊猶葩早梅將朵拔宅危巔窮勝踐指點塵寰蟻磨看淵底飛泉□□松柏蒼□俱壽相更千年雪鶴鳴相和安期老舉杯賀

水龍吟 癸丑江西持憲自壽

唱恭初意如何揭來五十三年矣犁鋤頗熟詩書粗解簪紳聊耳自信柴愚真成汲戇卻無劉膩向高秋初度同時有菊淡相對風霜裏 最癖登山臨水又何心蝸名蠅利俗緣未了強教肉食何曾知味無事微吟會心微笑逢場微醉把生日只凭安排領取百十二歲

又 和吳憲韻且堅鬱孤同游之約

驛飛穩駕高秋迎人滿目清新景秋還有色芙蓉照水晨妝對鏡雪捲寒蘆字橫過雁渡浮孤艇是騷人行處腔風調月香滿袖過梅嶺 斷岸煙收人靜雨聲乾桐疏楓冷掀髯獨笑仙翁起舞臥龍呼醒近小

陽春爲梅也合遲遲鞭影更鬱孤一笑追歡料得坡
翁首肯

又

碧□□□□花柳陰稠綠波痕膩一聲雷鼓半空雪
浪雙龍驚起氣壓鯨鯢怒掀鱗鬣擘開煙水算戰爭
蠻觸雌雄漢楚總皆一場如此　點額許教借一得
頭籌歡呼震地翻嗤浮世要津攙進奔波逐利鬭了
還休倩渠銜寄三閭角黍會風雲快出爲霖可但頷
明珠睡

水調歌頭　題舫齋

郭外足幽勝潮入漲溪流舫齋小小一葉老子日遨
遊管領白蘋紅蓼披戴綠蓑青篛直釣任沈浮玉縷
飽鱸鱠雪陣狎沙鷗　箇中眼箇中坐箇中謳箇中
收拾詩料觴客箇中留休羨乘槎博望且聽洞簫赤
壁樂處是瀛洲日月盪雙槳天地一虛舟

又　題斗南樓和劉朔齋韻

萬頃黃灣口千仞白雲頭一亭收拾便覺炎海豁清
秋潮候朝昏來去山色雨晴濃淡天末送雙眸絕域
遠煙外高浪舞連艘　風景別勝滕閣壓黃樓胡牀
老子醉揮珠玉落南州穩駕大鵬八極叱起仙羊五

石飛佩過丹邱一笑人間世機動早驚鷗

又 壽參政徐意一

地位到公輔者艾過稀年幾人兼此二美而況是名賢松柏蒼然長健薑桂老來愈辣勁氣九秋天鯁鯁嬰鱗語不改鐵心堅 說武夷同此月瑞三仙公雖居後瓌奇偉特卻光前續得紫陽脈絡了卻西山事業舟楫濟商川飲對黃花酬一酌歲三千

又 題登春臺

野趣在城市崛起此臺高誰移蓬島馮夷夜半策靈鼇十萬人家甃碧四面峯巒湧翠遠峙拍銀濤插漢筆雙塔簸兩葉輕舠 我乘風時一到共嬉遨江山無復偃蹇彈壓有詩豪寶劍孤橫星動鐵笛一聲雲裂寒月冷宮袍滄海一杯酒世界眇鴻毛

念奴嬌 壽王守母

瑤池高會見雲香鳳背風柔鶴膝天遣月卿來拜舞新拜璽書增秩有母能賢生兒如此總是前身佛孫曾戲綵慈顏一笑閒逸 曾向渾尺軒中共評今古手寫王言綍箇裏洒遊翁棠蔭在映得梅仙山碧人愛黃堂祝萱堂壽拍拍歡聲溢明年宣勸蟠桃大棗庭實

又寶祐丁巳閏四月偕十友避暑白雲寺

麥秋時候薄陰罩炎日山行乘興筇屐追隨多勝侶青佩黃冠方領坐石談玄聽泉濯暑直上千山頂倚風長嘯籟鳴林谷相應　忽湧雲氣漫空海吹急雨覺氷練微冷洗盡人間名利障便是蓬萊仙境半日偷閑一生清福豈在榮鐘鼎青燈深夜陶然獨妙清聖

瑞鶴仙甲辰燈夕

玉城春不夜映月壁寒流燭藻光射鼇山海雲駕擁遨頭簫鼓錦旗紅亞東風近也趁樂歲良辰多暇想陽和早偏南州暖得柳嬌桃冶　堪畫紗籠夾道露重花珠塵吹蘭麝歌朋舞社玉梅轉鬧蛾要且蠒占先探芋郎戲巧又卜紫姑燈下聽歡聲猶自未歸鈿車寶馬

沁園春監司元宵招隱不赴

纔到中年節物渾閑賞心頓輕據隨分東風瓶簪柳雪應時燈夜棚綴蓮星自一家春也三杯酒巧蠒堆香笑語聲又何須聽那西樓絃管南陌簫笙　平生黃卷青燈肯珠翠奢華八尺欒欲趁隊閑嬉雕鞍寶馬回頭猛憶破案囊螢鄰曲漁歌庭除鶴舞塵外氷

輪徹骨清人閑處這烱方寸一點長明

滿江紅　江西持憲節登高作

薄冷催霜碧空豁飛鴻斜度□九日御風絕頂下看塵宇滕閣芳筵幾筆妙龍山勝踐旌旗駐料山靈也要可人遊成佳趣　吹帽墮羞千古題錫字非吾侶卻坐間著得煮茶桑苧萬里寒雲迷北斗望遠峯夕照巔西顧且滿浮大白送黃花劍休舞

又　和劉朔漢節亭韻

人似梅花峭玉立歲寒風節新圃闢種梅千樹幻成南雪池碎瀑聲荷捧雨徑涵秋影篁篩月噀石君錯落坐庭前紅塵絕　嫌聒耳篆箏戛慵著眼俳優狎但一觴一詠放懷開闊涌地池亭工掩映擎天柱石覘施設待枝金顆可調羹休輕折

菩薩蠻　別劉朔齋後寄詞時朔齋抵峽山拾遺詞至

雲山疊疊雙眸短夢魂夜趁行人遠千里共襟期吟風飲月時　碧溪穿翠峽雪意逢蕭颯安得翅飛來衝寒同訪梅

漁家傲

重著夾羅猶怯冷隔簾拜祝團圓鏡取片龍涎安古

鼎香閤靜橫窗寫出梅花影　寒鵲顫枝飛不定回紋刺就更籌永小玉欣眠呼不醒霜氣緊麗譙吹動梅花引

西江月

小鵲載池心月長虹跨水中天主人情重客留連便欲乘風寒殿　霜竹且傳秋信鏡蕖不作春妍夜涼正好倒金船䂬飲而今再見

浣溪沙

筍玉纖纖拍扇紈戲拈荷葉起文鴛水亭初試小龍團　拜月深深頻祝願花枝低壓髻雲偏倩人解夢笑喧喧

城頭月和廣帥馬方山韻贈斗南樓道士青霞

梁彌仙

工夫作用中宵晝點化無中有真氣長存童顏不改底用呵磨皺　一身二五之精媾積得嬰兒就試問霞翁三田熟未還解飛沖否

花庵詞選云李俊明名昂英號文溪升庵詞品云李公昴名昴英資州盤石人余家藏文溪詞又云名公昂字俊明番禺人未知孰是因送太平州太守王子文詞得名叔暘亦止選此一調稱爲詞家射鵰手用修又極稱蘭陵王一首可並秦周余讀摸魚兒諸篇其佳處豈遜楊柳外曉風殘月耶古虞毛晉識

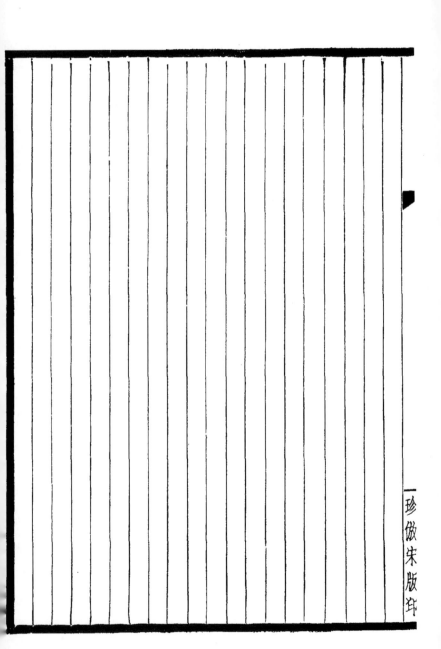

丹陽詞

目錄

江神子一調　蝶戀花二調
臨江仙一調　漁家傲二調
鷓鴣天二調　點絳脣一調
行香子一調　訴衷情一調
水調歌頭三調　木蘭花一調
滿庭霜一調　醉蓬萊一調
西江月二調　南鄉子一調
浣溪沙一調　西江月二調
蝶戀花二調　臨江仙一調
定風波二調　浣溪沙三調
瑞鷓鴣一調　浪淘沙一調
驀山溪三調　西江月四調
浣溪沙一調　虞美人二調
瑞鷓鴣一調　鵲橋仙一調
江城子二調　蝶戀花一調
南鄉子二調　減字木蘭花一調
臨江仙二調　減字木蘭花二調
虞美人一調　鷓鴣天一調

西江月一調　浪淘沙一調
鷓鴣天二調　木蘭花一調
醉花陰一調　浣溪沙二調
臨江仙二調　浣溪沙一調
鵲橋仙一調　臨江仙一調
蝶戀花三調　浪淘沙三調
丹陽詞目錄

宋　葛勝仲

江神子　初至休寧冬夜作

昏昏雪意慘雲容猎霜風歲將窮流落天涯憔悴一衰翁清夜小窗圍獸火傾酒綠借顏紅　官梅疏豔小壺中暗香濃玉玲瓏對景忽驚身在大江東上國故人誰念我晴嶂遠暮雲重

蝶戀花　二月十三日同安人生日作二首

雨後春光濃似醉著柳催花節物侵龍忌繡襆香閨當日珮紫蘭宮墮人間世　歌管停雲香吐穟碧酒紅裳共祝魚軒貴天上阿環金籙祕龜鶴共壽三千歲

又

共樂堂深簾不捲惻惻寒輕二月春猶淺續壽競來歌舞院龍涎香襯鮫綃段　畫棟朝飛雙語燕端似知人著意窺金盞柳外花前同祝願朱顏長在年齡遠

臨江仙　尉姜補之託疾臥家作

郊外黃埃端可厭歸來移病香閨象牀珍簟共委蛇耆婆尋草盡天女散花遲　小雨作寒秋意晚簷聲

與夢相宜冷侵羅幌酒煙微試評書五朵何似畫雙
眉

漁家傲 初創真意亭于南溪遊陟晚歸作

巖壑縈回雲水窟林深路斷迷煙客茆屋數椽攜杖
舄人寂寂侵簷萬箇琅玕碧 倦客羈懷清似滌更
無一點飛埃迹溪漲漫流過几席寒湜湜鳧鷖點破
琉璃色

又

疊疊雲山供四顧簿書忙裏偷閑去心遠地偏陶令
趣登覽處清幽疑是斜川路 野蔌溪毛供飲具此
身甘被煙霞痼興盡碧雲催日暮招晚渡遙遙一葉
隨鷗鷺

鷓鴣天 九月十三日攜家遊夏氏林亭燕集作
并送湯詞

小榭幽園翠箔垂雲輕日薄淡秋暉菊英露浥淵明
徑藕葉風吹叔寶池 酬素景泥芳卮老人癡鈍強
伸眉懽華莫遣笙歌散歸路從教燈影稀

又

婆律香濃氣味佳玻瓈仙盌進流霞凝膏清滌高陽
醉靈液甘和正焙芽 香染指潤浮花加籩禮盡客

還家貫珠聲斷紅囊散踏影人歸素月斜

點絳脣 縣齋愁坐作

秋晚寒齋藜牀香篆橫輕霧閑愁幾許夢逐芭蕉雨雲外哀鴻似替幽人語歸不去亂山無數斜日荒城鼓

行香子 愁況無聊作

風物颼颼木落滄洲漸老人不奈悲秋羈懷都在鬢上眉頭似休文瘦文通恨子山愁 庭梧影薄籬菊香浮强招尋聊命朋儔窮通皆夢今古如流且淵明徑子猷舫仲宣樓

訴衷情

清明寒食景暄妍花映碧羅天參差捍撥齊奏豐頰擁芳筵 逢誕日挹真仙託爐煙朱顏長似頭上花枝歲歲年年

水調歌頭 程艮器嘉量別賦一闋紀泛舟之會往返次韻

夜泛南溪月光影冷涵空棹飛穿碎金電翻動水精宮橫管何妨三弄重斟仍須一斗知費幾青銅坐久桂花落襟袖覺香濃 庾公閣子猷舫與應同從來好景良夜我輩敢情鍾但恐仙娥川后嫌我塵容俗

狀清境不相容擊汰同情賞賴有紫溪翁

又

下瀨驚船駛揮麈恐尊空誰吹尺八寥亮嚼徵更含宮坐愛金波瀲灩影落蒲萄漲綠夜漏儘移銅回棹攜紅袖一水帶香濃　坐中客馳雋辨語無同青蘖黃帽此樂誰肯換千鍾巖壑從來無主風月故應長在賞不待先容羽化尋煙客家有左仙翁

又

勝友欣傾蓋羈宦嬾書空愛君筆力清壯名已在蟾宮蕭散英姿直上自有練帬葛帔豈待半通銅長短作新語墨紙似鴉濃　山吐月溪泛艇率君同吾儕轟飲文字樂不在歌鍾今夜長風萬里且倩泓澄浩蕩一為洗塵容世上閑榮辱都付塞邊翁

木蘭花 與諸人泛溪作

木蘭千外池光闊午夜喬林迷岸樾掠船涼吹起青蘋縈水歌聲欺白雪　檀郎響趁紅牙節胡語嘈嘈仍切切人生何樂似同襟莫待驪駒聲慘咽

滿庭霜 任昉嘗為新安太守風流名迹圖經史牒具載感今懷古作

百不為多一不為少阿誰昔仕吾邦共推任筆洪鼎

力能扛不爲桃花祿米鮮書儋一葦横江招尋處徒
行曳杖曾不擁麾幢　山川真大好魚磯無恙密嶺
難雙聽訟訴多就樵塢僧窗歲月音容遠矣風流在
遐想心降雲煙路跂奇弔古時爲酹空釭

醉蓬萊　天寧節作

望葱葱佳氣虹渚祥開斗樞光繞析木天津正靈暉
騰照鷺綴分班象胥交貢奉御觴清曉玉殿寒輕金
徒漏永瑞爐煙裊　萬寓均歡示慈頌燕壽祝南山
慶均凫藻縹緲紅雲望九重天表舞獸鏘洋抃鼇欣
戴度管絃聲杳厤草長新蟠桃永秀與天難老

西江月　正月十七日與文中自邑境偏遊歙縣祁門山水十九日在縣邑同靈觀夜燕作

羇宦新來作惡窮途誰肯相從追攀十日水雲中情
誼知君獨重　寂寂回廊小院冥冥細雨尖風鳳山
香雪定應空昨夜疏枝入夢

又

山鎮紅桃阡陌煙迷綠水人家塵容誤到只驚嗟骨
冷玉堂今夜　莫對佳人錦瑟休辭洞府流霞峯回
路轉亂雲遮歸去空傳圖畫

南鄉子　三月望日與文中諸賢泛舟南溪作

柳岸正飛綿選勝齎輕漾碧漣笑語忘懷機事盡鷗邊萬頃溪光上下天　菰葦久延緣不覺遙峯靄暮煙對酒莫嫌紅粉陋嬋娟自有孤高月婦仙

浣溪沙 木芍藥詞

可惜隨風面旋飄直須燒燭看嬌嬈人間花月更無妖　濃麗獨將春色殿繁華端合衆芳朝南牀應爲醉陶陶

又

通白輕紅溢萬枝濃香百和透豐肌丹山威鳳勢將飛　玉鏡臺前呈國豔沈香亭北映朝曦如花惟有上皇妃

又

鬬鴨闌邊曉露沾華堂醉賞軸珠簾插花人好手纖纖　遮護輕寒施翠幄標題仙品露牙籤詞人遺恨獨江淹

西江月 次韻林茂南博士杞泛溪

山外半規殘日雲邊一縷餘霞滿城飛雪散茗花萬頃溪連罨畫　柳惲風流舊國鶴齡瀟洒人家肯嗟流落在天涯雲水從今起價

又代監酒和

晚路交游綠酒平生志趣青霞霜風時節近黃花泛宅舟將鵠書　不分兩溪明月夜深只屬漁家今朝清賞寄情涯肯向縈塗索價

蝶戀花 和王廉訪

風過漣漪紋縠細十指香檀驚破交禽睡野蔌溪毛真易致風流未減蘭亭會　擊汰千艘供洛禊映水垂楊萬縷拖濃翠小海一聲波上戲殷勤留客千金意

臨江仙 燕諸部使者

自古吳興稱冷僻菰城水浸粼粼回星難望使車塵如何三日飲併有五行人　文似枚皐加敏速記書易若張巡幕中無用鄒嘉賓他年浮棗會莫忘兩溪春

又

千古烏程新釀美玉觴風過粼粼歌聲未辦起梁塵九天持斧客來作繡衣人　夙有辭華驚乙覽傳聞獻頌東巡未應握節久賓賓一封馳詔旨卻醉上林春

又 與葉少蘊夢得上巳遊法華山九曲池流杯

小樣洪河分九曲飛泉環繞粼粼青蓮往事已成塵

羽觴浮玉甃寶劍捧金人　綠綺且依流水調蓬擂鼓催巡玉堂詞客是佳賓茂林脩竹地大勝永和春

定風波與葉少蘊陳經仲彥文燕駱駝橋少蘊作次韻二首

千壘雲山萬里流坐中碧落與鼇頭真意見嬉吾已領煙景不辭捧詔久汀洲　老去一官真是漫溪岸獨餘此興未能收留與吳兒傳勝事長記赤闌橋上攬清秋

又

共喜新涼大火流一聲水調聽歌頭況有脩蛾兼粉領佳景謝公無不礙滄洲　平昔短檠真大漫氣岸老來都向酒杯收雲水光中修禊事猶記轉頭不覺已三秋

浣溪沙少蘊內翰同年寵速且出後堂并製歌詞侑觴即席和韻二首

今夜風光戀渚蘋欲教四角出車輪金釵離立座生春　神女恍驚巫峽夢飛瓊原是閬風人詔封後院寵儒臣

又

溪岸沈深屬泛蘋傾城容貌此推輪可憐虛度二年
春　暮暮來時騷客賦朝朝新處後庭人天留花月
伴羈臣

又少蘊內翰同年寵速遣妓隱簾吹笙因成一
闋

東道殷勤玉斝飛華燈傾國擁珠璣玉奴嬋瘦玉環
肥　縹緲幸聞緱嶺曲參差猶隔夏侯衣放開雲月
出清輝

瑞鷓鴣　和通判送別

兩年人住豈無情別乘辭華四水清何事千鍾勸飲
餞故知一別未能輕　解龜雖幸樊籠出挂席還愁
海汐平江草江花都是淚驪駒休作斷腸聲

浪淘沙　將去南陽作

步屧對東風細探春工百花堂下牡丹叢莫恨使君
來便去不見鞓紅　霧眼一衰翁無意芳穠年來結
習已成空寄語國香雕檻裏好為人容

鷓鴣天　穿節和朱刑掾二首

望雲門外油壁如流水空巷逐朱旛步春風香河七
里洽容袨服摸名道宜男穿翠靄度飛橋影在清漪
裏　秦頭楚尾千古風流地試問漢江邊有解珮行

雲舊事主人是客一笑强須春燒燈後賞花前遙憶
年年醉

又

春風野外卯色天如水魚戲舞綃紋似出聽新聲北
里追風駿足千騎卷高門一箭過萬人呼雁落寒空
裏　天穿過了此日穿名地橫石俯清波競追隨新
年樂事誰憐老子使得縱遨遊爭捧手乍憑肩夾道
遊人醉

又

出門西笑千里長安道不用引離聲使登瀛十洲三
島畫船珠箔蘋末水風涼隨柳岸楚臺人是與人俱
好　應嗟見晚玉殿生清曉正是妙年時步承明謀
身須早軺車膚使新逐凱歌回恩綍重綵衣輕嘉慶
知多少

西江月二首一連水東樓燕集一泛舟

豔曲醉歌金縷朱門高聳銅鐶中天樓觀共躋攀飛
絮落花春晚　低映綠陰朱戶斜拖素練滄灣銀鉤
華榜五雲間奕奕蛟龍字綰

又

鞦韆斜紅帶柳琉璃漲綠平橋人間風月正新妖不

數江南蘇小　恨寄飛花款款情隨流水迢迢鯉魚
風送木蘭橈回棹荒雞報曉

又與王庭錫登燕集作

清樾已生晝寂孤花尚表春餘象牀銙簟燕堂虛初
過晚涼微雨　珪璧新來北苑鱸魚未減東吳捧觴
紅袖透香膚不浥翔龍煙縷

又叔父慶八十會作

瑞獸香雲輕裊華堂繡幕低垂人生七十尚爲稀況
是釣璜新歲　登俎青梅的皪明闌紅藥芳菲天教
眉壽過期頤常對風光沈醉

浣溪沙賞芍藥

樓子包金照眼新香根猶帶廣陵塵翻階不羨掖垣
春　不分與花爲近侍難甘滐肴贈閑人如羞如怨
獨含顰

虞美人酬衞卿弟見贈

三年曾不窺園樹辛苦螢窗暮怪來文譽滿清時柿
葉書殘猶自日臨池　春秋新學卑繁露黃卷聊堪
語家人不用寄邈詩行看昇平樓外化龍歸

又

一輪丹桂宵窗樹光景疑非昇暮天公著意在茲時掃

盡微雲點綴展清池　尊前金奏無晨露只有君房語驪駒客莫賦歸詩東道留連應賦不庸歸一作共踏青槐碎影夜闌歸

瑞鷓鴣 工部七月一日生辰

火風欲避金風至秀氣充閭初降瑞去家丁令卻歸來還燕懸弧當日地　金章紫綬身榮貴壽福天儲昌又熾怪來一歲四遷官還過當生元太歲

鵲橋仙 七夕

鵲橋仙偶天津輕渡卻笑嫦娥孤皎平時五夜似經年問何事今宵便曉　雲車將駕神夫留戀更吐心期多少支機休淚與閑人莫倚賴芳心素巧

江城子 呈劉無言壽

浮家重過水晶宮五年中事何窮無恙山溪鬢影落青銅欲向舊遊尋舊事雲散彩水流東　苔花向我似情鍾舞霜風雪濛濛應怪史君顏鬢便衰翁賴是尋芳無素約端不恨綠陰重

又 和無言雪詞

飛身疑到廣寒宮玉花中與何窮酒貴旗亭誰是惜青銅飄瞥三吳真妙絕銀萬里失西東　草堂紅蠟暖歌鍾賞空濛豐頰修眉鶴氅擁仙翁欲作氍毹花

底客清漏永禁城重

蝶戀花 章道祖倧生日

安石榴花濃綠映解愠風輕乍改朱明令袞繡元臣門戶盛童孫此日懸弧慶 夜宴華堂添酒興□□除書遠帶天香賸欲浥若波供續命不須龍護江心鏡

南鄉子 九日用玉局翁韻作呈坐上諸公

晴日亂雲收人在蘋香柳渾洲溪上清風樓上醉颺颺共折黃花插滿頭 佳客獻還酬不負山城九日秋茗碧下青供酩酊休休楚客當年浪自愁

又

拂檻曉雲鮮銷暑樓危竦半天曾是攜賓當薦九開筵度木縈山奏管絃 黃菊映華顛千騎重來已六年樓下東流當日水依然更對周旋舊七賢

減字木蘭花 薛肇明二侍姬至葛山觀梅薛公會作

葛山仙隱尚有餘膏留舊鼎十里梅花夾道爭看袞繡華 人間妙麗並侍黃扉開國貴僻壤孤芳羞澀尊前不敢香

臨江仙 上巳日遊海昌王氏園吳宰劭及中散

兄

倦客身同舟不繫輕帆來訪儒仙春風元巳豔陽天夭桃方散錦高柳欲飛綿　千古海昌佳絕地雙鳧暫此留連通宵娛客破芳尊蘭亭脩禊事梓澤醉名園

又席上和呈中散兄及吳令

寶觀岧嶤飛雉堞登臨恍欲升仙野桃官柳襯吳天春風寒食夜遺恨在封綿　聞道東溟才二里銀濤直與天連□□□□□□尊□□□□□消渴解文園

減字木蘭花公孺姪初授官

辛勤場屋未遇知音甘陸陸詔錄遺忠一札天書下九重　鵜城初命此去青雲應漸近解褐恩新今歲吾家第四人

又病起不見杏花作

杏花零亂擬把百甒來判斷病臥漳濱不見枝頭鬧小春　吾衰老矣一醉花前猶不遂情緒厭厭虛度韶光又一年

虞美人自蘭陵歸冬夜飲嚴州酒作

嚴陵灘畔香醪好遮莫東方曉春風盎盎入寒肌人

道霜濃臘月我還疑　紅爐火熟香圍坐梅蕊迎春破一聲清唱解人頤人道牢愁千斛我誰知

鷓鴣天

玉琯還飛換歲灰定山新棹酒船回年時梁燕雙雙在肯爲人愁便不來　衰意緒病情懷玉山今夜爲誰頹年年時梅蕊垂垂破肯爲人愁便不開

西江月送衛卿弟赴定遠簿

萬卷舊推鴻博一官且慰蹉跎升平樓下賜危科曾對顒昂黼坐　燕頷從來骨貴鸞栖尚屈才多今宵且共入無何定遠功名么麽

浪淘沙十月十九夜賞菊

我愛菊花枝浥露偏宜旋移佳種一年期照眼黃金三徑爛可但東籬　秋老摘花吹敢恨開遲只愁一夜便香衰待插滿頭年大也且泛芳巵

鷓鴣天賞菊二首

黃菊鮮鮮帶露濃小園開遍度香風自篘玉醞酬朝色旋洗霜須對晚叢　香在手莫匆匆尋芳今夜有人同黃金委地新收得莫道山翁到底窮

又

采采黃花鬭彩濃吹開一夜爲霜風已邀騷客陶元

亮不用歌姬盛小叢　秋易老莫匆匆齊山高興古今同欲知此地花多少一眼金英望不窮

木蘭花十二月二十日盧娣生辰

談圍曾蔽青綾帳林下中年敦素尚煙波偶趁一帆風卻鎖雲扃來就養　自從悟得空無相身把虛空來作樣大千沙界抹爲塵未比無生眞壽量

醉花陰次韻邛師

東皇已有來歸耗十里青山道凍拚萬林梅一夜妝成似趁鳴雞早　年時清賞曹同到先仗遊蜂報抖擻舊心情一笑酬春不羡和羹詔

浣溪沙賞梅

東閣郎官巧寫眞西湖處士妙傳神嫣然一笑臘前春　鬭好雖無氷骨女相宜幸是雪髯人且須疏影入清尊

又小飲

槃裏明珠芡實香尊前堆雪膾絲長何妨羌管奏伊涼　翠葆重生無復日白波不醻有如江壁間醉墨任淋浪

臨江仙章圃賞瑞香二首

二月風光濃似酒小樓新溼青紅碧琉璃色映羣峯

更攜金鑿落來賞錦薰籠　調客舊留□月日此花清輭纖穠未饒蘭蕙轉光風赤闌呈雅豔翠幕護芳叢

又

雪壁歌詞題尚溼春風又見輕紅一枝斜插映頭峯不辭連夜賞銀燭透紗籠　白髮欺人今老矣尊前羞見繁穠清香尤嫪虎溪風海棠須避席佳種漫蠶叢

浣溪沙　賞酴醾

一夜狂風盡海棠此花天遣殿羣芳芝蘭百濯見真香　勸客淋浪燈底韻惱人魂夢枕邊囊一枝□插不□□

鵲橋仙　七夕

涼颷破暑清歌縈坐缺月稀星庭戶瓜華草草具杯盤喜共浥初筵零露　天孫東處牽牛西望勸汝一杯清醑精靈何必待秋通爲一洗朦朧今古

臨江仙　二月廿二日錦薰閣賞花

檻外奇葩江外種嬌春未減鞓紅畫樓晴日斂雲峯佛香來海岸蜀錦薦燈籠　今夜那憂殺風景酒花來鬬妖濃江梅冷淡避春風明朝來縱賞應醉綺羅

叢

蝶戀花 次韻張千里駒照花

二月春遊須爛熳秉燭看花只為晨曦短高舉蠟薪通夕看紅光萬丈騰天半 寄語平時遊冶伴不負分陰勝事輸今段燈火休催歸小院殷勤更照桃花面

又 再次韻千里駒照花

百紫千紅今爛熳舉燭輝花莫厭燒今短酒裏逢花須細看人生誰是英雄半 安得紅顏為老伴妙舞花前楊柳誇身段已倒玉山迴竹院清香不斷風吹面

又

已過春分春欲去千炬花間作意留春住一曲清歌無誤顧繞梁餘韻歸何處 盡日勸春春不語紅氣蒸霞日日看桃千樹才子霏談更五鼓剩看走筆揮風雨

浪淘沙 九月十八日與千里賞菊三首

又見菊花新色淺香勻老人衰病臥漳濱雖是無聊仍止酒幸有嘉賓 不用怨蕭辰不似芳春請看金蕊照金尊今夜花前須醉倒直到黎明

又

歌闋清新檀板初勻畫堂新築太湖濱好是黃花開應候聊宴親賓　上客卽逢辰況是青春上林關宴錫堯尊今夜素娥真解事偏向人明

又

娛老小亭新丹堊初勻萬枝金菊繞溪濱折向華堂遮醉眼聊用娛賓　紅燭夜香辰廣坐生春月波新釀入芳尊好向花前拚爛醉不負承明

丹陽詞

魯卿常之雖不逮李氏晏氏父子每填一詞輒流傳
絲竹然紹興紹聖間俱負海內重望其詞亦能入雅
字常之歸愚詞余梓行既久復訂丹陽詞一卷以公
同好如魯卿出處大略已詳鴻慶序中矣海虞毛晉
識

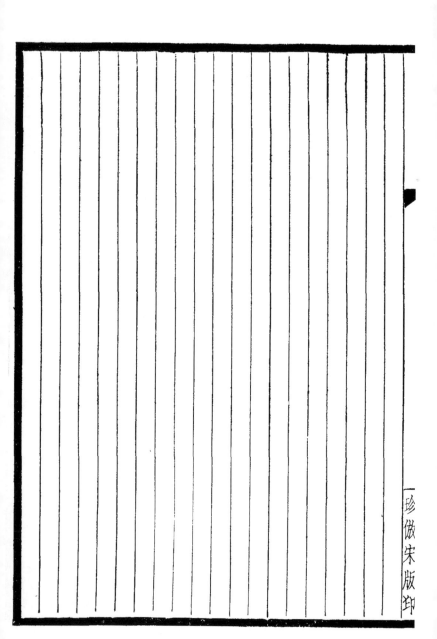

孏窟詞

目錄

水調歌頭四調　瑞鶴仙三調
滿江紅五調　水龍吟一調
多麗一調　念奴嬌三調
風入松三調　遙天奉翠華引一調
驀山溪一調　鳳皇臺上憶吹簫一調
蝶戀花一調　清平樂二調
玉樓春二調　秦樓月一調
新荷葉一調　菩薩蠻十五調
西江月二調　青玉案三調
昭君怨一調　四犯令一調
鷓鴣天四調　朝中措七調
點絳脣二調　蘇武慢一調
阮郎歸三調　浪淘沙一調
踏莎行二調　浣溪沙三調
眼兒媚一調　漁家傲二調
臨江仙二調　柳梢青二調
杏花天一調　江城子一調
南歌子一調　瑞鷓鴣一調

天仙子一調　醉落魄三調
減字木蘭花一調　鵲橋仙一調
嬾窟詞目錄

宋 侯寘

水調歌頭 題嶽麓法華臺

曉霧散晴渚秋色滿湘山青鞵黃帽攸與名士共躋攀窈窕深林幽谷詰曲危亭飛觀俛首瞰塵寰長嘯望天末餘響下雲端　白鶴去荒井在汲清寒醒然毛骨浮邱招我御風還拂拭蒼崖苔蘚一寫胸中豪氣渺渺洞庭寬山鬼善呵護千載照層巒

又上饒送程伯禹尚書

涼吹送溪雨落日散汀鷗暮天空闊無際層巘綠蛾浮上印初辭藩寄拂袖欣還故里歸騎及中秋倚杖飽山閣回首翠微樓　一區宅千里客舊從遊甘棠空有餘蔭誰解挽公留翰墨文章獨步富貴功名餘事當代仰風流暫蠟登山屐終作濟川舟

又爲鄭子禮提刑壽

湘水照秋碧衡岳際天高繡衣玉節清曉歡傾擁旌旄本是紫庭梁棟暫借雲臺耳目馹傳小遊遨五筦輿三楚醲愛勝春醪　掃欃槍蘇耄倪載弓櫜遠民流戀須信寰海荷甄陶坐享龜齡鶴算穩佩金魚玉帶常近赭黃袍歲歲秋月底沈醉紫檀槽

又爲張敬夫直閣壽

天地孕沖氣霜雪實嘉平粹然經世材具應爲聖時生妙處爲仁受用顛倒縱橫無壅一笑泮春冰袖手無一語四海已傾情　紫巖老游戲事悟誠明當年夷夏高仰玉振更金聲家有淵騫高弟可但聞詩聞禮衣鉢要相承周展絢餘彩商鼎味新羹

瑞鶴仙送張丞罷官歸柯山

楚山無際碧湛一溪晴綠四郊寒色霜華弄初日有玉明遙草金鋪平磧天涯倦翼更何堪臨歧送客念飛蓬斷梗無蹤把酒後期難覓　愁寂梅花憔悴茅舍蕭疏倍添淒惻維舟岸側留君飲醉休惜想柯山春晚還家應對菊老松堅舊宅嘆宦游索寞情懷甚時去得

又爲劉信叔太尉壽

溥天氛祲廓看慶綿鴻祚勛昭麟閣蕃宣換符鑰占西南襟帶偏□油幕湘流繞郭藹一城和氣霧薄聽嘈嘈比屋歡聲共說吏閑民樂　遙想鄰霏鳧暖翠擁屏深曉風傳樂瓊腴緩酌花陰淡柳絲弱任松凋鶴瘦蓮欹龜老丹頰常如舊渥趁天申去押西班奉鵷御幄

又詠含笑

春風無檢束故倡條冶葉恣情丹綠□鶯啼燕宿似東鄰北里都無貞淑高情恨處楚歎何時重見桂菊又誰知天上黃姑歸盡晚春餘俗　幽獨鉛華不御翡翠帷深鬱金裙藪長眉瞭目嫣然態倚脩竹縱青門瓜美江陵橘老怎比無窮腌馥最難禁扇底橫枝惱人睡足

滿江紅 中秋上劉恭甫舍人

天闊江南秋未老空江澄碧江外月飛來千丈水天同色萬屋覆銀清不寐一城踏雪寒無跡況楚風連陌競張燈如元夕　山猿靜棠陰寂秋稼盛香醪直聽子城吹角青樓橫笛君不見蘇仙翻醉墨一篇水調鏘金石念良辰美景賞心時誠難得

又

困頓春眠無情思夢魂飄泊簷外雨霏霏冉冉乍晴還落山黛四圍頻入眼柳絲一縷低縈閣念沈郎多感更傷春腰如削　風入戶香穿箔花似舊人非昨任遊蜂雙燕經營拂掠海闊錦魚傳不到洞深紫鳳期難約漫綵牋牙管倚西窗題紅藥

又和徐叔至御帶

重到西湖春拆信露花酥滴倚危闌湖山佳處短屏著色擬泛一舟蒼莽岸恐傷萬里羇游客賴款門修竹有高人留狂迹　傾蓋意真相得詩句裏曾相識看戛然飛動筆端金石照眼光浮瓊液滿斷腸翠擁宮靴窄問多情還肯借青鸞通消息

又再用韻

老矣何堪隨處是春衫酒滴醉狂時一揮千字貝光玉色失意險爲湘岸鬼浩歌又作長安客且乘流除卻五侯門無車跡　驚人句天外得醫國手塵中識問鼎槐何似臥雲敧石夢裏略無軒冕念眼前豈是江湖窄捹蠅頭蝸角去來休休姑息

又和江亮采

甚矣吾衰徒自苦飢腸爲孽嗟寸祿區區留戀形疲心竭江湖一生真可羨塵埃永晝何堪說似鈍刀終歲斲空山寧無缺　捹放浪休豪傑秋水漲歸期決儘鳧長鶴短任渠分別芒屩夜尋溪上酒葛巾曉挂松間月向丹霄傳語舊交游慵非拙

水龍吟老人壽詞

夜來霜拂簾旌深雲麗日開清曉香猊金暖冰壺玉嫩佳辰寒早橘綠橙黃袖紅裙翠一堂歡笑正梅妃

月姊雪肌粉面爭妝點瀟湘好　莫惜芳尊屢倒擁
羣仙醉遊蓬島東牀俊選南溟歸信一時俱倒鬢影
搖春命書紆錦子孫環繞看他時歸去飛觴石澗侍
甘泉老

多麗

帝城春玉堂深處飛煙想聖人恩隆內職左璫押賜
傳宣綵衣明瑤觴膝下花書永錦瑟尊前富貴從來
功名餘事鼎彝勒偏筆如椽向中禁瑣窗偷覷王母
語當年清平世衣冠是誰三世甘泉　記年時翹才
獻壽小詩曾琬苕嶢望三槐雲霞交映照五彩袞繡
相鮮當日非訣如今方信門人稱頌是師言況自有
兩宮醲眷卜夢亦徒然看指日鼎新化爐一氣陶甄

念奴嬌　和王聖俞

滄浪萬頃厭塵纓手掬清流頻洗落日孤雲煙渚淨
鷗沒澄波心裏一舸橫秋兩槳開浪霜竹醒煩耳蕭
蕭風露夢回月照船尾　須信閒少忙多壺觴弁賦
詠莫辜雲水乘興前溪溪又轉隱約歸帆天際紅蓼
丹楓黃蘆白竹總勝春桃李浮邱何在與君共諧琴

鯉　又

競春臺榭媚東風迤邐繁紅成簇方霽溪南簾纈捲
和氣充盈華屋金暖香彝玉鳴舞珮春筍調絲竹烏
衣宴會遠追王謝高躅　藉甚四海聲名林泉活計
未許翁知足日日江邊沙露靜人溪東來雕轂八錦
行持五禽游戲已受長生籙衮衣蟬冕最宜雙鬢凝
綠

又　探梅

衰翁愁甚向尊前手撚一枝寒玉想見梅臺花更好
一片瓊田栖綠短纖輕輿大家同去取酒償醲馥元
來春晚萬苞空閒黃竹　休恨雪小雲嬌出羣風韻
已覺桃花俗羯鼓聲高回笑臉怎得天公來促江上
風平嶺南人遠誰度單于曲明朝酒醒但餘詩興天
北

風入松　西湖戲作

少年心醉杜韋娘曾格外疏狂錦箋預約西湖上共
幽深竹院松窗愁夜黛眉顰翠惜歸羅帕分香　重
來一夢覺黃粱空煙水微茫同心眼底無蘇小記舊
游凝竚凄涼入扇柳風殘酒點衣花雨斜陽

又

東樓煙重暗山光春意墮微茫小紅嫩綠勻如翦黯

無言雲渡澄江沒處與人消遣倚闌情寄斜陽 共
君今夜舉清觴投老各殊方癡兒官事何時了恨花
時潘鬢先霜喚取客帆聊住將予同下瀟湘

又 再用韻

霏霏小雨惱春光煙水更瀰茫昨宵把酒高歌處任
一聲雞唱清江憔悴杏花如許情懷應似東陽 宿
酲猶在莫傳觴清悶苦無方幾時玉杵藍橋路約雲
英同搗玄霜冷落黃昏庭院夢回家在三湘

遙天奉翠華引

雪消樓外山正秦淮翠蘊回瀾香梢豆蔻紅輕猶怕
春寒曉光浮晝戟捲繡簾風暖玉鉤閑紫府仙人花
圍羽帔星冠 蓬萊閬苑意倦游常戲世間佩麟舊
都江左穠誇歌歡只恐催歸覲賸宴都休訴酒杯寬
明歲應看君鈞容舞袖歌鬟

驀山溪 建康郡園賞芍藥

玉麟春晚綠徧甘棠蔭可是惜花深旋移得翻階紅
影朱簾捲處如在古揚州寶瓔珞玉盤盂嬌豔交相
映 蓬萊殿裏幾樣春風鬢生怕逐朝雲更羅幕重
重遮定多情絳蠟常見醉時容縈舞袖蔌歌塵莫負
良宵永

鳳皇臺上憶吹簫 陽至節戲呈同官

玉管灰飛雲臺珥筆東君飈馭將還又正是霜花巧翦梅粉初乾窈窕紅窗髻影添一線組繡工閑瀟湘好雪意尚遙綠占羣山　應思少年壯氣貪遊樂追隨玉勒金鞍更化日舒長贏得覓醉謀歡去□桑榆趁暖任從教潘鬢先斑猶狂在揮翰快寫春寒

又 再用韻贈黃宰

塵暗雙鳧晃菊明山徑何妨勸羽知還最好是詩翁醉後瓶罄罍乾一笑東風打耳心無競遠與春閑時□地覓伴訪梅尋勝登山　清時俊材定用看捧詔春郊月露濡鞍況表識買臣貴骨琴瑟逾歡好向玉堂視草金章映萊子衣斑山人去蕙帳夜雨空寒

又 再用韻詠梅

浴雪精神倚風情態百端邀勒春還記舊隱溪橋日暮驛路泥乾曾伴先生蕙帳香細細粉瘦瓊閑傷牢落一夜夢回腸斷家山　空教映溪帶月供遊客無情折滿雕鞍便忘了明窗靜几筆研同歡莫向高樓噴笛花似我蓬鬢霜斑都休說今夜倍覺清寒

又 蠟梅用前韻

淺染霓裳輕勻漢額巫山行雨方還最好是肌香蠟

瑩蕚嫩紅乾曾見金鐘在列鈞天罷筍簴都閒妖饒似曉鏡乍開綠沁眉山 休誇瘦枝疏影湘裙窄一鉤龍麝隨鞍便更做山人倦賞畏冷無歡爭奈冰甌彩筆題詩處珠琲爛斑清宵永相對莫放杯寒

蝶戀花 次韻張子原尋梅

雪壓小橋溪路斷獨立無言霧鬢風鬟亂拂拭冰霜君試看一枝堪寄天涯遠 擬向南隣尋酒伴折得花歸醉著歌聲緩姑射夢回星斗轉依然月下重相見

清平樂 詠橄欖燈毬兒

縷金翦綵茸綰同心帶整整雲鬟宜簇戴雪柳鬧蛾難賽 休誇結實炎州且看指面纖柔試問苦人滋味何如插鬢風流

又

忍寒情味枝染薔薇水攬照清溪花影碎笑殺小桃穠李 一生占□春妍偏宜月露娟娟欲寄江南春去亂鴉點破雲牋

玉樓春

市橋燈火春星碎街鼓催歸人未醉半嗔還笑眼回波去欲更留眉斂翠 歸來短燭餘紅淚月淡天高

梅影細北風休遣雁南來斷送不成今夜睡

又　次中秋閏月表舅晁仲石韻

今秋仲月逢餘閏月姊重來風露靜未勞玉斧整蟾宮又見冰輪浮桂影　尋常經歲睽佳景閱月那知還賞詠庾樓江闊碧天高遙想飛觴清夜永

秦樓月　與楊君孜月夜泛舟

天一色玉盤冷浸瀟湘碧瀟湘碧短亭繫纜隔江聞笛　胡牀對坐涼生腋通宵說盡狂蹤跡狂蹤跡少年心事老來難得

新荷葉　金陵府會鼓子詞

柳幄飛綿風池暖泛新萍燕壘泥香玉麟堂外春深晴雲麗日花濃處蜂蝶紛紛償春一醉管絃聲裏歡聲　況是清時錦衣重到臺城故國江山向人依舊多情趁閑行樂休辜負冶葉繁英彤庭歸覲恁時難駐前旌

菩薩鬘　湖上即事

樓前曲浪歸橈急樓中細雨春風溼終日倚危闌故人湖上山　高情渾似舊只枉東陽瘦薄晚去來休裝成一段愁

又　小女淑君索賦晚春詞

東風吹夢春醒惡瑣窗淡淡花陰薄一夜曲池平小窗雲樣明　綠輕眉懶暈香淺羅衣潤未見海棠開捲簾雙燕來

又　錢田莘老

江風漠漠寒山碧孤鴻聲裏霜花白晝舸且停橈有人魂欲銷　相從能幾日總是天涯客尺素好頻裁休言無雁來

又　荼蘼

東君管盡閒花草紅紅白白知多少未後一匳香綠庭春晝長　道人心似海夢冷屏山外莫翦最長條從教玉步搖

又

東風捲盡欺花雨月明皎紙庭前路月底且論詩從教露濕衣　明朝愁入緒各自東歸去後夜月明中綠尊誰與同

又木犀十詠○帶月

綠帷翦翦黃金碎西風庭院清如水月姊更多情與人無際明　濃陰遮玉砌桂影冰壺裏滅燭且徜徉夜深應更香

又　披風

靚妝金翠盈盈晚凝情有恨無人管何處一簾風故
人天際逢　從教香撲鬢只怕繁華盡牢落正悲秋
□非誰解愁

又 照溪

江梅占盡江頭雪忍寒玉骨誇清絕不似杜秋娘婆
娑秋水旁　波光涵晚日照影從教密隱隱認遙黃
隔溪十里香

又 浥露

黃昏曾見淩波步無端暝色催人去一夜露華濃香
銷蘭菊叢　縷金衣易溼莫對西風泣洗盡夜來妝
温泉初賜湯

又 命觴

休文多病疏杯酌被花惱得心情惡碧樹又驚秋追
歡懷舊遊　與君聊一醉醉倒花陰裏斜日下闌干
滿身金屑寒

又 簪髻

交刀翦碎瑠璃碧深黃一穗瓏鬆色玉蕊縱妖嬈恐
無能樣嬌　綠窗初睡起墮馬慵梳髻斜插紫鸞釵
香從鬢底來

又 熏沈

黃姑青女交相忌眼看塵土占芳蕊急掃滿闌金小匳熏水沈　博山銀葉透濃馥穿羅袖猶欲問鴻都太眞安穩無

又　來夢

午庭栩栩花間蝶翅添金粉穿瓊葉曾見羽衣黃瑤臺淡薄妝　醒來魂欲斷摻摻芳英滿夢裏尚偷香何堪秋夜長

又　寫眞

霓裳舞罷難留住湘裙緩若輕煙去動是隔年期生綃傳豔姿　精神渾似舊碧暗黃金瘦永夜對西窗何緣襟袖香

又　怨別

揉香嗅蕊朝還暮無端卻被西風悞底死欲留伊金塵簌簌飛　茂陵頭已白新聘誰相得耐久莫相思年年秋與期

西江月

金鼎香銷沈麝碧梧影轉闌干可庭明月綺窗閑簾幕低垂不捲　一自高唐人去秋風幾許摧殘拂簷脩竹韻珊珊夢斷山長水遠

又　贈蔡仲常侍兒初嬌

豆蔻梢頭年紀芙蓉水上精神幼雲嬌玉兩眉春京洛當時風韻　金縷深深勸客雕梁蔌蔌飛塵主人從得董雙成應忘瑤池宴飲

青玉案 東園餞毋舅晁閣學鎮臨川

東風一夜吹晴雨小園裏春如許桃李無言情難訴陽關車馬灞橋風月移入江天暮　雙旌明日留難住今夕清觴且頻舉咫尺清明三月暮尋芳賓客對花杯酌回首西江路

又 爲外大父林下老人壽

年年寓屋稱觴處陪綵綬尊前舞牢落瀟湘歸去未臘梅開徧冰蟾圓後夢斷靈溪路　長年厚福天分付算四海今獨步澗竹巖花如舊否與翁相伴歲寒庭戶儘占閒中趣

又 戲用賀方回韻餞別朱少章

三年牢落荒江路忍明日輕帆去冉冉年元真暗度江山無助風波有險不是留君處　梅花萬里傷遲暮驛使來時望佳句我揜歸休心已許短篷孤棹綠蓑青笠穩泛瀟湘雨

昭君怨 亦名宴西園

晴日烘香花睡花豔浮杯人醉楊柳綠絲風水溶溶

留戀芳叢深處懶上錦韉歸去待得牡丹開更同來

四犯令

月破輕雲天淡注夜悄花無語莫聽陽關牽離緒拚酩酊花深處　明日江郊芳草路春逐行人去不似酴醿開獨步能著意留春住

鷓鴣天　縣圃約同官賞海棠

萬點胭脂落日烘坐間酒滿散微紅誰教豔質撩潘鬢生怕朝雲逐楚風　尋畫燭照芳容夜深雨行錦燈籠朱脣翠袖休凝竚幾許春情睡思中

又

蜀錦吳綾翦染成東皇花令一番新風簾不礙尋巢燕雨葉偏禁鬭草人　非病酒不關春恨如芳草思連雲西樓角畔雙桃樹幾許濃苞等露勻

又　賞芍藥

夢想當年姚魏家尊前重見舊時花雙欒分焰交紅影四座春回粲晚霞　杯瀲灩帽欹斜夜深絕豔愈清佳天明恐逐行雲去更著重重翠幕遮

又　送田簿秩滿還晉川

只有梅花是故人歲寒情分更相親紅鸞跨碧江頭

路紫府分香月下身　君旣去我離羣天涯白髮怕
逢春西湖蒼莽煙波裏來歲梅時痛憶君

朝中措 雙頭芍藥

翻階紅藥競芬芳著意巧成雙須知揚州國豔舊時
曾在昭陽　盈盈背立同心對綰聯蕚飛香牢貯深
沈金屋任教蝶困蜂忙

又 建康大雪戲呈母舅晁留守

漏雲初見六花開驚巧妬江梅飄灑元戎小隊玉妝
旌旆歸來　恩同化手春回隴畝懽倒尊罍記取明
朝登覽綠漪惟有秦淮

又 謝郭道深惠菊有二小甕

露英雲蘂一般清揉雪更雕瓊預喜重陽登覽大家
插帽浮觥　分香減翠殷勤遠寄珍重多情不似綺
窗雙豔向人解語傾城

又

依微春綠徧江干煙水小屏寒惆悵雁行南北新詞
不忍拈看　從今寄取臨風把酒役夢忘飡飛絮落
花時候扁舟也到孤山

又

風簾交翠篆香飄卻暑著捲輕綃最好佳辰相近壽觴

對飲連宵　仙翁未老雲中跨鳳臺上吹簫看取他
年榮事魚軒入侍塗椒

又元夕上潭帥劉共甫舍人

年來玉帳罷兵籌燈市小遲留花外香隨金勒酒邊
人倚紅樓　沙隄此去傳柑侍宴天上風流還記月
華小隊春風十里潭州

又為雲庵壽

年年重午近佳辰符艾一番新滿酌九霞奇醞壽君
兩鬢長春　閨中秀美何如賦得林下精神早辦荊
釵布袖共為雲水閑人

點絳脣金陵府會鼓子詞

春日遲遲柳絲金淡東風輭綠嬌紅淺簾幕飛新燕
玉帳優游贏得花間宴香塵遠暫停歌扇沈醉深
深院

又

約莫香來倚闌低暎花如雪怨深愁絕瘦似年時節
歲一相逢常是匆匆別歌壺缺又還吹徹笛裏關
山月

蘇武慢湖州趙守席上作

暗雨收梅晴波搖柳萬頃水精宮冷橋森畫棟岸列

紅樓兩岸翠簾交映天上行舟鑑中開戶人在蕊珠仙境況吟煙嘯月彈絲吹竹太平歌詠　人盡說銅虎分賢銀潢儲秀鞏固行都藩屏棠陰散暑鼎篆凝香永日一庭虛靜紅袖持觴綵箋揮翰適意酒豪詩俊看飛雲丹詔行沙金勒待公歸覲

阮郎歸 和邢公砧

莫歎騎省鬢邊華曾眠蘇小家綵絲縈腕翦輕霞菖蒲酒更嘉　人別後歎飛花雲山和夢遮吳牋小字寫流沙幾行秋雁斜

又 爲邢魯仲小鬟賦

美人小字稱春嬌雲鬟玉步搖淡妝濃態楚宮腰梅枝雪未消　拚惱亂儘妖嬈微窩生臉潮算來虛度可憐宵醉魂誰與招

又 爲張丞壽

熏風吹盡不多雲曉天如水清哦松庭院忽聞笙簾疏香篆明　蘭玉盛鳳和鳴家聲留漢庭猶鞍長傍九重城年年雙鬢青

浪淘沙、

曉日掠輕雲霜瓦鱗鱗六朝山色儼如新家在洞庭南畔住身在江濱　華髮照烏巾無意尋春空將兩

袖拂飛塵可惜梅花開近路惱盡行人

踏莎行壬午元宵戲姜元汝功參議

元夕風光中興時候東風著意催梅柳誰家銀字小笙簧倚闌度曲黃昏後　撥雪張燈解衣貰酒觚稜金碧聞依舊明年何處看昇平景龍門下燈如晝

又約雲庵尋梅

雪意初濃雲情已厚黃昏散盡扶頭酒不知牆外夜來梅忍寒添得疏花否　休更熏香且同攜手從教策策輕寒透亭兒直下玉生煙暗香歸去霑襟袖

浣溪沙三衢陳釜上作

客裏匆匆夢帝州故人相遇一杯休疏梅此子最清幽　雙綰香螺春意淺緩歌金縷楚雲留不知妝鏡若爲儔

又次韻王子弁紅梅

倚醉懷春翠黛長肉紅衫子半窺牆蘭湯浴困懶勻妝　應爲長年飡絳雪故教丹頰耐清霜弄晴飛馥笑馮唐

又次韻杜唐佐秋懷

春夢驚回謝氏塘篋中消盡舊家香休文多病怯秋光　空對金盤承瑞露竟無玉杵碎玄霜醉魂飛度

月宮涼

眼兒媚 效易安體

花信風高雨又收風雨互遲留無端燕子怯寒歸晚閑損簾鉤　彈棋打馬心都懶攛掇上春愁推書就枕鳧煙淡淡蝶夢悠悠

漁家傲

過盡百花芳草滿柳絲舞困闌干暖柳外鞦韆裙影亂人逐伴舊家心性如今懶　斗帳寶香凝不散黃昏院落鶯聲晚紅葉不來音信斷疏酒盞東陽瘦損無人管

又 小舟發臨安

本是瀟湘漁艇客錢塘江上鋪颿席雨處煙波天一色雲冪冪吳山不似湘山碧　休費精神勞夢役鷗鳧難上銅駞陌擾擾紅塵人似織山頭石潮生月落今如昔

臨江仙 約同官出郊

一抹煙林屏樣展輕花岸柳無邊連朝春雨漲平川鼕鼕迎社鼓渺渺下陂船　同事多才饒我懶乘閑縱飲郊園髻花欹側醉巾偏時豐容卒歲遊樂更明年

又同官招飲席上作

失脚青雲何所往故山松竹應秋癡兒官事幾時休可憐雙白鬢斗粟尚遲留　尊酒偷閒聊放曠夜涼河漢西流從教孤笛噴高樓與君同一醉明日旋分愁

柳梢青　贈張丞

小院輕寒酒濃香軟深沈簾幕我輩相逢歡然一笑春在杯酌　家山辜負猿鶴軒冕意秋雲似薄我自西風扁舟歸去看君寥廓

又　送呂子紹守峽

楚天清絶葦岸蘭汀素秋時節簾捲湘鬟香飛雲篆回看輕別　明朝底處關山算總是愁花恨月白馬江寒黃牛硤靜小梅初徹

杏花天　豫章重午

寶釵整鬢雙鸞鬬睡來醒熏風襟袖綵絲皓腕宜清晝更艾虎衫兒新就　玉杯共飲菖蒲酒願耐夏宜春厮守榴花故意紅添皺映得人來越瘦

江城子　萍鄉王聖俞席上作

萍蓬蹤跡幾時休儘飄浮爲君留共話當年年少氣橫秋莫嘆兩翁俱白髮今古事盡悠悠　西風吹夢

入江樓故山幽漫回頭又是手遮西日望皇州欲向西湖重載酒君不去與誰遊

南歌子 爲呂聖俞壽

菊潤初經雨橙香獨占秋碧琳仙釀試新篘內集熙熙休試蟻浮甌　家世傳黃閣功名起黑頭雙鳧聊傍故人舟咫尺青雲歧路看英遊

瑞鷓鴣 送晁伯如舅席上作

遙天拍水共空明玉鏡開匳特地晴極目秋容無限好舉頭醉眼暫須醒　白眉公子催行急碧落仙人著句清後夜蕭蕭葭葦岸一尊獨酌見離情

天仙子 宴五侯席上作

暖日麗晴春正好楊柳池塘風弄曉露桃雲杏一番新花窈窕香飄緲玉帳靚深聞語笑　新賜繡韉花映照須信濃恩春共到漢家飛將久宣勞迎禁詔瞻天表入衛帝庭常不老

醉落魄 夜靜聞琴

銅壺漏歇紗窗倒挂梅梢月玉人酒暈消香雪促軫調絃彈个古離別　雛鶯小鳳交飛說嘈嘈輕語丁寧切相如款枕推紅氍脉脉無言還記舊時節

又

梅花似雪雪花卻似梅清絕小窗低映梅梢月常記良宵吹酒共攀折　如今客裏都休說蕭蕭灑灑情懷別夜闌火冷孤燈滅雪意梅情分付漆園蝶

又

玉鉤珠箔夜涼庭院天垂幕好風吹動綸巾角羽扇休揮已怯絺衣薄　扁舟明日清溪泊歸來依舊情懷惡爲君喚月驂鸞鶴天近多寒滿飲金鑾落

減字木蘭花

春酲捹卻鶗鴂一聲花雨落螢炬紅殘人在青羅步障間　天公薄相慣得柳綿高百丈綵筆題詩休誦騷人九辨詞

鵲橋仙　和蔡子周

鶴髮蕭森玉顏腴潤養就黃芽金鼎一區松菊老湘濱但心遠何妨人境　袞衣家世鳴鸞歌舞到了春冰消盡不須惆悵夢中身這彩選輸贏誰省

嬾窟詞

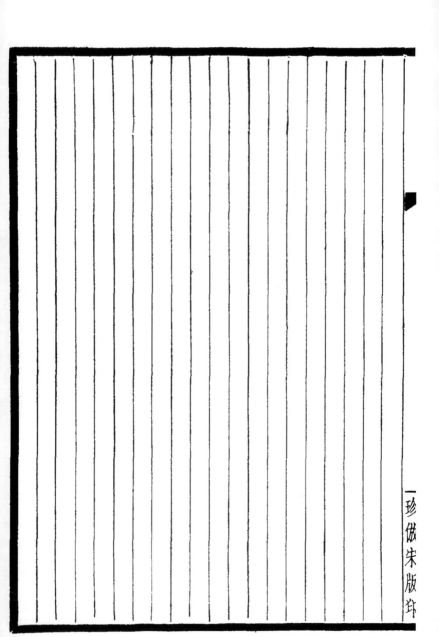

彥周東武人晁氏甥也渭陽之誼甚篤如玉樓春青玉案朝中措瑞鷓鴣諸調情見乎詞矣其席上送行云後夜蕭蕭葭葦岸一尊獨酌見離情不讓徐勉送客曲弇州先生病美成不能作情語彥周殆能作情語者耶海虞毛晉識

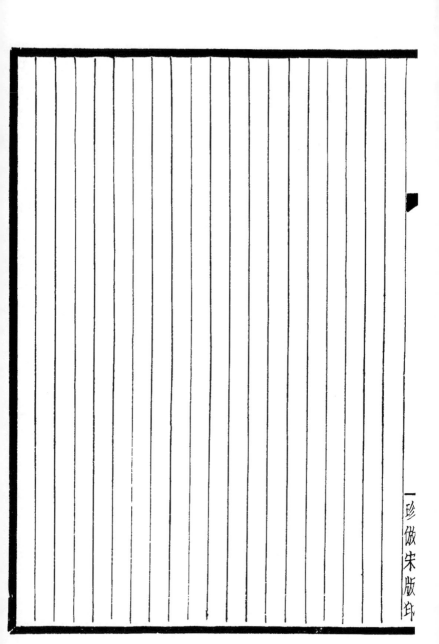

克齋詞

目錄

五福降中天一調　卜算子五調
憶秦娥一調　惜分飛一調
南歌子一調　鵲橋仙一調
醉落魄一調　太常引一調
謁金門三調　菩薩鬘二調
浣溪沙一調　行香子一調
喜遷鶯一調　菩薩鬘一調
朝中措一調　念奴嬌二調
青玉案一調　洞仙歌三調
虞美人三調　留春令一調
如夢令一調　薄倖一調
江城子一調　滿庭芳一調
採桑子一調　西江月一調
喜遷鶯一調　西江月一調
念奴嬌四調

克齋詞目錄

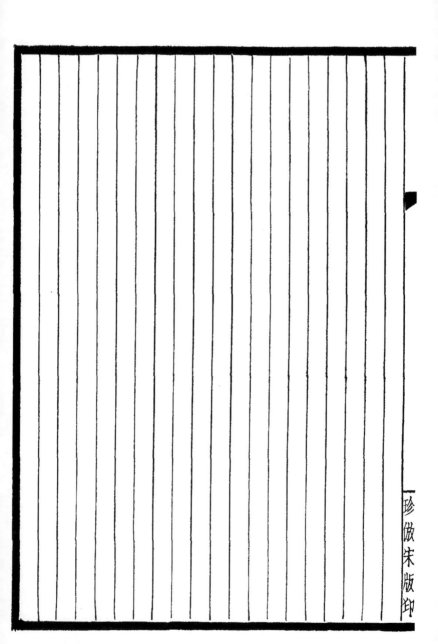

克齋詞

宋　沈端節

五福降中天　梅

月朧煙澹霜蹊滑孤宿暮林荒驛繞樹微吟巡簷索笑自分平生相得冰池半釋正節物驚心淚痕沾臆流水濺濺照影古寺滿春色　沈嘆今年未識暗香微動處人初寂酷愛芳姿最憐幽韻夾款禪房深密他時恨悵卻月淩風信音難的雪底幽期爲誰還露立

卜算子

愁極強登臨畢竟愁難避千里江山黯淡中總是悲秋意　誰插菊花枝誰帶茱萸佩獨倚闌干醉不成日暮西風起

又　梅

冷蕊伴疎枝一笑何時共江北江南兩處愁忍看花影動　旅泊怕逢春卜睡都無夢歲暮何郎未得歸手撚頻呵凍

又

踏雪看孤芳只有詩人共守定南枝待得開不覺冰輪動　卻月與淩風漫說揚州夢想見雕闌曲沼邊

殘雪和煙凍

又

客裏見梅花獨賞無人共風度精神總是伊又是歸
心動　把酒破憂端熏被尋佳夢夢覺香殘一味寒
有淚都成凍

又

烘手熨笙簧呵凍勻酥面閒向梅花樹下行拜月遙
相見　何處托春心樂府流深怨卻撚寒窗傍綺疏
恨極東風遠

憶秦娥

憑闌獨南山影蘸杯心綠杯心綠悠然忽見臥披橫
軸　西風暗度釵梁玉手香記得人簪菊人簪菊無
窮幽韻細看不足

惜分飛　桂花

喜入眉心黃點瑩珠佩玲瓏透影風露蕭蕭冷夢回
月窟香成陣　秋後情懷君莫問拚了因他瘦損不
似尋常韻細看沒處安排悶

南歌子

遠樹昏鴉鬧衰蘆睡鴨雙雪篷煙棹烱寒光疑是風
林纖月到船窗　時序驚心破江山引夢長思量也

待不思量淚染羅巾猶帶舊時香

鵲橋仙

懷人意思悲秋情緒長是文園病後蛛絲輕裊玉釵風想花貌參差依舊　無窮往事一襟新恨老泪淋浪巵酒天涯相對話平生悵南北還如箕斗

醉落魄

紅嬌翠弱春寒睡起慵匀掠些兒心事誰能學深院無人時有燕穿幕　漏聲滴盡蓮花蕚靜看月轉西闌角世情一任浮雲薄花與東君卻解慰流落

太常引

三三五五短長亭都只解送人行天遠樹冥冥悵好夢纔成又驚　夜堂歌罷小樓鐘斷歸路已聞鶯應是困瞢騰問心緒而今怎生

謁金門

真个憶花下雨聲初息猛記烏衣曾舊識丁寧教去覓　春半峭寒猶力淚滴雨襟成迹獨倚危闌清晝寂草長流翠碧

又

春欲去人瘦不勝金縷門巷陰陰飛絮舞斷腸雙燕語　孤坐晚窗閒處月到花心亭午寒色著人無意

緒竹鳴風似雨

又

尋勝去湖色淨涵疎樹欸乃一聲何處起風鈴相應語　目送遙林修渚畫出江南煙雨山水照人人楚楚錦腸生秀句

菩薩鬘

春山千里供行色客愁濃似春山碧幸自不思歸子規心上啼　芳意隨人老綠盡江南草窈窕可人花路長何處家

又

愁人道酒能消解元來酒是愁人害對酒越思量醉來還斷腸　酒醒初夢破夢破愁無那乾淨不如休休時只恁愁

浣溪沙

燈夜香甘動綺筵明珠顆顆泛甌圓佳人巧意底難傳　喜見翻溪流細滑卻思信手弄輕纖不知辛苦爲誰甜

行香子

煙淡回塘月浸疎篁一枝□壓盡羣芳脩然風度玉質金章有許多清許多韻許多香　中酒情懷琢句

心腸倚屏山子細端相冰芽初試桐子新嘗更綺窗前冰壺畔看勻妝

喜遷鶯

暮雲千里正小雨乍晴霜風初起蘆荻江邊月昏人靜獨自小船兒裏消魂幾聲新雁合造愁人天氣怎奈何少年時光景一成拋棄　回首空腸斷尺素未傳應是無雙鯉悶酒孤斟半醺還醒乾淨不如不醉有得恁多煩惱直是沒些些如意受盡也待今回厮見從頭說似

菩薩鬘

楚山千疊傷心碧傷心只有遙相憶解佩揖巫雲愁生洛浦春　香波凝宿霧夢斷消魂處空聽水泠泠如聞寶瑟聲

朝中措

天遙野闊雁書空山遠暮雲中目斷江南煙雨□□款枕春風　功名富貴何須計較煙際疎鐘解道淡妝濃抹從來惟有坡翁

念奴嬌

燈宵漸近更兵塵初息韶華偏早太守風流張宴樂不管江城寒峭髮底蜂兒釵頭梅蕊一一誇新巧笙

歌鼎沸萬人爭看標表　應記革履雍容天香滿袖侍宴遊三島聖主中興思用舊尊禮先朝元老燭賜金蓮柑傳羅帕行卽趨嚴道深杯休訴任教銀漏催曉

又

重陽恁好正秋清天色水容如瀉野闊風高香霧滿採菊無人同把甚笑淵明蓬頭曳杖吟賞東籬下孤風遠韻至今猶作佳話　爭似太守仁賢慈祥愷悌賦政多閑暇千里江山供勝踐尊俎延登儒雅只恐相將吹花春宴不許斯民借花朝便坐尚懷方外司馬

青玉案

使君標韻如徐庾更名節高千古臥治姑溪繞小駐閑雲無定陽春有腳又作南昌去　興來亭上清歌度盡能唱公詩句記取諸生臨別語從容占對天顏應喜千萬留王所

洞仙歌

雪肌花貌見了千千萬眼去眉來幾曾管被今回打住沒□施程捺地卻悔看承較晚　琴心傳密意唯有相如失笑他滿恁撩亂抖下俏和嬌掩翠淩紅真

个是從前可見據入馬牢籠怎乾休但拈取真誠試教人看

又

夜來驚怪冷逼流蘇帳夢破初聞竹窗響向曉開簾凌亂重寒光清興發鶴氅誰同縱賞　江南春意動梅竹潛通醉帽衝風自來往慨念故人疎便理扁舟須信道吾曹清曠待石鼎煎茶洗餘醺更依舊歸來淺斟低唱

又

重陽近也漸秋光凄勁宿雨初收好風景正干戈者定禾黍豐登人意樂歌舞賢侯美政　醉翁遊歷處勝概依然木落淮南見山影有客共登臨醉裏疎狂欹烏帽從嘲雪鬢但目送孤鴻傍危闌笑問道黃花似誰風韻

虞美人

去年寒食初相見花上雙飛燕今年寒食又花開垂下重簾不許燕歸來　隔簾聽燕呢喃語似說相思苦東君都不管閑愁一任落花飛絮雨悠悠

又

臥紅堆碧紛無數春事知何許班班小雨裛梨花又

是清明時候不歸家　傷春減盡東陽帶人道多情
殺青春留下許多愁分付與君今夜一齊休

又

暮雲衰草連天遠不記離人怨可憐無處不關情夢
斷孤鴻哀怨兩三聲　恨眉醉眼何時見夜夜相思
徧梧桐葉落候蛩秋唯有一江煙雨替人愁

留春令

舊家元夜追隨風月連宵歡宴被那濊引得滴流地
一似蛾兒轉　而今百事心情懶燈下幾曾忺看算
靜中唯有窗間梅影合是幽人伴

如夢令

雨後輕寒天氣玉酒中人小醉乍報一番秋晚簟清
涼如水忺睡忺睡窗在芭蕉葉底

薄倖

桂輪香滿送寒色輕風翦翦又還是幽窗人靜梅影
參差初轉念少年孤負芳音多時不見文君面漫快
瀉瓊舟濃熏寶鴨終是心情差懶　漫就枕渾無寐
□聽徹天邊飛雁閒愁消萬縷如何消遣繡衾□憶
鴛鴦暖細思量徧倚屏山挑盡琴心誰識相思怨休
文瘦損陡覺頻移帶眼

江城子

秋聲昨夜入梧桐雨濛濛洒窗風短杵疏砧將恨到簾櫳歸夢未成心已遠雲不斷水無窮　有人應念水之東鬢如蓬理妝慵覽鏡沈吟膏沐爲誰容多少相思多少事都盡在不言中

滿庭芳

霧薄陰輕林深煙暖海棠特地開遲風光絕豔獨自殿芳時須信東君注意花神會別有看持羣英外嫣然一笑富貴出天姿　日長春睡足粉香撲撲酒暈微微明皇當日稱許最相宜妃子扶來半醉宮妝淡不掃蛾眉偏憐處流鶯驚繞金彈拂叢飛

採桑子

昔年曾記尋芳處短帽衝寒竹外江干玉面皮兒月下覷　而今老大風流減百事心闌谷底林間坐對橫枝秖鼻酸

西江月

一枕香消睡惱十年漂泊江湖空餘清夢繞原廬記得林間風度　錦繡谷中舊客襟懷未肯全疏從今不要別人扶醉擁紫雲歸去

喜遷鶯

冰池輕皺喜寒律乍回微陽初透歲晚雲黃日晴煙暖晝刻暗添宮漏山色岸容都變春意欲傳官柳最好處正酥融粉薄一枝梅瘦　行樂春漸近景勝歡長幼眇絲簧奏鳴玉鵷行退朝花院猶有御香霑袖試問西鄰雖富何似東皋依舊趁未老便優游林壑圍棋把酒

西江月

幸自心腸穩審怎禁眼腦迷奚招愁買恨帶人疑一味笑吟吟地　閑趁鶯來日下卻隨燕入烏衣阿鬟風味有誰知認得樂天詞意

念奴嬌

嫩涼清曉淡秋容橫寫鮫綃十幅山水光中參意味不管人間榮辱藜杖欆鬆綸巾鶴氅賓主俱遺俗倚闌舒嘯一尊花下相屬　雲際有藥千年瓊瑤爭秀發龍蛇新斸富貴功名元自有且樂無窮真福蓮社風流醉鄉跌宕時奏長生曲月娥同聽好風徐韻松竹

又

洛妃漢女護春寒不惜鮫綃重疊拾翠江邊煙澹澹交影參差朧月秦虢相將英娥接武同宴瑤池雪層

氷連壁個中誰敢優劣　著意暈粉饒酥韻多香膩
都與羣花別娟秀數朕朕索笑處玉臉微生嬌靨羞損
南枝映映翻綠萼不數黃千葉形容不盡細看一倍清
絕

又

湖山照影正日長嬌困不須勻掃絮滿長洲春澹沲
開徧吳宮花草嫩綠匆匆輕紅蔌蔌漸覺枝頭少餘
芳難並破愁惟有馨醥　應是留得東君海棠方待
折玉環嬌小霧薄陰輕初睡足寶幄晝屏香裊醉態
天真半羞微斂未肯都開了嫣然一笑此時風度尤
好

又

尋幽覽勝凭危闌極目風煙平楚自笑飄零驚歲晚
欲挂衣冠神武芳甸時巡醉鄉日化庭實名花旅閭
風蓬頂自來不見烽火　宴罷玉宇瓊樓醉中都忘
卻瑤池歸路俯瞰塵寰千萬落渺渺峯端棲霧羣玉
圖書廣寒宮殿一一經行處相羊物外曠懷高視千
古

克齋詞

按花庵草堂二集俱不載沈端節故其品行亦無從攷惟馬端臨云字約之家於苕溪豈即沈會宗同族耶今會宗詞亦不多見其膾炙人口者惟詠賈耘老苕上水閣一闋云景物因人成勝概滿目更無塵可礙等閒簾幕小闌干衣未解心先快明月清風如有待誰信門前車馬隘別是人間開世界坐中無物不清涼山一帶水一派流水白雲長自在苕溪漁隱云賈耘老水閣遺址去余水閣相近景物清曠悉如會宗之詞故余嘗有句云三間小閣賈耘老一首佳詞沈會宗今讀克齋詞風致亦甚相類獨長于詠物寫景又不墮鄭衞惡習殆梅溪竹屋之流歟海虞毛晉識

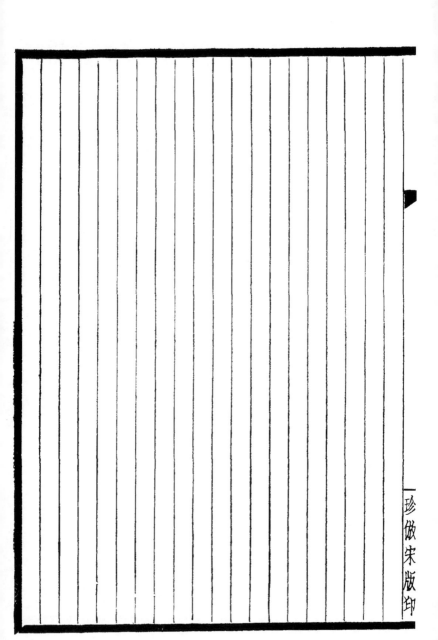

芸窗詞

目錄

孤鸞一調　燭影搖紅一調
摸魚兒二調　青玉案一調
浪淘沙二調　水龍吟一調
西江月一調　孤鸞一調
水龍吟四調　念奴嬌二調
虞美人三調　沁園春一調
凱歌一調　飛雪滿堆山一調
絳都春一調　朝中措一調
千秋歲一調　青玉案三調
沁園春一調　金縷曲一調
賀新涼一調　醉落魄一調
摸魚兒一調　瑞鶴仙一調
沁園春一調　木蘭花慢一調
好事近一調　摸魚兒一調
唐多令一調　賀新涼二調
滿江紅一調　浪淘沙二調
摸魚兒一調　木蘭花慢一調
祝英臺近一調　滿江紅一調

鷓鴣天一調　　安慶模一調

芸窗詞目錄

芸窗詞

宋張榘

孤鸞　次虛齋先生梅詞韻○虛齋詞云江南春早問江上寒梅占春多少幾點殘星細萬里春風到幽香不知甚處但迢迢滿江煙草回首誰家竹外有一枝斜好　記當年曾共梅花笑念玉雪襟期有誰知道喚起羅浮夢正參橫月小淒涼更吹寒管漫相思鬢華驚老待覓西湖半曲對霜天清曉

塞鴻來早正碧瓦霜輕玉麟寒少昨夜南枝一點陽和先到黃昏半窗淡月照青青謝池春草此際虛齋心事與此花俱好　笑巡簷索共梅花笑是千古風流少陵曾道爭似油幢下對一枝春小江城慣聽畫角且休教玉關人老好試和羹手段向鳳池春曉

燭影搖紅　再次虛齋先生梅詞韻○虛齋詞云乍冷還暄小春時候今朝轉三分曆日一分休鏡裏清霜滿雲幕低垂不捲矮窗明紅麟初暖老來活計白酒三杯黃庭一卷　萬里關河朔風吹斷邊聲遠倚樓脈脈數歸鴻誰會愁深淺最苦山寒日短但梅花相看歲晚

何人金屋巧轉歌鶯漫調箏雁

春小寒輕南枝一夜陽和轉東君先遞玉麟香冷蕊幽芳滿應把珠簾暮捲更何須金猊香暖千山月淡萬里塵清酒尊經卷　樓上胡牀笑談聲裏機謀遠甲兵百萬出胸中誰謂江流淺憔悴狂胡討短定相將來朝悔晚功名做了金鼎和羹捲藏袍雁

摸魚兒　送邵瓜坡赴含山尉且堅後約

正挑燈共聽簷雨問誰催動行色風前千點離亭恨惟有落梅知得王謝宅記前度斜陽燕子曾相識花香霧爲無計強追隨陽關聲斷回首暮雲隔　文章貫合上薇垣梧掖征鞍底事江北青衫莫對韓彭著還是玉麟佳客須記憶有衿佩鏘鏘正願依重席荼蘼未折次第牡丹開一尊留待相與醉寒食

又　送上元王簿回府

正桃花漸蘸紅雨依稀一半春色東風十里離亭恨楊柳絲絲如織遠又憶向雪月梅邊陶寫吟情逸清愁拍拍算秖暮山知棲鴉斜照春樹渺空碧　文章貫合鼇垂雲健翼翔鸞底用棲棘要尋玉洞煙霞勝聊趁麟符蜚檄歸驄急看塵袂方清有恩綸催入鳧仙倦爲相與問孤山開尊抵掌一舸畫橋側

青玉案 被檄出郊題陳氏山居

西風亂葉溪橋樹秋在黃花羞澀處滿袖塵埃推不去馬蹄濃露雞聲淡月寂歷荒村路　身名多被儒冠誤十載重來慢如許且盡清尊公莫舞六朝舊事一江流水萬感天涯暮

浪淘沙 和上元王仇香獻含山邵梅仙有渙敘別

風色轉東南翠擁層巒杏花疏雨逗清寒鍾阜石城何處是煙靄漫漫　行旆已西關一霎時間芳尊聊復挽餘歡明日斷魂分付與萬壘雲山

又 再和

雨過暮天南高下青巒小樓燕子話春寒多少夕陽芳草地霧掩煙漫　別恨正相關心上眉間離歌一曲間悲歡後夜月明何處夢鍾阜容山

水龍吟 次韻虛齋先生雨花宴

暮雲低鎖荒臺凭闌四望天垂地曼花半夜甚香繚繞昔人曾記往事悠悠物華非舊江山仍麗悵斜陽芳草長安不見誰共灑新亭淚　開放林巒舊址動騷人一番詞意青油幕裏相忘魚鳥水邊雲際卻恨清遊未能追逐區區僚底問何時脫了塵埃墨綬為

西江月

春事三分之二落花庭院輕寒翠屏圍夢寶熏殘窗外流鶯聲亂　睡起猶支雪腕覺來慵整雲鬟閒拈樂府幾闌干宿酒纔醒一半

孤鸞以梅花爲趙孏窩壽

荆谿清曉問昨夜南枝幾分春到一點幽芳不待隴頭音耗亭亭水邊月下勝人間等閒花草此際風流誰似有孏窩詩老　且向虛簷淡然索笑任雪壓霜欺精神越好最喜庭除下映紫蘭嬌小孤山好喜舊約況和羹用功宜早移傍玉階深處趁天香繚繞

水龍吟寄興

暮天絲雨輕寒寒光春色看看過梅花謝了蒼苔萬點香殘粉汙猶喜牆頭一枝嬌裊杏腮微露算幾回逗曉朱闌獨倚悄只怕東風大　浮世名韁利鎖這區區要須識破滄波夜月翠微雲樹依然還我重結鷗盟細聽鶯語自歌自和問黃沙飛鏃紅塵走馬又還知麽

又

書長簾幕低垂時時風度楊花過梁間燕子芹隨香

觜頰沾泥汙苦被流鶯蹴翻花影一闌紅露看殘梅飛盡枝頭微認青青子些兒大　誰道洞門無鎖翠苔蘚何曾踏破好天良夜清風明月正須著我閒展蠻牋寄情詞調唱成誰和問曉山亭下山茶經雨早來開麼

又　頑雪欺春葵軒兄用韻因次其韻

先來花較開遲怎禁風雪摧殘過紅英紫萼從他點綴翻成沾汙一點清香幾多穠豔緊藏不露伴楊花散漫逡巡堆積纖粟處妝成大　多謝東君造化把羣陰一朝除破千機錦繡露濃香輭中間坐我嚼徵含商振金敲玉塤篪相和問西湖別有一番桃李肯同遊麼

又　丁經之用韻詠園亭次韻以謝

近家添得園亭曉山時看飛雲過擁石栽梅疏池傍竹翦除蕪汙更喜南牆杏腮桃臉含羞微露算鶯花世界都來十畝規模好何須大　開放兩眉上鎖把春前新醅撥破病酒無聊且容觴客無多酌我底用歌喉柳邊自有鳴禽相和逗歸來折得花枝教看似人人麼

念奴嬌　重午次丁廣文韻

楚湘舊俗記包黍沈流緬懷忠節誰挽汨羅千丈雪一洗些魂離別贏得兒童紅絲纏臂佳話年年說龍舟爭渡搴旗擂鼓驕劣　誰念詞客風流菖蒲桃柳憶閨門鋪設嚼徵含商陶雅興爭似年時娛悅青杏園林一尊煑酒當爲澆悽切南熏應解把君愁袂吹裂

又

三閭何在把離騷細讀幾番擊節蘼蘺蕙椒蘭紛江渚較以艾蕭終別清濁同流醉醒一夢此恨誰能說忠魂耿耿秪憑天辨優劣　須信千古湘流練絲纏黍端爲英雄設堪笑兒童浮昌歡悲憤翻爲嬉悅三嘆靈均竟羅讒網我獨中情切熏風窗戶榴花知爲誰裂

虞美人　和蘭坡催梅韻二首

金爐鍛就裙紋摺香燼低雲月玉鈿黏唾上眉心不似壽陽檐下六花清　翠禽飛起南枝動驚破西湖夢仗誰爲作水龍聲吹綻寒葩詩眼爲君青

又

小鑾纔把鴛衾摺妝就梳橫月探梅不似舊年心卻愛窗前紙帳十分清　朔風吹起寒雲動午寢都無

夢黃昏更被竹枝聲喚起醒醒相對一燈青

又借韻

龍香淺漬羅屏褶睡思低眉月閒愁悶不關心心似窗前梅影一般清　繡幃交掩流蘇動一覺華胥夢枕山輕戛寶釵聲粉褪香腮零亂鬢鴉青

沁園春　爲題嬾窩壽

靜壽先生笑傲四并醉眠嬾窩甚一枰棋擲掉頭不顧同舟風緊袖手高歌太白詞華更生忠憤爲問山林老得麽須知道有淮碑未作語石當磨　年來君子無多試屈指如公能幾何況蒭蕘公論新曾推許冕旒异眷行見搜羅澤潤生民洗清兵甲待挽錢塘江上波功名就訪蟠桃把玩銅狄摩挲

凱歌　爲鑾相壽

雙闕護仙境萬壑渺清秋台躔光動銀漢神秀孕公侯胸中千崖灝氣筆底三江流水姓字桂香浮十載洞庭月今喜照揚州　捧丹詔陞紫殿建碧油胡兒深避沙漠鈴閣颭輕裘點檢召棠遺愛醞釀潘輿喜色英裔蔚文虎整頓乾坤定千歲侍宸旒

飛雪滿堆山　次趙西里耑行喜雪韻

愛日烘晴梅梢春動曉窗客夢方還江天萬里高低

煙樹四望猶擁螺鬟是誰邀滕六釀薄暮同雲沍寒卻元來是鈴閣露熏俄忽老青山　都盡道年來須更好無緣農事雨澀風慳鵝池夜半銜枚飛渡看尊俎折衝間儘青油談笑瓊花露杯深量寬功名做了雲臺寫作畫圖看

絳都春次韻趙西里遊平山堂二詞

平山老柳寄多少勝遊春愁詩瘦萬疊翠屏一抹江煙渾如舊晴空闌檻今何有寂寞文章身後喚回奇事青油上客放懷尊酒　知不全淮萬里羽書靜草綠長亭津堠小隊出郊花底賡酬閒時候和熏籌幕垂春晝坐看蓉池波皺主賓同會風雲盛名可久

朝中措前題

誰云萬事轉頭空春寓不言中底問垂楊在否年年一度東風　憑高慨古英雄亦淚我輩情鍾事業正須老手清吟留與山翁

千秋歲為壑翁母夫人壽

鶴城秋曉又慶生朝到人與月年年好黑頭公相貴膝下歡娛笑君知否箇般福分人間少　塞上西風老紅入霜前棗日日有平安報慈顏酡暈淺一呷金杯小香繚繞壽星明處台星照

青玉案和何使君次了翁韻詞三首

嚴城寂寞山繚繞覺寒透貂裘峭雲壓江天風破曉飛瓊萬頃看來渾似澤國蘆花老　玉山不怕頻頻倒要筆陣縱橫快揮掃見說今年梅較早笑將名勝下鍾萬字誰似邦侯好

又

少時貪看瓊林繞任馬上寒威峭昨暮六花飛逗曉擁衾慵起鬢絲籠帽頓覺年來老　朱闌翠竹枝枝倒把玉甃稜層趁風掃樓上一尊須放早同雲收盡紅輪初上對面狠峯好

又

龍香熏被羅屏繞任窗外風兒峭鴛枕夢回雞唱曉丫鬟驚笑瓊枝低亞錯認梅花老　紅爐獸炭裝還倒強梳洗忙將黛眉掃貪趁清歌爭怕早弓靴微溼玉纖頻袖塑出獅兒好

沁園春爲臺相壽

思昔買臣懷綬會稽年猶五旬算初無功用維持國事但將富貴誇耀時人未若先生方當強仕掌握長淮百萬軍難摹寫是擎天拓地緯武經文　河濱胡馬嘶春便密運機籌出萬全擁熊旂指授鷹揚虓闞

氈裘膽落鼠逸狐奔褎詔飛來威名加盛從此不須闢玉門歸朝也看雲臺畫像金鼎調元

金縷曲 次韻拙逸劉直孺見寄言志

枌社新相識恍瞻君丰神氣貌飄然仙白筆底三江鯨淚注胸次一甌冰雪怎不做龍門上客坎止流行元無定敢一朝挨卻塵泥迹且賸把錦雲織 試看自古賢侯伯一時間失雖暫失得還終得儋石空無君家事百萬付之一擲漸養就摶風鵬翼任你祖鞭先著了占鷗天浩蕩觀浮沒挈富貴等兒劇

賀新涼 次拙逸劉直孺維揚客中韻

襟度天爲侶價平生放淚江湖浮雲行住倒挽峽流歸筆底衮衮二并四具何尚友滄波鷗鷺藻黻皇猷君能事況賢書兩度登天府急著手佐明主 晴風一舸來瓜步翦燈花尊酒論詩頓忘羇旅迓曉鑾旌傳金縷一片瑰詞綺語甚獨蠒抽成長緒當代鑿翁文章伯定不教彈鋏輕辭去留共濟孤舟渡

醉落魄 次韻趙西里梅詞

瑤姬妙格冰姿微帶霜痕作一般惱殺多情客風弄横枝殘月半窗白 孤山仙種曾移得結根久傍王猷宅欲牋心事呼雲翮爲報年芳萍梗正南北

摸魚兒 爲趙孏窩壽

猛思量孏窩初度魯雲呈瑞時節平山楊柳蒼茫外猶是鄉關明月春漏洩定知有梅花先向江南發煙波夢闊漫約住西風呼將寒雁把酒爲君說 君看取世道羊腸屈摺依然熟路輕轍林泉暫洗經綸手桐柏夜香熏徹趨魏闕指天上星辰平步儀清切蟠桃未結待做著功名卻尋曼倩相與帶花折

瑞鶴仙 次韻陸景思喜雪

碧油推上客有神機沈密參運帷幄威聲際沙漠慶雲飛川泳和熏三白霄淵負扇甚探梅也來相約更誰憐久客泥深穿履栖栖東郭 農麥年來管好禾黍離離詎忘關洛風高水涸多少事待韜略看鵝池夜渡黎明飛捷兒輩惛惛未覺便衝寒鐵騎橫驅汛掃六合

沁園春 代人上吳履齋集賢壽

綠野歸來節杖角巾豈不快哉有清泉白石東西巖岫翠陰紅影高下樓臺況是粧賓槐庭暑薄照眼葵榴次第開輕熏裏煎香蒲爲壽一笑傳杯 栽培多少英材更霖雨看看偏九垓算支撐廈屋正資梁棟調和鈞鼎須用鹽梅旒冕與思縉紳顒望應有天邊

丹詔催依還是爲蒼生一起重位元台

木蘭花慢上壑翁壽

豆花輕雨霽更七日是中秋記分野三台家山雙闕孕秀名流平生佐時大略有中勤一念等伊周十載清風楚澤三年明月揚州　須知萬竈出貔貅智勇邁前猷自向來擣頴□番平海膽落氈裘紅旆指闕定洛看春融喜色動宸旒著取斑衣繡衮揭開玉宇金甌

好事近九日登平山和王帥幹應奎

素筆走龍蛇難覓醉翁真跡惟有斷崗衰草是幾番經歷　紫萸黃菊又西風同作攜壺客清興未闌歸去負晴空明月

摸魚兒九日登平山和趙子固帥機

望神京目斷煙草青天長劍頻倚香街十里朱簾月空想當年華麗堪嘆處沙靄蒹葭咿軋雁聲起平山漫記悵楊柳春風晴空闌檻陳迹總非是　重陽好紅葉黃華滿地良辰美景如此青油幕府傳芳斝苒苒露瓊花氣還更喜看玉閫規恢笑騁伊吾志塵清北冀便向關洛聯鑣巍巍冠佩麟閣畫圖裏

唐多令九日登平山和朱帥幹

斜日淡蕪煙重陽又一年悵垂楊幾度飛綿只把晴空山色看多少恨倩誰箋　沙霾暗中原枕戈誰夜眠盡今宵且醉花邊準擬來秋天氣好重把菊嗅芳妍

賀新涼　壽壑相母夫人

萸菊香凝霧記重陽纔經三日帨懸朱戶紫殿玉垣稱壽斝瀲灩瓊花清露正萬里塵清淮浦地玷從來標瑞應甚新曾秀出金芝樹正此處誕申甫　人間小住千秋歲畫堂深綵侍怡聲慈顏笑語況是加恩封大國錦誥鸞翔鳳舞便娛侍魚軒沙路御果金泥宣曉宴捲宮簾爭看元台母家慶事耀今古是年加封大國壑相生于寶應近芝生于是邦

又　送劉澄齋制幹歸京口

匹馬鍾山路悵年來只解郵亭送人歸去季子貂裘塵漸滿猶是區區羈旅漫空有劍峯如故髀肉未消儀舌在向尊前莫灑英雄淚鞭未動酒頻舉　西風亂葉長安樹嘆離離荒宮廢苑幾番禾黍雲棧縈紆今平步休說襄淮樂土但袞袞江濤東注世上豈無高臥者奈草廬煙鎖無人顧幾此恨付金縷

滿江紅　壽壑相

淮海波澄湛桂影半窺涼月又還是中秋相近垂弧時節綸誥飛來宸眷重綵衣著處慈顏悅注紫清花露入瑤巵瓊香滑　揮羽扇持旄鉞鯨海浪陰山雪著威聲到處遐衝都折沙溪遠標銅柱界關河盡補金甌缺君臣千載會風雲看伊說

浪淘沙 次韻孫霽窗制參雨中海棠

春夢草茸茸愁雨愁風對花須拚酒頻中莫遣枝頭銀燭暗辜負嫣紅　推起簿書叢何苦匆匆慍吟卻說少陵公天定爲花開一笑日上籬東

又再用前韻定出郊之約

煙縷暗蒙茸楊柳輕風雨聲多在夜窗中春水漸生春事去流盡殘紅　新筍綠叢叢鶯語匆匆一尊同醉定林公十里長松青未了山北山東

摸魚兒 荼䕷

正莓牆柳綿低度枝頭紅紫飛盡穠陰漲綠冰鈿碎浥浥麝蘭成陣仙骨嫩悅姑射瑤姬青幰游瓊苑風前有恨也一似宮梅飄香墜粉輕點壽陽鬢　梨花雪搆道全無清韻何曾留到春晚柔條不受真珠露滴瀝紫檀心暈芳又問待援放金尊拚作通宵飲日高慵困任翠幄低雲玉熏泛夢路入醉鄉穩

木蘭花慢次韻孫霽窗賦牡丹

漸稠紅飛盡早穠綠徧林梢正池館輕寒楊花飄絮草色縈袍天香夜浮院宇香亭亭雨檻漬春膏趁取芳時勝賞莫將年少輕拋　鞭鞘驅放馬蹄高世事一秋毫便飛書倥傯運籌閑暇何害推敲花前效顰著句悄干鏌側畔奏鉛刀何日重攜尊酒浮甌細翦香苞

祝英臺近賦牡丹

柳綿稀桃錦淡春事在何許一種穠華天香漬冰露嫩苞疊疊湘羅紅嬌紫姤翠葆護西真仙侶　試聽取更鐃十日看承霞腴汀塵土池館輕寒次第少風雨好趁油幕清閑重開芳醑莫孤負鶯歌蝶舞

滿江紅壽壑相

玉壘澄秋又還近桂華如璧算六載籌邊整暇幾多功績鐵壁連雲東海重驚波截斷狂鯢翼把向來搗頹舊規模平淮北　經濟妙誰知得總都是詩書力有召公家法范公胸臆赫赫勛名俱向上綿綿福壽宜無極看彩衣輝映袞衣榮恢霖澤

鷓鴣天壽定庵運管兄

飽挹臺城白鷺秋又騎黃鵠上江州恩波浩蕩三千

里多少人家願借留　壽斝菊香浮姓名還喜到宸
旒片□□□□□□振□□□下流

安慶模和孫霽

渺長江浩無今古悠悠經幾流景橋家松竹知何在
寂歷丹楓如錦行陣整想鬬艦連艘談笑煙灰冷寒
光萬頃算只有當年暮天霜月慘澹照山影　元戎
隊畫角梅花緩引樓船飛渡波穩中流擊楫酬初志
此去君王高枕應晤省使萬里塵壁清誰遜周公瑾勛
名不泯看陽蟄潛閑老龍拯雨淵睡為民醒

方叔南徐人與了翁虛齋相友善最喜作次韻小令惜諸家詞選不載余偶得芸窗詞全帙如正挑燈共聽夜雨幽韻不減陸放翁如小樓燕子話春寒豔態不減史邦卿至如秋在黃花羞澀處又苦被流鶯蹴翻花影一闌紅露等語直可與秦七黃九相雄長或病其饒貧寒氣毋乃太貶乎古虞毛晉識

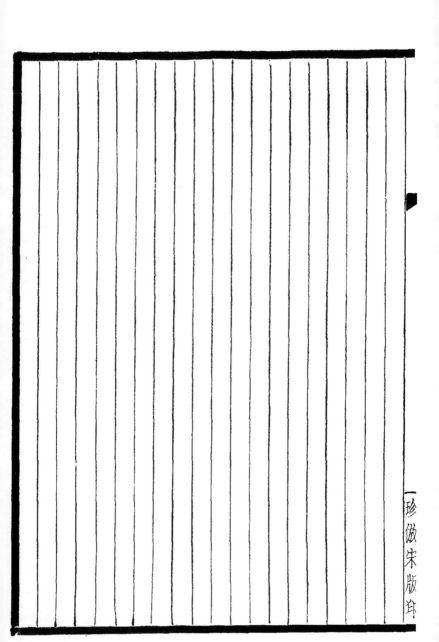

竹坡詞序

竹坡先生少慕張右史而師之稍長從李姑溪遊與之上下其議論由是盡得前輩作文關紐其大者固已掀揭漢唐淩厲騷雅燁然名一世矣至其嬉笑之餘溢爲樂章則清麗宛曲當□□是豈苦心刻意而爲之者哉昔□□先生蔡伯評近世之詞謂蘇東坡辭勝乎情柳耆卿情勝乎辭辭情兼稱者唯秦少游而已世以爲善評雖然耆卿不足道也使伯世見此詞當必有以處之矣凡一百四十八詞離爲三卷乾道二年上元日高郵孫兢序

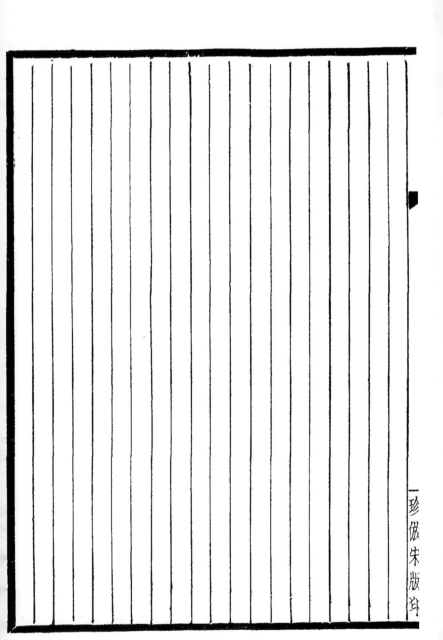

竹坡詞目錄

卷一

水龍吟三調　浣溪沙七調
卜算子三調　木蘭花二調
減字木蘭花四調　攤破浣溪沙二調
水調歌頭四調　沙塞子二調
鷓鴣天十三調　採桑子一調
西江月七調　小重山二調

卷二

漢宮春二調　醉落魄四調
阮郎歸三調　青玉案二調
菩薩蠻三調　西地錦一調
謁金門一調　生查子六調
昭君怨一調　秦樓月一調
天僊子一調　漁家傲五調
南柯子三調　朝中措五調
虞美人三調　江城子二調
瀟湘夜雨四調　宴桃源四調

卷三

滿江紅一調　定風波令一調

蝶戀花一調　永遇樂一調
驀山溪一調　品令二調
清平樂六調　浪淘沙二調
踏莎行四調　雨中花令一調
點絳脣二調　臨江僊二調
好事近六調　酹江月二調
感皇恩五調　洞僊歌一調
賀新郎一調　蘇幕遮二調
一翦梅一調　千秋歲三調
風入松一調　憶王孫一調
減字木蘭花一調　採桑子一調

竹坡詞目錄

竹坡詞卷一

宋 周紫芝

水龍吟天申節祝聖詞

黃金雙闕橫空望中隱約三山眇春皇欲降渚烟收盡青虹正繞日到層霄九枝光滿普天俱照看海中桃熟雲幡絳節冉冉度滄波渺　遙想建章宮闕□薰風月寒清曉紅鸞影上雲韶聲裏蒙天一笑萬國朝元百蠻款塞太平多少聽堯雲深處人人盡祝似天難老

又題夢雲軒

楚山千疊浮空楚雲只在巫山住鸞飛鳳舞當時空記夢中奇語曉日曈曨夕陽零亂裊紅縈素問如今依舊霏霏冉冉知他爲誰朝暮　玉佩煙鬟飛動炯星眸人間相遇嫣然一笑陽城下蔡盡成驚顧蕙帳春濃蘭衾日暖未成行雨但丁寧莫似陽臺夢斷又隨風去

又須江望九華作

楚山木落風高暮雲黯黯孤容瘦天晴似洗明霞消盡玉巒排秀九鳳飛來五雲深處一時輕矯恨三山不見六鰲去後天空遠人將老　堪笑此生如寄信

扁舟揭來江表望中愁眼依稀猶認數峯林杪萬里
東南跨江雲夢此情多少問何時還我千巖萬壑臥
霜天曉

浣溪沙今歲冬溫近臘無雪而梅殊未放戲作
浣溪沙三疊以望發奇秀

近臘風光一半休南枝未動北枝愁嫦娥莫是見人
羞　幺鳳不傳蓬島信杜鵑空辦鶴林秋便須千技
打梁州

又

欲醉江梅與未休待篘春甕洗春愁不成歡緒卻成
羞　天意若教花似雪客情寧恨鬢如秋趁他何遜
在揚州

又

無限春情不肯休江梅未動使人愁東昏覷得玉奴
羞　對酒情懷疑是夢憶花天氣黯如秋喚春雲夢
澤南州

又和陳相之題烟波圖

水上鳴榔不繫船醉來深閉短篷眠潮生潮落自年
年　一尺鱸魚新活計半蓑煙雨舊衣冠廟堂空有
畫圖看

又

多病嫌秋怕上樓苦無情緒懶擡頭雁來不寄小銀鉤　一點離情深似海萬重淒恨黯如秋怎生禁得許多愁

又

醽醁新翻碧玉壺水精釵裊絳紗符吳姬親手碎菖蒲　綵索繫時新睡起榴花翦處要人扶心情還似去年無

又

學畫雙蛾苦未成鬢雲新結翠鬟輕伴人歌笑已多情　飛絮亂花閒院宇舞鸞歌鳳小娉婷陽關休唱斷腸聲

卜算子 席上送王彥猷

江北上歸舟再見江南岸江北江南幾度秋夢裏朱顏改　人是嶺頭雲聚散天誰管君似孤雲何處歸我似離羣雁

又 再和彥猷

霜葉下孤篷船在垂楊岸早是淒涼惜別時更惜年華換　別酒解留人拚醉君休管醉裏朱絃莫漫彈愁入參差雁

又西窗見翦榴花

綵盡柳成空春去花如掃窗外枝枝海石榴特爲幽人好　密葉過流離薄豔明芳草翦得花時卻傍闌樓上人垂手

木蘭花長安狹邪中有高自標置者客非新科不得其門時頗稱之予嘗語人曰相馬失之肥相士失之瘦世亦豈可以是論人物乎戲作此詞爲花衢狹客一笑

嫦娥天上人誰識家在蓬山煙水隔不應著意眼前人便是登瀛當日客　雙眸炯炯秋波滴也解人閒青與白檀郎未摘月邊枝枉是不教花愛惜

又

江頭雨後山如髻催送新涼風有意月來楊柳綠陰中秋在梧桐疎影外　小窗紋簟涼如水歲歲年年同此味眼前不忍對西風夢裏更堪追往事

減字木蘭花

春閒晝永城下江深山倒影淨掃風埃收拾煙光入句來　短窗閒倚身似浮雲門似水誰伴餘年結得青山一個緣

又丙子生日

蓬萊三島上有青青千歲草玉佩煙鬟來作人間一笑歡 麻姑行酒蕚綠華歌清韻裊玉秀蘭芳醉舞東風綵袖長

又 大梁楊師醇奉親至孝嘗手植木犀於堂後木未三尺而已著數花蓋造物者以娛萱堂老人也師醇以長短句分餉一枝竹坡作此解以贊之

西山巖桂常恨香聞煙雨外何似君家戲綵堂前早試花 黃金千粟風撼芳條香馥馥一翦無多桃李漫山奈俗何

又 晁別駕生日

當年文伯曾是東坡門下客文采風流奕葉傳芳總未休 爲公持酒願祝彩衣無限壽歸覲楓宸剩醉長安幾度春

攤破浣溪沙 茶詞

蒼壁新敲小鳳團赤埿開印煑清泉醉捧纖纖雙玉筍鷓鴣斑 雪浪濺翻金縷袖松風吹醒玉酡□更待微甘回齒頰且留連

又 湯詞

門外青驄月下嘶映階籠燭畫簾垂一曲陽關聲欲

盡不多時　鳳餅未殘雲腳乳水沈催注玉花甆忍看捧甌春筍露翠鬟低

水調歌頭十月六日於僕爲始生之日戲作此詞爲林下一笑世固未有自作生日詞者蓋自竹坡老人始也

白髮三千丈雙鬢不勝垂人間憂喜如夢老矣更何之蘧玉行年過了未必如今俱是五十九年非擬把彭殤夢分付與癡兒　君莫羨客起舞壽瓊卮此生但願長遣猿鶴共追隨金印借令如斗富貴那能長久不飲竟何爲莫問蓬萊路從古少人知

又王交卿歸自彭門中秋步月作

濯錦橋邊月幾度照中秋年年此夜清景伴我與君遊萬里相隨何處看盡吳波越嶂更向古徐州應爲霜鬢尋老西望倚黃樓　天如水雲似掃素魂流不知今夕何夕相對語羈愁故國歸來何事記易南枝驚鵲還對玉蟾羞踏盡疎桐影更復爲君留

又丙午登白鷺亭作

歲晚念行役江闊渺風烟六朝文物何在回首更淒然倚盡危樓傑觀暗想瓊枝璧月羅襪步承蓮桃葉山前鷺無語下寒灘　潮寂寞浸孤壘漲平川莫愁

艇子何處烟樹杳無邊王謝堂前雙燕空繞烏衣門巷斜日草連天只有臺城月千古照嬋娟

又雨後月出西湖作

落日在烟樹雲水兩空濛澹霞消盡何事依約有微紅湖上晚來風細吹盡一天殘雨蒼翠溼千峯誰遣長空月冷浸玉壺中　問明月應解笑白頭翁不堪老去依舊臨水照衰容良夜幾横煙棹獨倚危檣西望目斷遠山重但恨故人遠此樂與誰同

沙塞子中秋無月

秋雲微淡月微羞雲黯黯月彩難留只應是嫦娥心裏也似人愁　幾時回步玉移鈎人共月同上南樓卻重聽畫闌西角月下輕謳

又席上送趙戒叔時東南方擾

玉溪秋月浸寒波忍持酒重聽驪歌不堪對綠陰飛閣月下羞娥　夜深鶯鵲轉南柯慘别意無奈愁何他年事不須重問轉更愁多

鷓鴣天

荷氣吹涼到枕邊薄紗如霧亦如煙清泉浴後花垂雨白酒傾時玉滿船　釵欲溜髻微偏卻尋霜粉撲香綿冰肌近著渾無暑小扇頻搖最可憐

又七夕

烏鵲橋邊河漢流洗車微雨溼清秋相逢不似長相憶一度相逢一度愁　雲卻靜月垂鉤金鍼穿得喜回頭只應人倚闌干處便似天孫梳洗樓

又李彥恢生日

尊酒年年樂事多古銅猶得幾摩挲他時人物君須記玉筍班中李泰和　煩翠袖把金荷功名餘事且高歌新來學得長生訣寫就黃庭不換鵝

又沈彥述生日

名在休文季孟間一時風味更蕭然瓊林不逐春風老安用丹砂巧駐顏　春入戶酒吹瀾小桃枝上錦斕斑明年欲與君爲壽無路相從入道山

又和劉長孺有贈

裊裊雲梳曉髻堆涓涓秋淨眼波回舊家十二峯前住偶爲襄王下楚臺　閑院靜小桃開劉郎前度幾回來東風易得行雲散花裏傳觴莫漫催

又和孫子紹菊花詞

晴日烘簾暖似春菊回霜暈淺仍深誰知此地栽花手便是當時嗔惹人　秋渺渺夜沈沈一聲清唱裊殘音嬌癡應挽香羅比六幅雙裙染鬱金

又

一點殘釭欲盡時乍涼秋氣滿屏幃梧桐葉上三更雨葉葉聲聲是別離　調寶瑟撥金猊那時同唱鷓鴣詞如今風雨西樓夜不聽清歌也淚垂

又　重九登醉山堂戲集前人句作鷓鴣天令官妓歌之爲酒間一笑前一首自爲之也

年少登高意氣多黃花壓帽醉傞俄如今滿眼看華髮強撚茱萸奈老何　千疊岫萬重波一時分付與秦娥明年身健君休問且對秋風卷翠螺

又

終日看山不厭山尋思百計不如閒何時得到重陽日醉把茱萸仔細看　欹醉帽倚雕闌偶然攜酒卻成歡籬邊黃菊關心事觸惧愁人到酒邊

又　荊州都倅生日

讀盡牙籤玉軸書不知門外有園蔬借令未解鑾坡去也合雠書在石渠　微雨後小寒初滿斟長壽碧琳腴不須更問荊州路便上追鋒御府車

又　予少時酷喜小晏詞故其所作時有似其體製者此三篇是也晚年歌之不甚如人意聊載于此爲長短句之體助云

樓上緗桃一萼紅別來開謝幾東風武陵春盡無人處猶有劉郎去後蹤　香閣小翠簾重今宵何事偶相逢行雲又被風吹散見了依前是夢中

又

綵鷁雙飛雪浪翻楚歌聲轉綠楊灣一川紅旆初銜日兩岸朱樓不下簾　闌倚處玉垂纖白團扇底藕絲衫未成密約回秋水看得羞時隔畫簷

又

花褪殘紅綠滿枝嫩寒猶透薄羅衣池塘雨細雙鴛睡楊柳風輕小燕飛　人別後酒醒時午窗殘夢子規啼尊前心事人誰問花底閒愁春又歸

採桑子　雨後至玉壺軒

跳珠雨罷風初靜闌檻憑虛絳闕清都只在仙人碧玉壺　九原喚起王摩詰畫作新圖十里芙蕖乞與知章老鑑湖

西江月

畫幕燈前細雨垂蓮盞裏清歌玉纖持板隔香羅不放行雲飛過　今夜塵生洛浦明朝雨在巫山羞娥且莫鬬彎環不似司空見慣

又

池面風翻弱絮樹頭雨退嫣紅撲花蝴蝶杳無蹤又做一場春夢　便是一成去了不成沒個來時眼前無處說相思要說除非夢裏

又

羅袖雲輕霧薄醉肌玉軟花柔相逢不道有春愁只道春來微瘦　一點人間深意數聲柳下輕謳帶將離恨上歸舟腸斷月斜時候

又

髮白猶欹旅枕溪深未挂烟蓑往來苕霅意如何應有輕鷗笑我　細算年來活計只消一個漁舟金魚無分不須求只乞鱸魚換酒

又　席上賦雙荔子

連理枝頭並蒂同心帶上雙垂背燈偷贈語低低一點濃情先寄　翡翠釵頭摘處鴛鴦枕上醒時酸甜紅顆阿誰知別是人間滋味

又　和孫子紹拒霜詞

天意未教秋老花容刬地宜霜酒肌紅軟玉肌香不與梨花同樣　來伴孫郎小宴臨風爲舞霓裳更深綠水照紅妝便是採蓮船上

又

誰把藍揉翡翠天將蠟做梅花晚來秋水映殘霞水墨新描圖畫　紙上寫將心去眼邊卻送愁來今回相見比前回心下忡忡越𪢴

小重山

溪上晴山簇翠螺曉來霜葉醉小池荷瑣窗秋意苦無多簾纊卷黃菊兩三窠　小睡擁香羅起來勻醉粉玉垂梭只愁無奈夜長何你去也今夜早來麽

又方元相生日

碧玉山圍十里湖水雲天共遠戲雙鳧河陽花縣錦屏鋪人不老長日在蓬壺　一笑且踟躕會騎箕尾去上雲衢十分深注碧琳腴休惜醉醉後有人扶

竹坡詞卷一

漢宮春己未中秋作

秋意還深漸銀牀露冷梧葉風高嬋娟也應爲我羞照霜毛流年老盡漫銀蟾冷浸香醪殊盡把平生怨感一時分付離騷　傷心故人千里問陰晴何處還記今宵樓高共誰同看玉桂煙梢南枝鵲繞歎此生飄轉江皐須更約他年清照爲人常到寒宵

又別乘趙季成以山谷道人反魂梅香材見遺明日劑成下幃一炷恍然如身在孤山雪後園林水邊籬落使人神氣俱清又明日乃作此詞歌於妙香寮中亦僕西來一可喜事也

香滿箱匳看沈犀弄水濃麝含薰荀郎一時舊事盡屬王孫殘膏賸馥須傾囊乞與蘭蓀金斗暖雲窗霧閣爲人洗盡餘醺　依稀雪梅風味似孤山盡處馬上煙村從來甲煎淺俗那忍重聞蘇臺燕寢下重幃深閉孤雲都占得橫斜亂影伴他月下黃昏

醉落魄

江天雲薄江頭雪似楊花落寒燈不管人離索照得人來眞個睡不著　歸期已負梅花約又還春動空飄泊曉寒誰看伊梳掠雪滿西樓人在闌干角

又

柳邊池閣晚來卷地東風惡人生不解頻行樂昨日花開今日風吹落　楊花卻似人飄泊春雲更似人情薄如今始信從前錯爲個蠅頭輕負青山約

又重午日過石熙明出侍兒鴛鴦

薰風池閣小紅橋下荷花薄沙平水淺山如削水上鴛鴦何處風吹落　今朝端午新梳掠錦絲圍腕花柔弱人生只有尊前樂前度劉郎莫負重來約

又

雲深海闊天風吹上黃金闕酒醒不記歸時節三十年來往事無人說　浮生正似風中雪丹砂豈是神仙訣世間生死無休歇長伴君閒只有山中月

阮郎歸

酴醾花謝日遲遲楊花無數飛章臺側畔儘風吹飄零無定期　煙漠漠草萋萋江南春盡時可憐蹤跡尚東西故園何日歸

又

月櫺疏影照嬋娟閒臨小玉盤棗花金釧出纖纖棊聲敲夜寒　飛雹冷水精圓夜深人未眠笑催爐獸暖衾鴛莫教銀漏殘

又西湖摘楊梅作

西湖山下水潺潺滿山風雨寒枝頭紅日曉爛斑越梅催曉丹　連翠葉擁金盤玉池生乳泉此生三度試甘酸欲歸歸尙難

青玉案　淩歊臺懷姑溪老人李端叔

青鞋忍踏江沙路恨人已騎鯨去筆底驊騮誰與度西州重到可憐不見華屋生存處　秋江渺渺高臺暮滿壁棲鴉醉時句飛上金鑾人漫許淸歌低唱小蠻猶在空溼梨花雨

又

梅花落盡人誰管暗淒斷傷春眼雪後平蕪春尙淺一簪華髮滿襟離恨羞做東風伴　鬭花小斛蘭芽短猶是當時舊庭院擬把新愁憑酒遣春衫重看酒痕猶在忍放金杯滿

菩薩蠻

翠娥懶畫妝痕淺香肌得酒花柔軟粉汗溼吳綾玉釵敲枕稜　鬢綠雲鬟膩羅帶還重繫含笑出房櫳羞隨臉上紅

又

風頭不定雲來去天教月到湖心住遙夜一襟愁水

風渾似秋　藕花迎露笑暗水飛螢照漁笛莫頻吹
客愁人不知
又　賦疑梅香
寶薰拂拂濃如霧暗驚梅蕊風前度依約似江村餘
香馬上聞　畫橋風雨暮零落知無數收拾小窗春
金爐檀炷深
西地錦
雨細欲收還滴滿一庭秋色闌干獨倚無人共說這
些愁寂　手把玉郎書跡怎不教人憶看看又是黃
昏也斂眉峯輕碧
謁金門
春雨細開盡一番桃李柳暗曲闌花滿地日高人睡
起　綠浸小池春水沙暖鴛鴦雙戲薄倖更無書一
紙畫樓愁獨倚
生查子
春寒入翠帷月淡雲來去院落半晴天風撼梨花樹
人辭掩金鋪閑倚鞦韆柱滿眼是相思無說相思
處
又
青絲結曉鬟臨鏡心情懶知爲曉愁濃畫得雙蛾淺

柳困玉樓空花落紅窗暖相對語春愁只有春閨燕

又

新歡君未成往事無人記行雨共行雲如夢還如醉相見又難言欲住渾無計眉翠莫頻低我已無多淚

又

清歌憶去年共唱秦樓曲門外月橫波帳裏人如玉秋風吹彩雲夢斷驚難續別調不堪聞紅淚銷殘燭

又

金鞍欲別時芳草溪邊渡不忍上西樓怕看來時路簾幕捲東風燕子雙雙語薄倖不歸來冷落春情緒

又

輕雲淺護霜曉日紅生砌煙共寶薰濃人與山長翠銀淚酒杯濃錦幄雙鸞戲庭下彩衣郎共祝千千歲

昭君怨

滿院融融花氣紅繡一簾垂地往事憶年時只春知

風又暖花漸滿人似行雲不見無計奈離情惡銷
凝

秦樓月

東風歇香塵滿院花如雪花如雪看看又是黃昏時
節　無言獨自添香鴨相思情緒無人說無人說照
人只有西樓斜月

天僊子

雪似楊花飛不定枝上凍禽昏欲暝寒窗相對話分
飛簫鼓靜燈炯炯一曲陽關和淚聽　酒入離腸愁
欲凝往事不堪重記省勸君莫上玉樓梯風力勁山
色暝忍看去時樓下徑

漁家傲

遇坎乘流隨分了雞蟲得失能多少兒輩踓黃堪一
笑堪一笑鶴長鳧短從他道　幾度秋風吹夢到花
姑溪上人空老喚取扁舟歸去好歸去好孤篷一枕
秋江曉

又　往歲阻風長蘆夜半舟中所見如此

月黑波翻江浩渺扁舟繫纜垂楊杪漁網橫江燈火
鬧紅影照分明赤壁回驚棹　風靜雲收天似掃夢
疑身在三山島浮世功名何日了從醉倒柂樓紅日

千巖曉

又 送李彥恢宰旌德

休惜騎鯨人已遠風流都被仍雲占腰下錦條纏寶劍光閃熠人間莫作牛刀看 見說河陽花滿縣相邀更約疎狂伴幸有小鑾開小燕須少款玉堂此去知非晚

又 重九前兩日遊真如廣孝二寺木犀方盛開而城中花已落數日矣郡人以扶疎高花絕勝水南因爲爲解嘲呈元壽知縣

路入雲巖山窈窕巖花滴露花頭小香共西風吹得到秋欲杪天還未放秋容老 誰道水南花不好猶勝金蕊渾如掃留取光陰重一笑須是早黃花更惜重陽帽

又 夜飲木芙蓉下

月黑天寒花欲睡移燈影落清尊裏喚醒妖紅明晚翠如有意嫣然一笑知誰會 露溼柔柯紅壓地羞容似替人垂淚著意西風吹不起空繞砌明年花共誰同醉

南柯子 方錢唐出侍兒范謝州要予作此詞

蟬薄輕梳鬢螺香淺畫眉西湖人道似西施人似西

施濃淡更相宜　畫燭催歌板飛花上舞衣殷勤猶
勸玉東西不道使君腸斷已多時

又

霧帳蘭衾暖薰爐寶篆濃眼波猶帶睡朦朧臥聽曉
來雙燕語春風　螺淺歡餘黛霞銷枕處紅斷雲飛
兩怕匆匆欲去且留情緒兩沖沖

又

白羽傳觴急金鞍躍馬遲雲間彩鳳看雙飛飛上碧
梧枝上穩雙棲　林下風流女堂東坦腹兒此郎標
韻世間稀好爲伯鸞舉案又齊眉

朝中措登西湖北高峯作

西湖煙盡水溶溶一笑與誰同多謝湖邊霜菊伴人
三見秋風　兩高南北天教看盡吳越西東趁取老
來猶健登臨莫放杯空

又二妙堂落成二十餘年而廬阜隱然常在有
無間似不肯爲老人出也作長短句以招之

大江流處是廬峯蒼玉照晴空何事淺鬟濃黛卻成
煙雨溟濛　如今縱有雲濤萬頃翠巘千重傳語雲
間五老一尊須要君同

又

雨餘庭院冷蕭蕭簾幕度微飈鳥語喚回殘夢春寒勒住花梢　無憀睡起新愁黯黯歸路迢迢又是夕陽時候一爐沈水烟銷

又 移桃花作

小桃花動著枝濃移得伴衰翁多謝天公憐我一時染就輕紅　春光猶在花枝未老莫放尊空休倚半巖煙樹能消幾度東風

又

黃昏樓閣亂棲鴉天末淡微霞風裏一池楊柳月邊滿樹梨花　陽臺路遠魚沈尺素人在天涯想得小窗遙夜哀絃撥斷琵琶

虞美人 西池見梅作

短牆梅粉香初透削約寒枝瘦惱人知爲阿誰開還伴冷煙疎雨做愁媒　飄零苦恨春情薄不管花開落小池疎影弄寒沙何似玉臺鸞鏡對橫斜

又 食瓜有感

西園摘處香和露洗盡南軒暑莫嫌坐上適來蠅只恐怕寒難近玉壺冰　井花浮翠金盤小午夢初回後詩翁自是不歸來不是青門無地可移栽

又

凝雲壓地風塵捲雪共春寒淺山城寒夜不燒燈時見竹籬茅舍兩三星　九衢風裏香塵擁十載鰲山夢如今獨自倚冰簷落盡短檠紅灺不成眠

江城子

夕陽低畫柳如烟淡平川斷腸天今夜十分霜月更娟娟怎得人如天上月雖暫缺有時圓　斷雲飛雨又經年思淒然淚涓涓且做如今要見也無緣因甚江頭來處雁飛不到小樓邊

又

碧梧和露滴清秋小庭幽翠煙流羞帶一襟明月上危樓苦恨秋江風與月偏管斷這些愁　此情空道兩綢繆信悠悠幾時休到得如今剗地見無由擬待不能思想得無限事在心頭

又　瀟湘夜雨　濡須對雪

樓上寒深江邊雪滿楚臺煙靄空濛一天飛絮零亂點孤篷似我華顛雪頹渾無定漂泊孤蹤空淒黯江天又晚風袖倚蒙茸　吾廬猶記得波橫素練玉做寒峯更短坡煙竹聲碎玲瓏擬問山陰舊路家何在水遠山重漁蓑冷扁舟夢斷燈暗小窗中

又

曉色凝曦霜痕猶淺九天春意將回隔年花信先已到江梅沈水煙濃如霧金波滿紅袖雙垂傴翁醉問春何在春在玉東西　瑤臺人不老還從東壁來步天墀且細看八塼花影遲遲會見朱顏綠鬢家長近咫尺天威君知否天教雨露常滿歲寒枝

又　和潘都曹九日詞

江繞淮城雲昏楚觀一枝煙笛誰橫曉風吹帽霜日照人明暗惱潘郎舊恨應追念菊老殘英秋空晚茱萸細撚醺酥爲誰傾　人間眞夢境新愁未了綠鬢星星問明年此會誰寄幽情倚盡一樓殘照何妨更月到簾旌憑闌久歌君妙曲誰是米嘉榮

又二　妙堂作

楚尾江橫斗南山秀輞川誰畫新圖幾時天際平地出方壺應念江南倦客家何在飄泊江湖天教共銀濤翠壁相伴老人娛　長淮看不盡風帆落處天在平蕪算人間此地豈是窮途好與婆娑盡日應須待月到金樞山中飲從教笑我白首醉模糊

宴桃源

簾幕疎疎風透庭下月寒花瘦寬盡沈郎衣方寸不禁僝僽難受難受燈暗月斜時候

又

林外野塘煙膩衣上落梅香細瘦馬步淩兢人在亂山叢裏憔悴憔悴回望小樓千里

又

綠盡小池芳草門外柳垂春晝花上雨簾纖簾幕燕來時候消瘦消瘦依約粉香襟袖

又 與孫祖恭求酴醾

舊日荼蘼時候酒涴粉香襟袖老去惜春心試問孫郎知否花瘦花瘦剪取一枝重嗅 一作添我小闌文繡

竹坡詞卷二

竹坡詞卷三

滿江紅 十一月二十有三日雪意濃甚已而復晴客歌世所傳催雪舉席歆豔有謂其韻俗者使僕作語爲賦此曲

寂寂江天雪又滿晚來風急空懊恨散鹽飛絮未成輕集萬里長空飛不到珠簾捲盡還羞入問向晚誰欲畫漁簑寒江立　天黯淡催殘日波浩渺添寒力又何如聊遣舞衣紅溼好與月娥臨晚砌莫教先放梅花拆便準擬一醉廣寒宮千山白

定風波令

梅粉梢頭雨未乾淡煙疏日帶春寒暝鴉啼處人在小樓邊　芳草只隨春恨長塞鴻空傍碧雲還斷霞銷盡新月又嬋娟

蝶戀花

天意才晴風又雨催得風前日日吹輕絮燕子不飛鶯不語滿庭芳草空無數　春去可堪人也去枝上殘紅不忍擡頭覷假使留春春肯住喚誰相伴春同處

永遇樂 五日

槐幄如雲燕泥猶溼雨餘清暑細草搖風小荷擎雨

時節還端午碧羅窗底依稀記得閒繫翠絲煙縷到如今前歡如夢還對綵條無語　榴花半吐金刀猶在往事更堪重數艾虎釵頭菖蒲酒裏舊約渾無據輕衫如霧玉肌似削人在畫樓深處想靈符無人共帶翠眉暗聚

驀山溪

月眉星眼閬苑真儔侶嬌小正笄年每當筵愁歌怕舞水亭煙樹春去已無蹤桃源路知何處往事如風絮　如今聞道誤翦香雲縷閒繫小烏紗更無心淺勻深注三山路杳終不是人間知誰與吹簫女共駕青鸞去

品令重九前一日飛卿攜酒相過坐中歌空青送客詞因用其韻是日淮上賊軍退舍

西風持酒謂不做愁時候機雲兄弟坐中玉樹璚枝高秀且莫勸人歸去坐來未久　甘泉書奏報幽障沈烽後明朝重九茱萸休惱淚霑襟袖怕衰黃花也解笑人白首

又九日寓居招提旅中不復出步上西庵絕頂擷黃菊一枝凄然有感復作此歌

霜蓬零亂笑綠鬢光陰晚紫茱時節小樓長醉一川

平遠休說龍山佳會此情不淺　黃花香滿記白苧
吳歌輭如今卻向亂山叢裏一枝重看對著西風搔
首爲誰腸斷

清平樂

蘆洲晚淨雨罷江如鏡屬玉雙飛棲不定數點晚來
煙艇　夢回滿眼淒涼一成無奈思量舟在綠楊隄
下蟬嘶欲盡斜陽

又

煙鬟斂翠柳下門初閉門外一川風細細沙上暝禽
飛起　今宵水畔樓邊風光宛似當年月到舊時明
處共誰同倚闌干

又

青春欲暮柳下將飛絮月到階前梅子樹啼得杜鵑
飛去　人歸不掩朱門一成過了黃昏只有瑣窗紅
蠟照人猶自銷魂

又

團圞小樹天與香無數薄豔不禁風日苦膩著紅油
遮護　移栽未到江南香山鼻觀先參勾引老情偏
醉錦薰籠暖春酣

又

淺妝匀靚一點閒心性臉上羞紅凝不定惱亂酒愁花病　晚來淚搵殘霞墜鬟小玉釵斜細雨一簾春恨東風滿地桃花

又

東風庭戶紅滿桃花樹准擬踏青南陌路雙鳳繡鞋新做　鞦韆月挂黃昏畫堂深掩朱門立盡花陰歸去此時別是銷魂

浪淘沙己未除夜

江上送年歸還似年時屠蘇休恨到君遲覓得醉鄉無事處莫放愁知　紅灺一燈垂應笑人衰鶴長鳧短怨他誰明日江樓春到也且醉南枝

又

落日在闌干風滿晴川坐來高浪擁銀山白鷺欲棲飛不下卻入蒼煙　千里水雲寒正繞煙鬟拍浮須要酒杯寬天與吾曹供一醉不是人間

踏莎行和人賦雙魚花

風翠輕翻霧紅深注鴛鴦池畔雙魚樹合歡鳳子也多情飛來連理枝頭住　欲付濃愁深憑尺素戲魚波上無尋處教誰試與問花看如何寄得香牋去

又

燕子歸來梅花又落緗桃雨後燕支薄眼前先自許多愁斜陽更在春池閣　夢裏新歡年時舊約日長院靜空簾幕幾回猛待不思量擡頭又是思量著

又　謝人寄梅花

鵲報寒枝魚傳尺素晴香暗與風微度故人還寄隴頭梅憑誰爲作梅花賦　柳外朱橋竹邊深塢何時卻向君家去便須倩月與徘徊無人留得花常住

又

情似遊絲人如飛絮淚珠閣定空相覷一溪煙柳萬絲垂無因繫得蘭舟住　雁過斜陽草迷煙渚如今已是愁無數明朝且做莫思量如何過得今宵去

雨中花令　吳興道中頗厭行役作此曲寄武林交舊

山雨細泉生幽谷水滿平田雲靄紅蠶熟後黃雲隴麥秋間武陵烟暖數聲雞犬別是山川　嗟老去倦遊蹤跡長恨華顛行盡吳頭楚尾空慚萬壑千巖不如休也一庵歸去依舊雲山

點絳脣　西池桃花落盡賦此

燕子風高小桃枝上花無數亂溪深處滿地飛紅雨　喚得春來又送春歸去渾無緒劉郎前度空記來

時路

又丙子生日

人道長生算來世上何曾有玉尊長倒早是人間少
四十年來歷盡閒煩惱如今老大家開口贏得花
前笑

臨江僊

水遠山長何處去欲行人似孤雲十分瘦損沈休文
忍將秋水鏡容易與君分　試問梨花枝上雨爲誰
彈滿清尊一江風月黯離魂平波催短棹小立送黃
昏

又送光州曾使君

記得武陵相見日六年往事堪驚回頭雙鬢已星星
誰知江上酒還與故人傾　鐵馬紅旗寒日暮使君
猶寄邊城只愁飛詔下青冥不應霜塞晚橫槊看詩
成

好事近青陽道中見梅花是日微風花已有落
者

江路繞青山山翠撲衣輕溼誰釀晚來雲意做一天
愁色　竹溪斜度儘籃輿疎梅暗香入何處最關心
事恨落梅風急

又謝人分得蠟梅一枝

香蠟染宮黃不屬世間風月分我照寒金蕊伴小窗愁絶　高標獨步本無雙一枝爲誰折壓盡半春桃李任滿山如雪

又

簾外一聲歌傾盡滿城風月看到酒闌羞處想多情難說　周郎元是個中人如今鬢如雪自恨老來腸肚詢不堪摧折

又

雨後欲斜陽紅滿井梧風葉還是夜來時候共小軒明月　不關纖手與調冰消除這些熱自是月娥肌骨似玉壺香雪

又海棠

春似酒杯濃醉得海棠無力誰染玉肌豐臉做燕支顏色　送春風雨最無情吹殘也堪惜何似且留花住喚小鬟催拍

又

秋意總關愁那更與君輕別從此共誰同醉恨老來風月　遙知手板笑看雲江邊醉時節應爲老人回首記白頭如雪

酹江月

冰輪飛上正金波翻動玉壺新綠風帽還欹清露滴凜凜微生寒粟白玉樓高水精簾捲十里堆瓊屋千山人靜怒龍聲噴蘄竹　夜久斗落天高銀河還對瀉冷懸雙瀑此地人間何處有難買明珠千斛弄影人歸錦袍何在更誰知鴻鵠素光如練滿天空挂寒玉

又送路使君

楚山無盡看西來新擁石城雙旆立馬花邊金鐙暖遙想元戎小隊白雪歌成莫愁去後往事空千載一時吟嘯風流不減前輩　聞道夢澤南州日高初睡足雅宜高會老去愁多誰念我空對雲山蒼翠南雁歸時白頭應記得尊前傾蓋送君南浦無情空恨江水

感皇恩

殘月挂征鞍路長山繞獨擁寒貂犯霜曉水邊林下孤負此生多少星星空滿鬢因誰有　不如辦個短蓑長釣喚取輕鷗伴人老思量也勝看人眉頭眼腦世間渾是夢何時了

又除夜作

玉筯點椒花年華又杪絳蠟燒殘暗催曉小窗醒處
夢斷月斜江悄故山春欲動歸程杳 天意不放人
生長少富貴應須致身早此宵長願贏取一尊娛老
假饒真百歲能多少

又 竹坡老人步上南岡得堂基於孤峯絕頂間
喜甚戲作長短句

無事小神僊世人誰會著甚來由自縈繫人生須是
做些閑中活計百年能幾許無多子 近日謝天與
片閒田地作個茅堂待打睡酒兒熟也贏取山中一
醉人間如意事只此是

又 送晁別駕赴朝

江上一山横偶來同住山北山南共來去今朝何事
目送征鴻輕舉可堪吹不斷梨花雨 千里莫厭重
霄雲路飛下彤庭伴鵷鷺紫騮烏帽看盡章臺風絮
故人應問我今何處

又 送侯彥嘉歸彭澤

何處是雲庵本來無住雲共誰來共誰去菊籬杯酒
聊爲淵明頻舉幅巾應屬溼斜川雨 此去常恨相
從無路記取孤飛水邊鷺重來一笑又是柳飛殘絮
夢魂飛不到君閒處 彥嘉小室榜曰閒處

洞僊歌

江梅吹盡更幽蘭香度可惜濃春爲誰住最嫌他無數輕薄桃花推不去偏守定東風一處　病來應怕酒眼常醒老去羞春似無語准擬強追隨管領風光人生只歡期難預縱留得梨花做寒食怎喫他朝來這般風雨

賀新郎

白首歸何晚笑一椽天教付與楚江南岸門外春山晚無數只有匡廬似染但想像紅妝不見誰念香山當日事漫青衫淚溼人誰管歌舊曲空淒怨　將軍未老身歸漢笮功名過了唯有古詞塵滿誰似淵明拚得老飽看雲山萬點況此老斜川不遠終待我他年自翦黃花一酬重陽醆君爲我休辭勸

蘇幕遮

水傍邊山盡處喚取雲來共我山頭住分得一江風共雨滿院芙蓉更聽紅妝舞　趁霜晴閒獨步那裏烟村有個梅花樹小徑斜穿來又去醉後知他有甚青雲路

又

老相邀山作伴千里西來始識廬山面愛酒揚雄渾

不管天與隣翁來慰窮愁眼　似驚鴻吹又散畫舸橫江望斷江南岸地角天涯無近遠一闋清歌且放梨花滿

一翦梅　送楊師醇赴官

無限江山無限愁兩岸斜陽人上扁舟闌干吹淚不多時酒在離尊情滿滄洲　早是霜華兩鬢秋目送飛鴻那更難留問君尺素幾時來莫道長江不解西流

千秋歲　生日

小春時候晴日吳山秀霜尚淺梅先透波翻醽醁醆霧暖芙蓉繡持壽酒仙娥特地回雙袖　試問春多少恩入芝蘭厚松不老山長久星占南極遠家是椒房舊君一笑金鑾看取人歸後

又　葉審言生日

當年文焰蜀錦詞華爛年正少聲初遠手攀天上桂書奏蓬萊殿人盡道洛陽盛事今重見　千尺青蒼榦直節凌霄漢天未識應嗟晚飲殘長壽醆歸奉春皇燕金葉滿擗麟且受麻姑勸

又　春欲去二妙老人戲作長短句留之爲社中一笑

送春歸去說與愁無數君去後歸何處人應空懊惱
春亦無言語寒日暮騰騰醉夢隨風絮　盡日間庭
雨紅溼鞦韆柱人恨切鶯聲苦擬傾澆悶酒留取殘
紅樹春去也不成不爲愁人住

風入松

禁烟過後落花天無奈輕寒東風不管春歸去共殘
紅飛上鞦韆看盡天涯芳草春愁堆在闌干　楚江
橫斷夕陽邊無限青煙舊時雲去今何處山無數柳
漲平川與問風前回雁甚時吹過江南

憶王孫 絕筆

梅子生時春漸老紅滿地落花誰掃舊年池館不歸
來又綠盡今年草　思量千里鄉關道山共水幾時
得到杜鵑只解怨殘春也不管人煩惱

減字木蘭花 雨中熟睡

快風消暑門近雨邊梅子樹晝夢騰騰急雨聲中喚
不醒　輕衫短箑林下日長聊散髮無計醫貧長作
雲山高臥人

採桑子 將離武林

雲蹤老去渾無定飄泊寒空又被東風吹過江南第
幾峯　長安市上看花眼不到衰翁好趁歸鴻家在

西巖碧桂叢

先父長短句一百四十八闋先是潯陽書肆開行訛舛甚多未及修正適鄉人經由渭宣城搜尋此未得其半遂以金受板東下未幾好事者輯湊訪求粥書者利其得又復開成然此比宣城本爲善蓋棐親校讎也去歲武林復得二章今繼於憶王孫之後先父一時交遊如李端叔翟公巽呂居仁汪彥章元不伐莫不推重平生著述綴集成七十卷槧板襄陽黃州開楚辭贅說詩話二集尚有尺牘大閱錄勝遊錄羣玉雜嚼藏於家以俟君子廣其傳云乾道九年閏正月十五日男棐拜書

竹坡詞卷三

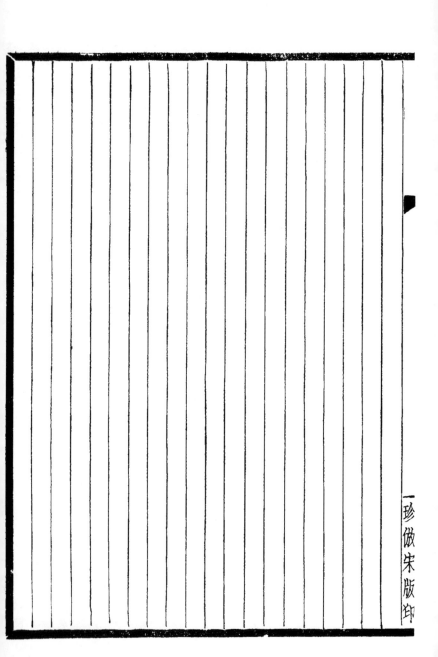

余昔鐫竹坡老人詩話恨未見其全集亦未詳其始末既閱宣城志文苑傳云周紫芝字少隱居陵陽山南父覺訓子甚篤每曰是子相法當貴然肩聳而好吟其終窮乎兩以鄉貢赴禮部不第家貧併日而炊人嗤之不顧嗜學益苦嘗從李之儀呂本中游有美譽建炎中呂好問知宣州每讌集必與俱年六十一始以廷對第三同學究出身調安豐軍不赴監戶部麴院歷樞密院編修官右司員外郎知興國軍崇政簡靜終日焚香課詩而事不廢秩滿奉祠居廬山初秦檜愛其詩云秋聲歸草木寒色到衣裘留京每一篇出擊賞不已後和御製詩云已通灌玉親祠事更有何人敢告猷檜怒其諷己出之紫芝惟言士遇合有時吾豈以彼易此紹興乙亥卒子槃槃皆力學不仕茲集長短句凡三卷末有子槃跋綴二闋于絕筆之後但減字木蘭花一調誤作木蘭花令今釐正紫芝嘗評王次卿詩云如江平風霽微波不興而洶湧之勢澎湃之聲固已隱然在其中其詞約略似之古虞毛晉識

紫芝集名太倉稊米余少年得而復失每爲歎惋始信表聖詩云士書久似憶良朋真箇中語也去冬玉

峯李青城同張子佩過訪云篋中有是書相對擊節不遠百里見寄惜非余向所藏耳名雖相同乃集金元諸名家詩但紫芝卒于紹興間與至元延祐相去百餘歲豈能預爲軒輊敘以問世況十臺十雪篇曾于滄浪集中見之其爲贋本無疑矣猶記其本集中載惠泉銘乃鉅盜圍宣城衆無所得飲太守李公倉卒鑿池甘泉湧出惠及一郡因以得名非無錫惠山中第二泉也因記于此以俟品泉者又記有劉高尚傳云劉高尚者濱州安定人家世爲農生九歲不茹葷亦不語問以事則書而對其語初若不可曉已而輒驗家人爲築別室以居久之言皆響應遠近以爲神聲聞京師徽宗三使往聘之辭疾不奉詔宣和間賜號高尚處士而建觀以居其徒因以其號名之靖康之擾棣人自其守使迎高尚守具安車邀之不至一日棄濱而來濱人大恐後二日濱州兵叛屠其城高尚至棣棣人喜守爲掃郵傳供帳以居之高尚見之笑去乃即城隅治舍水傍濱人或持金帛攜家室以就其廬者人往往笑之既而虜騎大至城且陷人之死于兵者以萬數而火不及其居就之者果賴以免虜人見高尚皆下馬羅拜不敢入其室高尚有言

曰世之人以嗜欲殺身以貨財殺子孫以政事殺人以學問文章殺天下後世識者以爲名言鏤版以傳惜乎全集不可復得聊記此以見竹坡一斑若劉高尚說具在梁溪漫志中晉又識

聖求詞序

世謂少游詩似曲子瞻曲似詩其然乎至荆公桂枝香詞子瞻稱之此老真野狐精也詩詞各一家惟荆公備衆作豔體雖樂府柔麗之語亦必工緻真一代奇材後數十年當宣和末有呂聖求者以詩名諷詠中率寓愛君憂國意不但弄筆墨清新俊逸而已其憂國詩云憂國憂身到白頭此生風雨一沙鷗又云尚喜山河歸帝子可憐麋鹿入王宮痛傷詩云塵斷征車□雲低虜帳深古今那有此天地亦何心釋憤詩云未湔嵇紹血誰發諫臣章赤心皆□詩史氣象縉紳巨賢多錄藁家藏但不窺全帙未能爲刊行也一日復得聖求詞集一編婉媚深窈視美成耆卿伯仲耳余因念聖求詩詞俱可以傳後惜不見他所著述以是知世間奇才未乏也士友輩將刻聖求詞求序於余故余得言其大槪聖求居嘉興名濱老嘗位周行歸老於家云

嘉定壬申中秋朝奉大夫成都路轉運判官趙師屴序

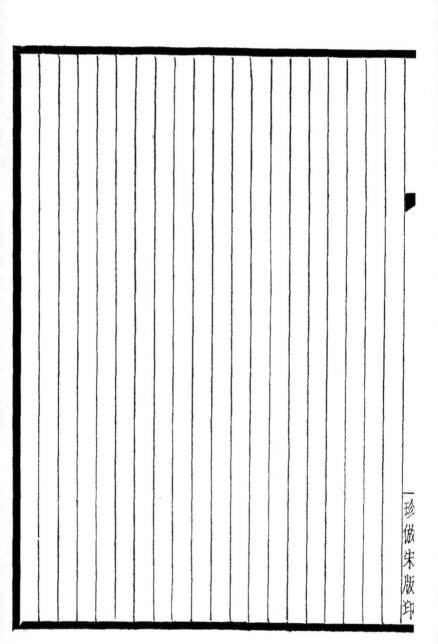

聖求詞

目錄

薄倖一調　望海潮一調
選冠子二調　念奴嬌一調
情久長二調　滿江紅四調
醉蓬萊一調　齊天樂一調
沁園春一調　滿路花一調
驀山溪二調　千秋歲一調
早梅芳近一調　醉落魄二調
惜分飛一調　浣溪沙三調
漁家傲六調　思佳客一調
好事近五調　天僊子一調
燕歸梁一調　小重山一調
清平樂一調　河傳一調
握金釵二調　南歌子一調
蝶戀花二調　品令一調
祝英臺近一調　水調歌頭八調
江城子二調　水龍吟一調
減字木蘭花一調　江城子慢一調
如夢令一調　極相思一調

賀新郎一調　浪淘沙一調
思佳客一調　二郎神一調
百宜嬌一調　醉思僊一調
眼兒媚二調　夢玉人引一調
傾杯令二調　生查子三調
撲蝴蝶近二調　一落索三調
謁金門一調　鼓笛慢一調
西江月慢一調　思佳客二調
夜遊宮一調　浣溪沙一調
南歌子一調　如夢令一調
浣溪沙一調　浪淘沙一調
醉桃源一調　思佳客一調
小重山一調　柳梢青一調
卜算子四調　如夢令一調
木蘭花三調　戀香衾一調
豆葉黃五調　千秋歲一調
好事近一調　南鄉子二調
浪淘沙一調　卜算子一調
小重山一調　惜分釵二調
如夢令一調　水龍吟一調

鵲橋僊一調　點絳脣二調
水調歌頭一調　好事近二調
青玉案一調

聖求詞目錄

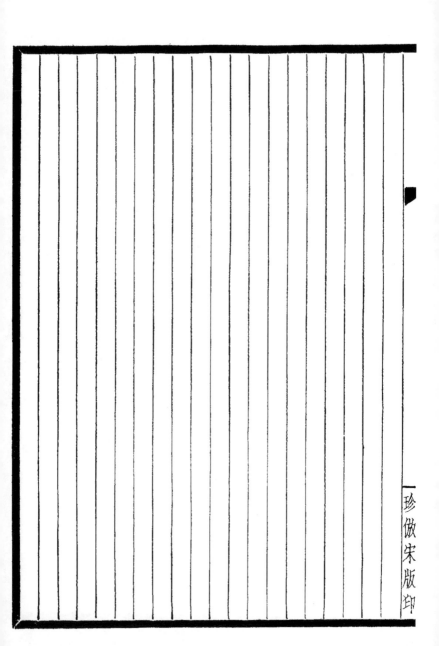

薄倖

宋 呂濱老

青樓春晚晝寂寂梳勻又懶乍聽得鴉啼鶯弄惹起新愁無限記年時偷擲春心花間隔霧遙相見便角枕題詩寶釵貰酒共醉青苔深院　怎忘得迴廊下攜手處花明月滿如今但暮雨蜂愁蝶恨小窗閒對芭蕉展卻誰拘管儘無言閒品秦箏淚滿參差雁腰肢漸小心與楊花共遠

望海潮

側寒斜雨微燈薄霧匆匆過了元宵簾影護風盆池見日青青柳葉柔條碧草皺裙腰正晝長煙暖蜂困鶯嬌望處淒迷半篙綠水浸斜橋　孫郎病酒無聊記烏絲醉語碧玉風標新燕又雙蘭心漸吐嘉期趁取花朝心事轉迢迢但夢隨人遠心與山遙誤了芳音小窗斜日對芭蕉　側寒坊本作惻寒非詳見跋中

○半篙綠水浸斜橋一本作半篙綠水斜橋按譜應作七字句

選冠子

雨溼花房風斜燕子池閣晝長春晚檀盤戰象寶局

鋪綦籌畫未分還嬾誰念少年齒怯梅酸病疎霞盞
正青錢遮路綠絲明水倦尋歌扇　空記得小閣題
名紅牋青製燈火夜深裁翦明眸似水妙語如弦不
覺曉霜雞喚聞道近來箏譜慵看金鋪長掩瘦一枝
梅影回首江南路遠

又

風約晴雲花乾宿露簾幕萬家清曉青帘賽酒小塢
藏春冶葉豔枝相照羊駕小車笑逐遊人遠迷芳草
更紅英飛舞繡茵連接霧臺煙沼　年少日細馬戎
韉紅靴玉帶同指輭塵西笑珍珠戲擲彩筆搜奇不
覺暮春鶯老誰見這迴霜點染衰事縈懷抱訴一春
心事燕子周遮來了

念奴嬌　贈希文寵姬

暮雲收盡霽霞明高擁一輪寒玉簾影橫斜房戶靜
小立啼紅簌簌素鯉頻傳蕉心微展雙蕊明紅燭開
門疑是故人敲撼窗竹　長記那裏西樓小寒窗靜
畫掩風箏鳴屋淚眼燈光情未盡儘覺語長更促短
短霞杯溫溫羅帊妙語書裙幅五湖何日小舟同泛
春綠

情久長

鎖窗夜永無聊盡作傷心句甚近日帶紅移眼梨臉
擇雨春心償未足怎忍聽啼血催歸杜宇暮帆挂沈
沈暝色滾滾長江流不盡來無據　點檢風光歲月
今如許趁此際浦花汀草一棹東去雲窗霧閣洞天
曉同作煙霞伴侶算誰見梅簾醉夢柳陌晴遊應未
許春知處

又

冰梁跨水沈沈霽色遮千里怎向我小舟孤棹天外
飄墜夜寒侵短髮睡不穩窗外寒風漸起歲華暮蟾
光射雪碧瓦飄霜塵不動寒無際　雞咽荒郊夢也
無歸計擁繡枕斷魂殘魄清吟無味想伊睡起又念
遠樓閣橫枝對倚待歸去西窗翦燭小閣凝香深翠
幕饒春睡

滿江紅

晚浴新涼風蒲亂松梢見月庭陰盡暮蟬啼歇螢繞
井闌簾入燕荷香蘭氣供搖箑賴晚來一雨洗游塵
無些熱　心下事蜂重疊人甚處星明滅想行雲應
在鳳凰城闕曾約佳期同菊蕊當時共指燈花說據
眼前何日是西風涼吹葉

又

笑語移時風影亂半簾寒日鮮明是晚來妝飾共說西園攜手處小橋深竹連苔色到如今梧葉染清霜封行跡　春未透梅先折人縱健時難得想明年虛過上元寒食數著佳期愁入眼雨珠零亂梨花溼任翠鬟欹側背斜陽鳴瑤瑟

又

燕拂危檣斜日外數峯凝碧正暗潮生渚暮風飄席初過南村沽酒市連空十頃菱花白想故人輕箑障遊絲聞遙笛　魚與雁通消息心與夢空牽役到如今相見怎生休得斜把琵琶傳密意一襟新月橫空碧問甚時同作醉中仙煙霞客

又　次楊子耕韻

山繞吳城修竹外滿林團碧任孤檣百丈遠牽江色政簡民閒無一事同遊仍是鴛鸞客到晚年遺愛續新題都堪說　脩門賦今誰續痛飲士天應惜正彩霞垂帔暮風飄瑟笑疾禪癡今在否風燈石火同飄忽去醉鄉深處著身心休銘櫛

醉蓬萊

任落梅鋪綴雁齒斜橋裙腰芳草閒伴遊絲過曉園庭沼廝近清明雨晴風輭稱少年尋討碧縷牆頭紅

雲水面柳隄花島　誰信而今怕愁憎酒對著花枝自疎歌笑鶯語丁寧問甚時重到夢筆題詩帊綾封淚向鳳簫人道處處傷□年年遠□念惜春人老

齊天樂　觀競渡

香紅飄沒明春水寒食萬家遊舫整整斜斜疎疎密密簾纈旗紅相望江波蕩漾稱彩艦龍舟繡衣霞槳舞楫爭先歌笑簫鼓亂清唱　重來劉郎老對故園桃紅春晚盡成惆悵淚雨難晴愁眉又結翻覆十年手掌如今怎向念舞板歌塵遠如天上斜日回舟醉魂空舞颺

沁園春

復把元宵等閑過了算來告誰整二年三歲尊前笑處知他啓了多少歌詩豈信如今不成些事還是無聊空皺眉爭知道冤家誤我日許多時　心兒轉更癡迷又疑道清明得共伊但自家晚夜多方遣免不須煩惱兩月爲期用破身心博些歡愛有后不成人便知從來是這風流伴侶有分雙飛

滿路花　同柳仲修在趙屯

西風秋日短小雨菊花寒斷雲低古木暗江天星娥尺五佳約誤當年小語憑肩處猶記西園畫橋斜月

闌干　鳥啼花落春信遣誰傳尚容清夜夢小留連青樓何處寶鏡注嬋娟應念紅牋事微暈春山背窗愁枕孤眠

驀山溪

韻高格妙不數閒花草向晚小梳妝換一套新衣始了橫釵整鬢倚醉唱清詞房戶靜酒杯深簾幕明殘照　揚州一夢未盡還驚覺自恁在心頭拈不出何時是了吳霜點鬢春色老劉郎雲路遠晚溪橫誰見桃花笑

又

元宵燈火月淡遊人可攜手步長廊又說道傾心向我歸來一夢整整十年餘人似舊去無因牽惹情懷破　章臺楊柳聞道無關鎖行客挽長條情不似當初些箇而今休也搖落任東風但恣意儘留情我也知無那

千秋歲

寶香盈袖腕約金條瘦裙兒細襇如眉皺笑多朁髻側語小絲篁奏洞房晚千金未直橫波溜　緣短懽難又人去春如舊枝上月誰攜手宿雲迷遠夢淚枕中殘酒怎奈向繁陰亂葉梅如豆

早梅芳近

畫簾深妝閣小曲徑明花草風聲約雨暝色啼鴉暮天杳染眉山對碧勻臉霞相照漸更衣對客微坐自輕笑　醉紅明金葉倒恣看還新好瑩注粉淚滴爍波光射庭沼犀心通密語珠唱翻新調佳期定約秋了

醉落魄

明窗讀易時才人地俱超軼偶然一墮槐安國說利談功這事怎休得　何將置酒圖書室揮絃目送西飛翼夜來已覺春篘溢月影三人一醉舊相識

又

纖鞋窄襪紅茵自稱琵琶拍明衣妝臉春梳掠好好亭亭那得恁標格　匆匆一醉霜華白歸來偏記藍橋宅五更殘夢迷蝴蝶覷著花枝只被繡簾隔

惜分飛 元夕

白玉花驄金絡腦十里華燈相照簾映春窈窕霧香殘膩桃花笑　一串歌珠雲外裊飲罷玉樓寒悄歸去城南道柳梢獵獵東風曉

浣溪沙

煙柳濛濛鵲做巢青青弱草帶斜橋鶯聲多在杏花

梢 逐伴不知春路遠見人時著小詞招阿誰有分
伴吹簫

又

彩選骰兒隔袖拈整釵微見玉纖纖夜寒窗外更垂
簾 好事燈花雙作蕊照人月影入斜簷新愁日日
座中添

又

做得姻緣不久長驚風枝上偶成雙歸來魂夢帶幽
香 燈下揉花春去早竹間影月索歸忙十年前事
費思量

漁家傲 作浮圖語送深上人遊廬山

聞道廬山橫廣澤晴空萬頃波濤白上有至人營窟
宅經遊客古今多是煙霞謫 一鉢上人輕六翮選
場要射如來策點化黃金非妙藥難堪酌三生一口
都吞卻

又

昨夜山空流石乳道人妙手親拈取未欲淩雲歸洞
府清風舉大千一葉同掀舞 笑把須彌摑破鼓東
山雲作西山雨我欲住庵無拄斧君相許三更明月
湖心午

又

潦倒瞿曇饒口悄拈花寃道頭陁笑雞足山中眠未覺誰知道至今功業猶分剖　脣口周遮何日了禪牀四面藤蘿繞有箇路頭君試討梅花老南園蝴蝶飛芳草

又

高絣袈裟挑紙帔一杯茶罷成行計路入廬山風細細輕彈指百千三昧俱遊戲　法椅何曾燒兩臂誰知紙上無窮意欲識普賢真實際齁齁地小爐雪夜和衣睡

又

頂上鐵輪飛火熠防身細按威神劍體用雙行誰敢覘光閃閃何須更把茶林撼　衲子家風存古儉一條榔栗如天塹粥鼓未鳴燈火暗無思念斷崖古木横藤蔓

又

落月杜鵑啼未了粥魚忽報千山曉笠子蓋頭衣鉢少穿林表回頭高刹空中小　官路舊多林木繞露濃花蕊皆顛倒渡水登山排草草廬山好香爐峯下湖波渺

思佳客

江上何人一笛橫倚樓吹得月華生寒風墮指傾三弄小市收燈欲二更 持蟹股破霜橙玉人水調品纂箏細看桃李春時面共盡玻璃酒一觥

又

微點胭脂暈淚痕更衣整鬢立黃昏春風攪樹花如雨夕靄迷空燕趁門 題往事錦回紋春心無定似行雲深屏繡幌空愁獨明月梨花殢一尊

好事近

別酒帶愁酸千里失羣黃鵠行到小橋梯下便飛雲南北 不妨垂手小徘徊日影轉闌曲從此賀囊佳製有新奇題目

又

飛雪過江來船在赤闌橋側惹報布帆無恙著兩行親札 從今日日在南棲髮自此時白一詠一觴誰共負平生書册

又

年少萬函書朱紫只應低拾更賴主人明眼作青雲梯級 歸來應是印纍纍笳鼓鬧鄉邑若訪老人生計販謝郎蓑笠

又

雲影護梅枝短短未禁飛雪彩幅自題新句作催妝佳闋　西樓昨夜五更寒恐一枝先發元是素娥無寐駕半輪明月

又

小飲破清寒坐久困花顏玉兩行豔衣明粉聽阿誰拘束　麗華百媚坐來生仙韻動羣目一曲鳳簫同去倦人間絲竹

天仙子代人送希文

樓下轆轤橫露井樓上嬋娟開曉鏡下樓難忘上樓時風未定帆不正蔌蔌珍珠揮麈柄　眉上新愁吹不醒別酒未斟歌未忍雪中梅下定重來煙暝暝腸寸寸莫放笛聲吹落盡

燕歸梁

樓外東風杜宇聲雙枕細眉顰女郎番馬小山屏金籠冷夢魂驚　起來重綰雙羅髻無個事淚盈盈楊花蝴蝶亂分身飛不定暮雲晴

小重山七夕病中

半夜燈殘鼠上檠上窗風動竹月微明夢魂偏記水西亭琅玕碧花影弄蜻蜓　千里暮雲平南樓催上

燭晚來晴酒闌人散斗西傾天如水團扇撲流螢

河傳

斜紅照水似晴空萬里明霞相倚逐伴笑歌小立綠槐陰裏誚沒些春氣味　紛紛覷著閑桃李淺淺深深不滿遊人意幽豔一枝向晚重簾深閉是青君愛惜底

清平樂　上元　趙仲能窗

水鉼石硯敗壁蝸書篆窗下日舒縫衲線屋角晚風飛霰　上元燈火佳時長廊語笑追隨高臥一番紙帳覺來月貫南枝

握金釵

風日困花枝晴蜂自相趁晚來紅淺香盡整頓腰肢暈殘粉絃上語夢中人天外信　青杏已成雙新尊薦櫻筍爲誰一和銷損數著佳期又不穩春去也怎當他清晝永

又

向晚小妝勻明窗倦裁翦見花清淚遮眼開盡繁桃又春晚心下事比年時都較懶　蝴蝶入簾飛郎聲似鶯囀見來無計拘管心似芭蕉乍舒展歸去也夕陽斜紅滿院

南歌子

策杖穿荒圃登臨笑晚風無窮秋色蔽晴空遙見夕陽江上捲飛蓬　雁過菰蒲遠山遙夢寐通一林楓葉墮愁紅歸去暮煙深處聽疏鐘

又

遠色連朱閣寒鴉噪夕陽小爐温手酌鵝黃掩亂一枝清影在寒窗　念遠歌聲小嗔歸淚眼長纖腰今屬冶遊郎朝暮楚宮雲雨恨忙忙

蝶戀花

風洗遊絲花皺影碧草初齊舞鶴間相趁短夢乍回慵理鬢驚心忽數清明近　逐伴強除眉上恨趁蝶西園不覺鞋兒褪醉笑眼波横一寸微微酒色生紅暈

又

花色撩人紅入眼可是東君要得人腸斷欲訴深情春不管風枝雨葉空撩亂　漫插一枝飛一醆小賞幽期破我平生願珍約未成春又短但憑蝴蝶傳深怨

品令

繡衣未整傍窗格臨清鏡新霜薄霧這下幾日陰晴

不定欲插黃花心事又還記省　去年香徑共粉蝶閑相趁寶香玉珮暗解付與多情荀令何日西樓重見暮帆煙艇

祝英臺近

寶蟾明朱閣靜新燕近簾語還記元宵燈火小橋路逢迎春筍柔微凌波纖穩悄不顧斗斜三鼓　甚無據誰信一霎春愁鶯聲留不住柳色苔痕風雨暗花圍細看羅帶銀鉤綃巾香淚算不枉那時分付

水調歌頭十月初十日同周元發謁姚氏昆季多不遇因與說道小飲出其兄進道作水調歌頭一韻幾二十首讀之殆不勝情次其韻作一篇懷其人亦以贈元發說道

扁舟思獨往檣影劃晴煙要伴人隨明月踏破水中天誰信騎鯨高逝空對筆端風雨如汎楚江船老子窮無賴端欲把降竿　白蘋汀歸老計似高閑平生愛我一言相置二劉間準擬何山松桂折足鐺能安穩芋火對闌殘何必少林語立雪問心安

又明日純中以酒見貺約即見過徘徊江上久不至復次其韻

江湖堪極目非霧亦非煙故人相見縱橫高義薄雲

天已具莫尊茗話悵望雲中江樹不見兒子猷船日色隱林表十里認帆竿　百年間無個事且安閒功名兩字茫然都墮有無間且盡身前一醉休問古來今往及取菊花殘仙事占無據竹帛笑劉安

又壬寅九月謁季修題其書室壁曰秋齋夢謁復以進道韻續之

秋齋多夢謁舌本欲生煙獨步一庭明月雁字已橫天作個生涯不遂松竹兩荒三徑卻憶五湖船小阮貧尤甚犢鼻挂長竿　白鷗汀風共水一生閒橫琴唳鶴要攜妻子老雲間燈火熒熒深夜高臥南窗折几杯到不留殘莫遣江湖手遮日向長安

又壬寅十月二十四日飲少酒徑醉擁案而寢中夜酒醒次其韻作一篇

心肝皆錦繡落筆盡雲煙詩狂酒興要騎赤鯉上青天織女回車相勞指點虛無征路翻動月明船舉手謝同輩豈復念漁竿　我平生心正似白雲閒衣冠汙我偶逢遊戲到人間常念孤雲高妙若作魑魖俯仰誰復食君殘拜塵金谷輩都是臥崇安

又哭進道飛橋自古雙溪合檉柳如今夾岸垂么金店別業詩

詩人翻水盡寂寞五侯煙醉魂何在應騎箕尾列青天記得平生談笑夾岸手栽楊柳同泛夜深船溪水還依舊深淺半青竿　小神仙殿七七許閑閑黃粱未熟經遊都在夢魂間我厭囂塵濁味幾欲凌雲羽化雞犬不留殘俗事丹砂冷且抱一枝安

又陳性孺不相見十年矣今在雲間欲撲被訪之大病遂已次其韻而寄之

暮雲遮遠眼疊疊入青煙十年不見醯雞同舞甕中天聞道山陰回棹相去都無百里李郭可同船行止皆天意端欲自操竿　功名事須早計真安閒高才妙手不當留意市廛間我已山林長往塵面時時拂鏡齒髮甚衰殘廊廟非吾事茅屋且安安

又與小飲

撫牀多感概白髮困風煙出門有礙更甚寒暮雲飛天君棄一盂一衲奔走五湖清海杯度不乘船來訪山友中□□□□竿　看人間誰得似謫僊閒生涯不問留情多在酒杯間翦燭西風談笑零落一尊相對不覺已更殘回首功名事幾記謝任安

又送季修同希文去秀

十年禪榻畔風雨颺茶煙跳丸日月未甘白髮困堯

天江左風流才子要伴江湖張翰同泛洛陽船酌酒情無盡海燕繞船竿　逼人來功業事不教閒男兒三十定當談笑在堂間老子婆娑貧態閉戶長鬚赤腳他日要分殘禹淚桃花影歸棹正輕安

何山道人水調歌頭二十首一韻余和之計前後凡八首道人之語如謝康樂詩出水芙蓉自然可愛余誠不足以繼其後嗚呼道人死矣僊耶人耶皆不知俟如其數焚香燒以與之魂如有靈當淩雲一笑

江城子

曉參垂戶宿酲醒坐南亭對疎星點點螢光偏向竹梢明望斷長空何處是雲葉亂影霞橫　西樓依舊抱重城小銀屏此時情鴉陣翻叢枯柳兩三聲欹枕欲尋初夜夢雞唱遠曉蟾傾

又

聞君見影已堪憐短因緣偶同筵相見無言分散倍依然做夢楊花隨去也妝閣畔繡牀前　覺來離緒意綿綿寫蠻牋倩誰傳魚雁悠悠門外水如天欲上西樓還不忍難著眼望鞦韆

水龍吟寄竹西

五湖春水茫茫夢魂夜逐楊花去汀花岸草佳人微
笑眼波橫注借問劉郎心期則甚一成無據自春來
淚滿挼藍袖口沒整頓心情處　聞道相如病渴念
文君白頭新句相思兩地光窮煙水一庭花霧錦字
藏頭織成機上一時分付問他年更有微雲淡月重
來兮未

減字木蘭花

雨簾高捲芳樹陰陰連別館涼氣侵樓蕉葉荷枝各
自秋　前溪夜舞化作驚鴻留不住愁損腰肢一桁
香銷舊舞衣

又

明眸巧笑坐久更宜燈燭照小醉辭歸懷抱明明只
自知　瑣窗重見桃李春風三月面怎不思量折柳
孤吟斷殺腸

江城子慢

新枝媚斜日花徑霽晚碧泛紅滴近寒食蜂蝶亂點
檢一城春色倦遊客門外昏鴉啼夢破春心似遊絲
飛遠碧燕子又語斜簷行雲自沒消息　當時烏絲
夜語約桃花時候同醉瑤瑟甚端的看看是榆角楊
花飛擲怎忘得斜倚紅樓回淚眼天如水沈沈連翠

壁想伊不整啼妝影簾側

如夢令

百和寶釵香珮短短同心霞帶清鏡照新妝巧畫一雙眉黛多態多態偷覷榴花窗外

極相思

拂牆花影飄紅微月辨簾櫳香風滿袖金蓮印步狹徑迎逢　笑靨乍開還斂翠正花時卻恁西東別房初睡斜門未鎖且更從容

又

西園鬭草歸遲隔葉囀黃鸝闌干醉倚鞦韆背立數徧佳期　寒食清明都過了趁如今芍藥薔薇衩衣吟露歸舟纜月方解開眉

賀新郎 別竹西

斜日封殘雪記別時檀槽按舞霓裳初徹唱煞陽關留不住桃花面皮似熱漸點點珍珠承睫門外潮平風席正指佳期共約花同折情未忍帶雙結　釵金未斷腸先結下扁舟更有暮山千疊別後武陵無好夢春山子規更切但孤坐一簾明月蠶共繭花同蔕甚人生要見底多離別誰念我淚如血

浪淘沙

倚枕數更籌清夜悠悠竹風荷露小窗秋往事迷人
渾不省總是離愁　無賴是橫眸濟楚風流一時摟
攬著心頭調數夢魂將我去明月重樓

思佳客

深夜槐風折□惺露荷涼氣滿西亭凭闌小語花梢
月緩步偷拈石上螢　秋意早暑衣輕孀人索酒復
同傾大家沈醉還高枕一任西樓報五更

二郎神

西池舊約燕語柳梢桃萼向紫陌鞦韆影下同綰雙
雙鳳索過了鶯花休則問風共月一時閒卻知誰去
喚秋陰滿眼敗紅葉　飄泊江湖載酒十年行樂甚
近日傷高念遠不覺風前淚落橘熟橙黃堪一醉斷
未負晚涼池閣只愁被撩撥春心煩惱怎生安著

百宜嬌

隙月垂籠亂蛩催織秋晚嫩涼房戶燕拂簾旌鼠窺
窗網寂寂飛螢來去金鋪鎮掩漫記得花時南浦約
重陽萸糝菊英小樓遙夜歌舞　銀燭暗佳期細數
簾幕漸西風午窗秋雨葉底翻紅水面皺碧燈火裁
縫砧杵登高望極正霧鎖官槐歸路定須相將寶馬
鈿車訪吹簫侶

醉思僊

斷人腸正西樓獨上愁倚斜陽稱鴛鴦鸂鶒兩兩池塘春又老人何處怎慣不思量到如今瘦損我又還無計禁當　小院呼盧夜當時醉倒殘缸被天風吹散鳳翼難雙南窗雨西樓月尚未散拂天香聽鶯聲悄記得那時舞板歌梁

眼兒媚

曉釵催鬢詰南風碧澗小橋通榆陰短短露光炯炯滿地花紅　天涯不見歸帆影蜂蝶儘西東宿酲漸解殘妝猶在曉日簾櫳

又

循檻琅玕粉沾衣一片子規啼蓬壺夢短蜀衾香遠愁損腰肢　石城堂上雙雙燕應傍莫愁飛春江艇子雪中梅下知與誰期

夢玉人引

上危梯盡盡畫閤迥畫簾垂曲水飄香小園鶯喚春歸舞袖弓彎正滿城煙草淒迷結伴踏青趁蝴蝶一雙飛　賞心歡計從別後無意到西池自檢羅囊要尋紅葉留詩嬾約無憑鶯花都不知怕人問強開懷細酌一酴醾

傾杯令

楓葉飄紅蓮房肥露枕席嫩涼先到簾外蟾華如掃枝生啼鴉催曉　秋風又送潘郎老小窗明疎螢淺照登高送遠惆悵白髮至今未了

又

隔座藏鉤分曹覆射燭豔漸催三鼓箏按教坊新譜樓外月上春浦　徘徊爭忍忙歸去怕明朝無情風雨珍花美酒團坐且作尊前笑侶

生查子

攤錢臨小窗撲蝶穿斜徑醉戲晚風前吹亂連枝影別來秋夜長夢到金屏近腸斷一聲雞殘月懸朝鏡

又

裙長步漸遲扇薄羞難掩鞋褪倚郎肩問路眉先斂踏青南陌回倚醉開嬌靨今夜更同行忍笑勻妝臉

又

雙鬟綠髮齊多笑薦紅落穿竹過西齋問字時偷學嬌慵不慣羞同倚闌干角屈指數元宵燈火堪行樂

撲蝴蝶近

分釵綰髻洞府難分手離觴短闋啼痕冰舞袖馬嘶霜滑橋橫路轉人依古柳曉色漸分星斗　怎分剖心兒一似傾入離愁萬斗垂鞭佇立傷心還病酒十年夢裏嬋娟二月花中荳蔻春風爲誰依舊

又

風荷露竹秋意侵疎鬢微燈曲几有簾通桂影乍涼衣著輕明微醉歌聲審聽穩新愁殢人方寸　怎不悶當初欲憑燕翼西飛寄歸信小窗睡起梁間都去盡夜長旅枕先知秋杪黃花漸近一成爲伊銷損

一落索

蟬帶殘聲移別樹晚涼房戶秋風有意染黃花下幾點淒涼雨　渺渺雙鴻飛去亂雲深處一山紅葉爲誰愁供不盡相思句

又

宮錦裁書寄遠意長辭短香蘭泣露雨催蓮暑氣昏池館　向晚小園行徧石榴紅滿花花葉葉盡成雙渾似我梁間燕

又

鳥散餘花飛舞滿地風雨長江滾滾接天流夜送征

帆去　今夜行雲何處斷腸南浦殘燈不翦五更寒
獨自與餘香語

謁金門 甲子年同寅伯題于壁

人已老春亦不留此=少花盡葉長蠶又把子規啼未
了　往事不論多少且向尊前一笑白髮滿頭愁已
到路長波渺渺

鼓笛慢

拍肩笑別洪崖共看紫海還淺蓬壺舊約人間舒
笑桃紅千徧去歲爭春今年逼臘滿空飄霰漸橫枝
照水清絲弄日都點綴江南岸　須吸百川爲壽捲
恩波已傾銀漢戎袍擁戟萬釘圍帶天孫新眷十里
塵香五更弦月未收絃管正秦箏續譜宮簫定拍候
來冬按

西江月慢

春風淡淡清晝永落英千尺桃杏散平郊晴蜂來往
妙香飄擲傍畫橋煮酒青帘綠楊風外數聲長笛記
去年紫陌朱門花下舊相識　向寶帕裁書憑燕翼
望翠閣煙林似織聞道春衣猶未整過禁煙寒食但
記取角枕情題東窗休誤這些=端的更莫待青子綠
陰春事寂

思佳客 竹西從人去數年矣今得歸偶以此煩
全美退之

曾醉揚州十里樓竹西歌吹至今愁燕銜柳絮春心
遠魚入晴江水自流　情渺渺夢悠悠重尋羅帶認
銀鉤挂帆欲伴漁人去只恐桃花誤客舟

又 全美久不通偶伯禧去間錄前所賦復作一
首

薄薄山雲欲溼花雙雙燕子入簾斜西樓尚記垂垂
雪酌酒猶殘片片霞　人已遠髮成華小樓疎竹宅
誰家試憑去雁通消息僊子當乘八月槎

夜遊宮 生日代人獻江宰

簾外繁霜未掃樓角動玉繩橫曉百和交焚瑞煙繞
霽霞明畫屏深天渺渺　喜色連池沼薦眉壽玉兒
嬌小早晚除書下天表日初長莫等閒孤一笑

浣溪沙

風掃長林雪壓枝紛紛凍鵲傍簾飛一尊聊作破寒
威　春意正愁梅漏泄客情尤怕病禁持曲闌干外
日初遲

南歌子

片片雲藏雨重重霧隱山可憐新月似眉彎今夜斷

腸凝望小樓寒　夢斷雲房遠書長蠟炬殘夜妝應罷短屏閒都把一春心事付梅酸

如夢令

珠閣雨簾高捲望斷碧梧牆院短夢有幽尋曉枕一峯雲亂誰見誰見風散菊英千片

浣溪沙

微綻櫻桃一顆紅斷腸聲裏唱玲瓏輕羅小扇掩酥胸　惹鬢蛛絲新有喜窺窗月彩舊相從清宵一醉許誰同

浪淘沙

涼露洗秋空菊徑鳴蛩水晶簾外月玲瓏燭蕊雙懸似玉蕤蕤啼紅　宋玉在牆東醉袖搖風心隨月影入簾櫳戲著錦茵天樣遠一段愁濃

醉桃源

檀香新染砑紅綾腰肢瘦不勝合歡小幌掩餘酲芙蓉入夢頻　山不盡水無情錦河隔錦茵劉郎僊骨未應輕桃花已誤人

思佳客

夢裏相逢不記時斷腸多在杏花西做開笑語兜鞋急遠有燈光掠鬢遲　辭永夜失深期一枝黃菊對

傷悲夜涼窗外聞裁翦應尉沈香製舞衣

小重山

雨洗簷花溼畫簾知他因甚地瘦厭厭玉人風味似冰蟾愁不見煙霧曉來添　煩惱舊時諳新來一段事未心甘滿懷離緒過春蠶燈殘也誰見我眉尖

柳梢青

遠簾籠月誰見南陌子規啼血萸糝菊英整冠落帽一時虛說　五湖自有深期曾指定燈花細說燕子巢空秋鴻程遠音書中絶

卜算子

雲破月高懸照我雙雙淚人在朱橋轉曲西翠幕重重閉　要見索商量見了還無計心似長檠一點燈到曉清清地

又

眉爲占愁多鎮日長長斂試問心中有底愁淚旱千千點　莫唱短因緣緣短猶傷感誰信蕭郎是路人常有深深念

又

一日抵三秋半月如千歲自夏經秋到雪飛一向都無計　續續說相思不盡無窮意若寫幽懷一段愁

應用天爲紙

又

得酒解愁煩多病還疎酒本是多情失意人此味如何受　沈醉且高歌不飲心常有守著殘燈闘著眉怎不腰肢瘦

如夢令

多謝西池桃李伴我一春沈醉能有幾多香陪了一江來淚憔悴憔悴又是落花鋪地

木蘭花慢

石榴花謝了正荷葉蓋平池試瑪瑙杯深琅玕簟冷臨水簾帷知他故人甚處晚霞明斷浦柳枝垂唯有松風水月向人長似當時　依依望斷水窮雲起處是天涯奈燕子樓高江南夢斷虛費相思新愁暗生舊恨更流螢弄月入紗衣除卻幽花軟草此情未許人知

又重午

對修篁萬個更疎雨洗琅玕望燕外晴絲鷗邊水葉蝴蝶成團榴紅勸人把酒汎菖蒲對客不成懽金縷新番彩索始知今歲衣寬　年年此日青樓花缺處倚闌干記小扇清歌蠻牋妙墨不覺更殘可憐舊遊

似夢向人人未滅一枝蘭縱有千金莫惜大家沈醉花間

又七夕

桂鄉雲萬縷更飛雨洗香車念密會經年銀潢淚阻玉露期賒靈星瑞橋對展散匆匆喜色滿天涯回首丁寧曉角未宜吹動梅花　家家競賞彩茸穿桂影醉流霞漸舞袖翻鸞歌聲綴鳳釵影交加人間共饒宴樂算天孫怎忍遣河斜莫惜西樓翦燭大家同到啼鴉

戀香衾

記得花陰同攜手指定日許我同歡喚做真成熱心安打疊從來不成器待做個平地神仙又卻不成些事驀地心殘　據我如今沒投奔見著你淚早偷彈對月臨風一味埋冤笑則人前不妨笑行笑裏斗覺心煩怎分得煩惱兩處勻攤

豆葉黃

芰荷香外一聲蟬風撼琅玕驚晝眠刻燭題詩花滿牋小神仙對倚闌干月正圓

又

曉妝新試碧衫涼金鴨猶殘昨夜香柳際風來月滿

廊一雙雙人對鴛鴦浴小塘

又

輕羅團扇掩微羞酒滿玻璃花滿頭小板齊聲唱石州月如鈎一寸橫波入鬢流

又

林花著雨褪胭脂葉底雙桃結子遲對鏡憑郎略皺眉笑微微燕子羞人必懶歸

又

玉簫風外一聲清粉面嬋娟月對明紫府樓臺夜不扃羽衣輕穩駕雙鸞謁帝庭

千秋歲

寶蟾懸鏡露顆傾荷柄飛螢點點明花徑凝愁情不展宿酒風還醒天似曉銀河半落星相趁　心事都無定才致元相稱春過了秋將近小窗通竹浦野色連金井得伎個多情燕子分明問

好事近

心事已成空春盡百花零落誰見黃鸝百囀索東君評泊　曉來枝上語綿蠻應悔向來錯看則綠陰青子卻恓惶無託

南鄉子

小雨阻行舟人在煙林古渡頭欲挈一尊相就醉無由誰見橫波入鬢流　百計不遲留明月他時獨上樓水盡又山山又水溫柔占斷江南萬斛愁

又

樊子喚春歸夢逐楊花滿院飛吹過西家人不見依依萍點荷錢又滿池　屈指數佳期何日憑肩對展眉傾盡十分應不醉遲遲何惜櫻桃杏子時

浪淘沙

纖指捧玻璃莫惜重持自離閬苑失回期門掩東風桃著子簾影遲遲　樓上正橫箆荷氣沾衣誰將名玉碾花枝不比尋常紅與紫取次芳菲

卜算子 余每爲歌詩使李蓮歌之郎解人深意自去年七月親往華亭□□矣余爲之輟筆昨夜酒醒臥不能穩試作卜算子以寄之

渡口看潮生水滿蒹葭浦長記扁舟載月明深入紅雲去　荷盡覆平池忘了歸來路誰信南樓百尺高不見如蓮步

小重山

雲護柔條雪壓枝斜風吹絳蠟點胭脂薔薇柔水麝分臍園林晚脈脈脈帶斜暉　深閣繡簾低寶匳勻淚

粉晚妝遲一枝屏外對依依清宵永誰伴破寒巵

惜分釵

春將半鶯聲亂柳絲拂馬花迎面小堂風暮樓鐘草色連雲暝色連空重重　鞦韆畔何人見寶釵斜照春妝淺酒霞紅與誰同試問別來近日情悰忡忡

又

重簾挂微燈下背蘭同說春風話月盈樓淚盈眸覷著紅裀無計遲留休休　鶯花謝春殘也等閒泣損香羅帕見無由恨難收夢短屏深清夜悠悠悠悠

如夢令

花趁清明爭展白白紅紅滿院莫怪淚痕多愛底不能得見凝戀凝戀門外雨飛簾捲

水龍吟

年年九月西湖繡船繼日笙簫擁五雲深處紅簾一桁語鶯歌鳳羣玉峯頭影娥池畔煙霞飛動認蓬瀛仙子雲程路遠貪人世瑤池夢　要看黃塵清海戲真珠麻姑清縱曲門自有菊金芳砌月篦浮棟子著宮桃舞翻官柳霞杯纖捧待明年更把西風妙曲按成新弄

鵲橋仙

西風不落薄衾孤枕記起花時此個宿愁新恨兩關心說道理分疎不可　別愁如絮佳期何在古屋蕭蕭燈火打窗風雨又何消夢未就依前驚破

點絳脣　聖節鼓子詞

扇列紅鸞赭黃日色明金殿御香葱茜寶仗香風暖咫尺天顏九奏朝陽莞羣臣宴醉霞凝面午漏傳宮箭

又

俊眼犀心尊前如有乘鸞便過愁傳怨只許燈光見見了重休河漢明遮斷深深院亂風飄霰揉了雙羅燕

水調歌頭

解衣同一笑聊復起廚煙醉鄉何處與君舒嘯入壺天長怪時情狹隘杯酒豈容我輩不上謫仙船雅志念湖海小艇一絲竿　夜迢迢燈燭下幾心閒平生得處不在內外及中間點檢春風歡計惟有詩情宛轉餘事盡疎殘彩筆題桐葉佳句問平安

好事近

世事莫牽縈樂取這閒時節且恁醉來醒去免光陰虛設　有則有個潑心兒不放被利名惙卻待兩手

分付與風花雪月

又

長記十年前彼此玉顔雲髮尊酒幾番相對樂春花秋月　而今各自困飄零憔悴幾年別說著大家煩惱且大家休說

青玉案

一尊聊對西風醉況九日明朝是曾與茱萸論子細江天虚曠暮林横遠人隔銀河水　碧雲漸展天無際吹不斷黄昏淚若作懽期須早計如何得似鬢邊新菊雙結黄金蕊

聖求詞

呂聖求名渭老或云濱老檇李人有聲宣和閒其詠梅詞寄調東風第一枝先輩與坡仙西江月並稱玆集中不載不知何故其詞云老樹渾苔橫枝未葉青春肯誤芳約背陰未返冰魂陽梢已含紅萼佳人寒怯誰驚起曉來梳掠是月斜窗外棲禽霜冷竹間幽鶴○雲澹澹粉痕漸薄風細細凍香又落叩門喜伴金尊倚闌怕聽畫角依稀夢裏半面淺窺珠箔甚時重寫鸞牋去訪舊遊東閣又惜分釵其自製新譜也尾句用二疊字云重重又云忡忡較之陸放翁釵頭鳳尾句云錯錯錯莫莫莫更有別韻又喜用險峭字如側寒斜雨之類楊升庵云其用側寒字甚新唐詩春寒側側掩重門韓偓詩側側輕寒翦翦風又無名氏詞玉樓十二春寒側與此側寒相襲用之不知所出大意側不正也猶云峭寒爾今坊本俱作惻寒幾認壹笑爲壺矢矣古虞毛晉識

壽域詞

目錄

鶴沖天一調　兩同心一調
玉闌干一調　浣溪沙二調
惜春令二調　踏莎行四調
端正好四調　菩薩蠻三調
醜奴兒二調　鳳銜杯二調
少年遊一調　玉樓春七調
河滿子二調　山亭柳一調
合歡帶一調　更漏子三調
喜遷鶯令一調　杜韋娘一調
胡搗練一調　少年遊一調
鳳棲梧五調　浪淘沙三調
更漏子一調　行香子一調
巫山一段雲一調　生查子一調
賀聖朝二調　安公子一調
蘇幕遮一調　漁家傲三調
剔銀燈三調　臨江仙二調
折紅梅一調　採明珠一調
朝玉階二調　卜算子二調

瑞鷓鴣一調　燕歸梁一調
酒泉子一調　菊花新二調
鵲橋仙二調　虞美人三調
鳳棲梧五調
壽域詞目錄

壽域詞

宋 杜安世

鶴沖天

清明天氣永日愁如醉臺榭綠陰濃薰風細燕子巢方就盤池小新荷蔽恰是逍遙際單夾衣裳半籠輕玉肌體　石榴美豔一撮紅綃比窗外數修篁寒相倚有箇關心處難相見空凝睇行坐深閨裏懶更妝梳自知新來憔悴

兩同心

巍巍劍外寒霜覆林枝望衰柳尚色依依暮天靜雁陣高飛入碧雲際江山秋色遣客心悲　蜀道巇嶮行遲瞻京都迢遞聽巴峽數聲猿啼惟獨箇未有歸計漫空悵望每每無言獨對斜暉

玉闌干

珠簾捲春殘景小雨牡丹零盡庭軒悄悄燕高空風飄絮綠苔暗侵　欲將幽恨傳愁信想後期無今憑定幾回獨睡不思量還悠悠夢裏尋趁

浣溪沙

模樣偏宜掌上憐雲如雙鬢玉如顏身材輕妙眼兒單　幽會未成雙悵望深情欲訴兩艱難空教魂夢

到巫山

又

橫畫工夫想未全雙雙文彩羽儀鮮和鳴偕老是天
然　暮雨並深流細草暖風交頸傍清漣羨他眞箇
好因緣

惜春令

春夢無憑猶懶起銀燭盡畫簾低垂小庭楊柳黃金
箏桃臉兩三枝　妝閣慵梳洗悶無緒玉簫拋擲絮
飄紛紛人疎遠空對日遲遲

又

今夕重陽秋意深籬邊散嫩菊開金萬里霜天林葉
墜蕭索動離心　臂上茱萸新似舊年堪賞光陰百
盞香醪且酬身牛山會難尋

踏莎行

雨霽風光春分天氣千花百草爭明媚畫梁新燕一
雙雙玉籠鸚鵡愛孤睡　薜荔依牆莓苔滿地青樓
幾處歌聲麗驀然舊事上心頭無言斂皺眉山翠

又

夜雨朝晴東風微冷雕梁燕子閑相並後園次第數
芳菲千香百豔年年定　步險樓高人蹤迴遶煙蕪

冉冉斜陽暝紅牋寫盡寄無因想伊不信人成病

又

嫩柳成陰殘花雙舞塵消院落新經雨洞房深掩日長天珠簾時有沈煙度　夜夢淒涼晨妝薄注香肌瘦盡寬金縷到頭終是惡因緣當初只被多情誤

又

閑院鞦韆又還拆了綠苔偏地青春老畫樓日晚燕歸巢紅稀翠盛梅初小　窈窕身輕怎禁煩惱羅衣漸減怯風峭韶華好景想多才厭厭只為書音少

端正好

檻菊愁煙霑秋露天微冷雙燕辭去月明空照別離苦透素光穿朱戶　夜來西風彫寒樹任凭闌望迢遙長路花牋寫就此情緒特寄傳知何處

又

每逢春來長如病玉容瘦薄妝相稱雙歡未經成孤冷奈厚約全無定　衆禽啾唧聲愁聽相思事多少春恨孤眠帳外銀釭耿透一點爐煙暝

又

露落風高桐葉墜小庭院秋涼佳氣蘭堂聚飲華筵啟罷能令曲呈珠綴　晚天行雲凝香袂新聲內分明

心意玉爐初噴檀煙起斂愁在雙蛾翠

又

野禽林棲啾唧語閑庭院殘陽將暮蘭堂靜悄珠簾窣想玉人歸何處　喜鵲幾迴薄無據愁都在雙眉頭聚淒涼方感孤鴛侶對夜永成愁緒

菩薩蠻

遊絲欲墮還重上春殘日永人相望花共燕爭飛青梅細雨枝　離愁終未解忘了依前在擬待不尋思剛取夢見伊

又

花明月暗朧朧霧此時欲往郎邊去剗襪下香階手攜金縷鞋　藥蘭東畔見執手偎人顫奴爲出來難從君恣意憐

又

錦機織了相思字天涯路遠無由寄寒雁只銜蘆何曾解寄書　緘封和血淚目斷西江水擬欲託雙魚問君情有無

醜奴兒

櫻桃謝了梨花發紅白相催燕子歸來幾處風簾繡戶開　人生樂事知多少且酌金杯管咽聲哀慢引

蕭娘舞一迴

又

微風簾幕清明近花落春殘尊酒留歡添盡羅衣怯
夜寒　愁顏恰似燒殘燭珠淚闌干也欲高拚爭奈
相逢情萬端

鳳銜杯

人生不似月初圓歎分飛容易經年悽慘斷雲片雨
□□□□□□□□□　金鉢小玉槽慳想至今誰
爲相憐多少舊歡往事一潸然空牽惹病纏綿

又

留花不住怨花飛向南園情緒依依可惜倚紅斜白
一枝枝經宿雨暮江披　凭朱檻把金卮對芳叢惆
悵多時何況舊歡新恨阻心期滿空眼是相思

少年遊

小軒深院是秋時風葉墮高枝疎簾靜永薄帷清夜
暑退覺寒微　淒涼天氣離愁意音書杳難期多情
成病不須醫更憔悴轉尋思

玉樓春

玉燭光明正日好斗柄東回春太早嶺寒猶鎖去年
梅江暖新催今歲草　蜀國熙熙冬令杪更喜壽陽

新夢覺玉杯齊舉樂音諧遙想金階天仗曉

又

風解池冰蟬翅薄庭樹枝枯籠翠萼背寒迎暖起猶慵閑捲珠簾憑畫閣　晴景融融煙漠漠天際行人乖信約病容先怯見春來長到恁時添瘦惡

又

晴景融融春色淺落盡梅花千萬片小池冰解水紋生消息未聞梁上燕　樓倚輕寒風力軟目斷孤雲天自遠又還依舊去年時寂寞病容人怪見

又

三月牡丹呈豔態壯觀人間春世界鮫綃玉檻作局櫳淹雅洞中王母隊　不奈風吹兼日曬國貌天香無物賽直須共賞莫輕孤回首萬金何處買

又

綸命忽從天上至便綰兵權辭漕計漢廷起草舊郎官蜀部坐籌新將帥　紅旆碧幢春色裏嬌馬嘶風花片墜送行今日短亭中惱亂故人須盡醉

又

春景拋人無處問多謝石榴花又噴茜羅揉出辟英繁紅蠟縷成香萼潤　血色新裙羞莫近密葉柔條

相間襯雨餘寂寞假山旁鄉國尚遙西海信

又

三月初三春漸老徧地殘花風暗掃命儔嘯侶擁笙歌臨水汎觴遊宴好　浮利浮名何足道麗景芳時須笑傲今年不似去年懽雲海路長天杳杳

河滿子

細雨裛開紅杏新妝粉面鮮明東君何事交來早更無綠葉同榮獨倚青樓吟賞目前無限輕盈　命薄不倚闌檻或占郊垌清香繁豔真堪愛枉教寂寞凋零相次牡丹芍藥王孫誰道多情

又

柳嫩不禁搖動梅殘儘任飄零雨餘天氣來深院向陽纖草重青寂寞小桃初綻兩三枝上紅英　又見雲中歸雁雝雝斷續和鳴年年依舊無情緒鎮長吟落銀屏不語閑尋往事微風頻動簾旌

山亭柳

曉來風雨萬花飄落歎韶光虛過卻芳草萋萋映樓臺淡煙漠漠紛紛絮飛院宇燕子過朱閣　玉容淡妝添寂寞檀郎孤願太情薄數歸期絕信約暗添春宵恨平康恣迷歡樂時時悶飲綠醑甚轉轉思量著

合歡帶

樓臺高下玲瓏鬬芳樹綠陰濃芍藥孤棲香豔晚見櫻桃萬顆初紅巢喧乳燕珠簾鏤曳滿戶香風罩紗幃象牀屏枕晝眠才似朦朧　起來無語更兼慵念分明事成空被你厭厭牽繫我怪纖腰繡帶寬鬆春來早是分飛兩處長恨西東到如今扇移明月簟鋪寒浪與誰同

更漏子

雪肌輕花臉薄愁困不收梳掠眉翠嬝眼波長偎人言語香　看難厭憐不足苦恨別離何速朱樹遠彩鸞孤今生重見無

又

臉如花花不笑雙臉勝花能笑肌似玉玉非溫肌溫勝玉溫　既相逢情不重何似當初休共情既重卻分飛爭如不見伊

又

鏤金環連玉珥顆顆蚌蛤相綴偎粉面映蓮腮露濃花正開　冷光凝員影重幾度偷期搖動山枕上恐人知摘嫌纖手遲

喜遷鶯令

花不盡柳無窮應與我心同航船一棹百分空何處
不相逢　朱絃悄知音少天若有情應老勸君看取
利名場今古夢忙忙

杜韋娘

暮春天氣鶯老燕子忙如織閑嫩葉題詩哨梅小作
徧水新萍圓碧初牡丹謝了鞦韆搭起垂楊暗鎖深
深陌暖風輕盡日閑把榆錢亂擲　恨寂寂芳容衰
減頓欹玳枕困無力為少年狂蕩恩情薄尚未有歸
來消息想當初鳳侶鴛儔喚作平生更不輕離拆倚
朱扉淚眼滴損紅綃數尺

胡擣練

數枝半斂半開時洞閣曉妝新注寶香格豔姿天賦
甘被羣芳妒　狂風橫雨且相饒又恐有彩雲迎去
牽破少年心緒無計為長主

少年遊

小樓歸燕又黃昏寂寞鎖高門輕風細雨惜花天氣
相次過春分　畫堂無緒初燃絳蠟羅帳掩餘薰多
情不解怨王孫任薄倖一從君

鳳棲梧

整頓雲鬟初睡起庭院無風盡日簾垂地畫閣巢新

燕聲喜楊花狂散無拘繫　近來早是添憔悴金縷
衣寬賽過宮腰細苒苒光陰似流水春殘鶯老人千
里

又

池上新秋簾幕捲菡萏嬌紅鑑裏西施面裛柳搖風
尚柔輭眠沙鸂鶒臨清淺　新翻歸翅雲間燕滿地
槐花盡日蟬聲亂獨倚闌干暮山遠一場寂寞無人
見

又

籬落繁枝千萬片猶似多情似雪隨風轉昨夜笙歌
容易散酒醒添得愁無限　樓上春雲山四面過盡
征鴻暮景煙深淺一餉凭闌人未見紅綃掩淚思量
徧

又

閑上江樓初雨過滿袖清風微散誰知我蓮臉佳人
顏未破沙洲雨雨鴛鴦卧　時有漁歌相應和疊秀
危橫黛潑山千朵一片淒涼無計那離愁還有些些
箇

又

惆悵留春留不住欲到清和背我堂堂去飛絮落花

和細雨淒涼庭院流鶯度　更被閑愁相賺誤夢斷
高唐回首桃源路一餉沈吟無意緒分明往事今何
處

浪淘沙

後約無憑往事堪驚秋蛩永夜繞牀鳴展轉尋思求
好夢還又難成　愁思若浮雲消盡重生佳人何處
獨盈盈可惜一天無用月照空爲誰明

又

又是春暮落花飛絮子規啼盡斷腸聲鞦韆庭院紅
旗彩索淡煙疎雨　念念相思苦黛眉長聚碧池驚
散睡鴛鴦當初容易分飛去恨孤兒歡侶

又

簾外微風雲雨回蹤銀缸燼冷錦幃中枕上深盟年
少心事陡頓成空　嶺外白頭翁到沒由逢一牀鴛
被疊香紅明月滿庭花似繡悶不見蟲蟲

更漏子

庭遠途程算萬山千水路入神京暖日春郊綠柳紅
杏香徑舞燕流鶯客館悄悄閑庭堪惹舊恨深有多
少駈駈驀嶺涉水枉廢身心　思想厚利高名漫惹
得憂煩枉度浮生幸有青松白雲深洞清閑且樂昇

平長是宦遊羈思別離淚滿襟望江鄉蹤跡舊遊題書尚自分明

行香子

黃金葉細碧玉枝纖初暖日當乍晴天向武昌溪畔於彭澤門前陶潛影張緒態兩相牽　數株隄面幾樹橋邊嫩垂條絮蕩輕綿繫長江舴艋拂深院鞦韆寒食下半和雨半和煙

巫山一段雲

笑擬條風戲裝遲榖雨催彩雲飛下柳樓臺千朵一時開　惜恐塵埃染驚疑紫府來有時香噴入人懷魂斷客徘徊

生查子

關山魂夢長塞鴈音書少兩鬢可憐青只為相思老　歸傍碧紗窗說向人人道真箇別離難不似相逢好

賀聖朝

東君造物無凝滯芳容相替杏花桃萼一時開就中明媚　綠叢金朵枝長葉細稱花王相待萬般堪愛暫時見了斷腸無計

又

牡丹盛折春將暮羣芳羞妬幾時流落在人間半閒仙露　馨香豔冶吟看醉賞歎誰能留住莫辭持燭夜深深怨等閑風雨

安公子

又是春將半杏花零落閑庭院天氣有時陰淡淡綠楊輕輭連畫閣繡簾半捲招新燕殘黛斂獨倚闌干暗思前事月下風流狂蹤無限　惜恐鶯花晚更堪容易相拋遠離恨結成心上病幾時消散空際有斷雲片片遙峯暖聞杜宇終日哀啼怨暮煙芳草寫望迢迢甚時重見

蘇幕遮

儘思量寶㕽耐因甚當初故故相招買早是幽歡多障礙更遣分飛脈脈如天外　有心憐無計奈兩處厭厭一點虛恩愛獨上高樓臨暮靄任兀暖朱闌這意無人會

漁家傲

微雨初收月映雲巢棲燕子欲黃昏花片不飛風力困春色盡蠟梅枝上櫻□嫩　誰撼金環鎖深洞薰餘乍厭錦衾溫消減玉肌誰與問朱明近日長無事添閑悶

又

踈雨才收淡淨天微雲綻處月嬋娟寒雁一聲人正遠添幽怨那堪往事思量徧　誰道綢繆兩意堅水萍風絮不相緣舞鑑鸞腸虛寸斷芳容變好將憔悴教伊見

又

每到春來長如病玉容瘦與薄妝稱不慣被人拋擲日思當本奈向後期全無定　早是厭厭愁欲凝花閒衆禽愁難聽天賦多情翻成恨有誰問畫屏一點爐煙暝

剔銀燈

昨夜一場風雨催促牡丹歸去孫武宮中石崇樓下多情怎生爲主眞疑洛浦雲水算杳無重數　獨倚闌干凝竚香片亂沾塵土爭似當初不曾相見免恁惱人腸肚緣叢叢無語空留得寶刀翦處

又

夜永衾寒夢覺翠屏共繡幃燈照就枕思量離多會少孤負小歡輕笑風流爭表空惹盡一生煩惱　寫徧香牋分剖鱗翼路遙難到淚眼愁腸朝朝暮暮去便不知音耗終須拚了別選箇如伊才調

又

好事爭如不遇可惜許多情相誤月下風前偷相竊會共把衷腸分付尤雲殢雨正繾綣朝朝暮暮　無奈別離情緒和酒病雙眉長聚往事淒涼佳音迢遞似此因緣誰做洞雲深處暗回首落花飛絮

臨江仙

太史占天雲物好初昜律合黃鍾日纏南極北郊風雪花先柳絮飛舞透簾櫳　聖運時和兼歲稔歌歡處處皆同聲聲相慶晚光中金爐紅獸炭一舉壽杯空

又

徧地殘花庭院靜流鶯對對相過萬條風柳閒婆娑櫻桃初弄色萱草自成窠　早是芳菲時節晚追遊期會無多眉山斂翠近秋波日長初睡起愁與病相和

折紅梅

喜輕澌初綻微和漸入郊原時節春消息夜來陡覺紅梅數枝爭發玉溪珍館不似箇尋常標格化工別與一種風情似勻點胭脂染成香雪　重吟細閱比繁杏夭桃品流終別可惜彩雲易散冷落謝池風月

憑誰向說三弄處龍吟休咽大家留取時倚闌干聞
有花堪折勸君須折

探明珠

雨乍收小院塵消雲淡天高露冷坐看月華生射玉
樓清瑩蟋蟀鳴金井下簾幃悄悄空階敗葉墜風惹
動閑愁千端萬緒難整　秋夜永涼天迥可不念光
景嗟薄命倏忽少年忍交孤冷燈閃紅窗影步回廊
懶入香閨暗落珠滿面誰人知我爲伊成病

朝玉階

春色欺人拂眼清柳條綠絲輭雪花輕黃金纔錢掩
銀屏陰沈深院靜語嬌鶯　美人春困寶釵橫惜花
芳態淚盈盈風流何處最多情千金一笑須信傾城

又

簾捲春寒小雨天牡丹花落盡悄庭軒高空雙燕舞
翩翩無風輕絮墜暗苔錢　擬將幽怨寫香牋中心
多少事語難傳思量真箇惡因緣那堪長夢見在伊
邊

卜算子

深院花鋪地淡淡陰天氣水榭風亭朱明景又別是
愁情味　有情奈無計漫惹成憔悴欲把羅巾暗傳

寄細認取斑點淚

又

尊前一曲歌歌裏千重意纔欲歌時淚已流恨應更多於淚　試問緣何事不語如癡醉我亦情多不忍聞怕和我成憔悴

瑞鷓鴣

夜來風雨損餘芳數片衰紅落檻旁媚景背人容易去半軒飛絮日空長　從來不信相思切及至如今信感傷獨立黃昏繡簾外可堪新月露圓光

燕歸梁

風擺紅綃捲畫簾寶鑑慵拈日高梳洗幾時忺金盤水弄纖纖　髻雲鬆嚲衣斜褪和嬌嬾瘦巖巖離愁更宿醒兼空贏得病厭厭

酒泉子

庭下花飛月照妝樓春婉晚珠簾風蘭燒熖怨空閨　迢迢何處寄相思玉筯零零腸斷屏幃深更漏永夢魂迷

菊花新

怎奈花殘又鶯老檻裏青梅數枝小新荷長池沼當晴晝燕子聲鬧　亭蘭花綻顏色好風雨催催等閑

開了酒醒暗思量無箇事甚剛煩惱
又
坐臥雙眉鎮長斂繡戶初開花滿院羅幃翠屏空風
微動玉爐煙颭　兒夫心腸多薄倖百計思難爲拘
檢幾回向伊言交今後更休拋閃
鵲橋仙
別離情緒多方開解卻免厭厭似醉樓高終日倚闌
干目斷有千山萬水　妖嬈薄媚不禁拋擺漸覺肌
膚瘦悴當初相見偶然間不喚作如今恁地
又
日長天氣深深庭院又是春愁滋味池邊昨夜雨兼
風戰紅杏餘香亂墜　陰陰亭樹暖煙輕柳萬縷黃
金窣地一雙新燕卻重來但暗把羅巾掩淚
虞美人
紅顏綠鬢催人老世事何時了君心天意與年光春
花未徧已秋霜爲誰忙　尊前正好閑風月莫話呈
離別直饒終日踏紅塵浮名浮利枉勞神更愁縈
又
江亭春晚芳菲盡行色青天近畫橋楊柳也多情暗
拋飛絮惹前行路塵清　彤庭早晚瞻虞舜遙聽恩

遷峻二年歌宴綺羅人片雲疎雨忽漂淪淚沾巾

又

爐香晝永龍煙白風動金鸞額畫屏細展小山川睡容初起枕痕圓墜花鈿　樓高不及煙霄半望盡相思眼豔陽剛愛挫愁天故生芳草碧雲連怨王孫

鳳棲梧

秋日樓臺在空際畫角聲沈歷歷寒更起深院黃昏人獨自想伊遙共傷前事　懊惱當初無算計些子歡娛多少淒涼味相去江山千萬里一回東望心如醉

又

任在蘆花最深處浪靜風恬又泛輕舟去去到灘頭過儔侶散唱狂歌魚未取　不把身心干時務一副輪竿莫笑閑家具待擬觀光佐明主將甚醫他民病苦

又

別浦遲留戀清淺菱蔓荷花盡日妨鉤線向晚澄江靜如練風送歸帆飛似箭　鷗鷺相將是家眷坐對雲山一任炎涼變定是寰區又清晏不見龍驤波上戰

又

閑把浮生細思算百歲光陰夢裏銷除半白首爲郎休浩歎偷安自喜身强健　多少英賢稗聖日一箇非才深謝容疎懶席上清歌珠一串莫教歡會輕分散

又

新月差光影庭樹窗外芭蕉數點黃昏雨何事秋來無意緒玉容寂寞雙眉聚　一點銀釭局繡戸莎砌寒蛩歷歷啼聲苦孤枕夜長君信否披衣顒坐魂飛去

壽域詞

杜壽域不知何許人據陳氏云京兆杜安世字壽域黃氏又云字安世名壽域未知孰是儕輩嗤其詞不工余初讀其詞衷情云燒殘絳蠟泪成痕街鼓報黃昏碧雲又阻來信廊上月侵門愁永夜拂香裀待誰温夢蘭憔悴擲果淒涼兩處消魂語纖致巧未嘗不工此詞載花庵詞選不載本集本集載折紅梅一首龔希仲又謂是吳中丞紅梅閣詞紀之甚詳吳感字應之以文章知名天聖二年省試爲第一又中九年書判拔萃科仕至殿中丞居小市橋有侍姬曰紅梅因以名其閣嘗作折紅梅詞曰喜輕澌初泮微和漸入芳郊時節春消息夜來陡覺紅梅數枝爭發玉溪仙館不是箇尋常標格化工別與一種風情似匀點胭脂染成香雪重吟細閱比繁杏夭桃品流真別只愁共彩雲易散冷落謝池風月憑誰向說三弄處龍吟休咽大家留取倚闌干聞有花堪折勸君須折其詞傳播人口春日羣宴必使倡人歌之吳死其閣爲林少卿所得兵火前尚存子純字晦叔文行亦高鄉人呼爲吳先生楊元素本事集誤以爲蔣堂侍郎有小鬟號紅梅其殿丞作此詞贈之可見詩詞名篇互淆者甚多同時尚未能析疑何況千百年後邪古虞

毛詩

審齋詞

目錄

賀新郎一調　沁園春一調
風流子一調　醉蓬萊一調
西江月一調　南歌子一調
虞美人一調　念奴嬌一調
青玉案一調　水調歌頭一調
減字木蘭花一調　風流子一調
憶秦娥二調　清平樂一調
賀新郎一調　好事近二調
虞美人一調　水調歌頭一調
菩薩蠻一調　驀山溪一調
漁家傲一調　念奴嬌一調
生查子一調　解佩令一調
清平樂一調　憶秦娥一調
西江月一調　臨江仙一調
浣溪沙一調　瑞鶴仙二調
滿江紅一調　感皇恩一調
青玉案一調　醉落魄一調
桃源憶故人一調　水調歌頭一調

鷓鴣天二調　浣溪沙二調
好事近一調　喜遷鶯二調
滿庭芳一調　訴衷情一調
臨江仙一調　浣溪沙一調
西江月一調　醉落魄一調
虞美人二調　謁金門二調
點絳脣一調　水調歌頭一調
瑞鶴仙一調　滿江紅一調
西江月一調

審齋詞目錄

審齋詞

宋　王千秋

賀新郎　石城弔古

弔古城頭去正高秋霜晴木落路通洲渚欲問紫髯
分鼎事只有荒祠煙樹巫覡去久無簫鼓霸業荒涼
遺堞墜但蒼崖日閱征帆渡興與廢幾今古　夕陽
細草空凝竚試追思當時子敬用心良誤要約劉郎
銅雀醉底事遽爭荊楚遂但見吳蜀烽舉致使五官
伸脚睡喚諸兒畫取長陵土遺此恨欲誰語

沁園春　晁共道侍郎生日

荳蔻嬌春煙花羞暖物華漸嘉也不須鶯怨桃封絳
萼也不須蜂恨蘭鬱金芽料是東君都將和氣分付
清豐詩禮家充閭慶有青氈事業丹鳳才華　乘槎
早上雲霞侍祠甘泉瞻羽車試笑憑熊軾嘉禾合穗
進思魚鑰菡萏駢花蕭寇勳名龔黃模樣入拜行趨
隄上沙今宵裏且觥船滿棹醉帽欹斜

風流子

夜久燭花暗仙翁醉豐頰縷紅霞正三行鈿袖一聲
金縷捲茵停舞側火分茶笑盈盈濺湯溫翠盌折印
啓緗紗玉筍緩搖雲頭初起竹龍停戰雨脚微斜

清風生兩腋塵埃盡留白雪長黃芽解使芝眉長秀潘鬢休華想竹宮異日衰衣寒夜小團分賜新樣金花還記玉麟春色曾在仙家

醉蓬萊 送湯

正歌塵驚夜鬭乳回甘暫醒還醉再煑銀瓶試長松風味玉手磨香鏤檀舞在壽星光裏翠袖微揎冰甆對捧神仙標致 記得拈時吉祥曾許一飲須教百年千歲況有陰功在徧江東桃李紫府春長鳳池天近看提攜雲耳積善堂前年年笑語玉簪珠履

西江月

心事幾多白髮客情無數青山簾纖細雨褪餘寒正是花期酒限 一自鉼簪信杳空留鈿帶香殘我今多病寄江干瘦似東陽也慣

又

老去頻驚節物亂來依舊江山清明雨過杏花寒紅紫芳菲何限 春病無人消遣芳心有酒摧殘此情拍手問闌干爲甚多愁我慣

南歌子 壽廣文

鵲起驚紅雨潮生漲碧瀾水晶城館月方圓誰喚騎鯨仙伯下三山 筆勢翔鸞媚詞鋒射斗寒向來文

價重賢關便今批風支月紫薇間

流蘇斗帳泥金額我亦花前客謫仙標韻勝瓊枝一詠一觴常是得追隨　自從風借雲帆便冷落青樓宴石橋風月也應猜過盡中秋不見晚歸來

虞美人　寄李公定

念奴嬌　荷葉浦雪中作

扁舟東下正歲華將晚江湖清絕萬點寒鴉高下舞凝住一天雲葉映篠漁村衡茅酒舍淅瀝鳴飛雪壯懷興感悔將釵鳳輕別　遙望傑閣層樓明眸穠豔許把同心結東畔西傾渾未定終恐前盟虛設爇獸爐溫分霞酒滿此夕歡應狎多情言語又還知共誰說

青玉案　送人赴黃岡令

雪堂不遠臨皋路悵仙伯騎鯨去燕麥桃花更幾度橫橋雖在種松無有誰是關心處　解鞍君到冬雖暮傳語無忘曬蓑句起手栽花花定許藝香披翠灌紅疎綠趁取清明雨

水調歌頭

遲日江山好老去倦遨遊好天良夜自恨無地可銷憂豈意綺窗朱戶深鎖雙雙玉樹桃扇避風流未暇

泛滄海直欲老温柔　解檀槽敲玉釧泛清謳畫樓十二梁塵驚墜綵雲留座上騎鯨仙友笑我胸中磊磈取酒爲澆愁一舉千觴盡來日判扶頭

減字木蘭花

陰簷雪在小雨廉纖寒又斂莫上危樓樓迥空低雁更愁　一杯濁酒萬事世間無不有待早歸田欲買田無使鬼錢

風流子

同雲垂六幕啼鳥靜風御玉妃寒漸聲入釣蓑色侵書幌似花如絮結陣成團倦遊客一番詩思苦無算酒腸寬黃竹調悲綺衾人馬豈堪梅蘂索笑巡簷一杯知誰勸空搔首還是憶舊青氈問素娥早晚光射江干待醉披鶴氅高吟氷柱剡溪何妨乘興空還只恐櫓聲咿軋棲鳥難安

憶秦娥

雲破碧作霜天氣西風急西風急一行征雁數聲橫笛　挑燈試問今何夕柔腸底事愁如織愁如織紫苔庭院悄無人跡

又

雲葉舞寒林淺淡圍煙雨圍煙雨三三兩兩雁投沙

渚　征帆暫落知何所短篷靜聽舟人語舟人語夜
寒如許客能眠否

清平樂

吹花何處桃葉江頭路碧錦障泥衝暮雨　一霎峭寒
如許　歸來索酒澆春潮紅秋水增明卻自不禁春
惱偎人低度歌聲

賀新郎

短艇橫煙渚夢驚回淒涼尚記綠蓑鳴雨拍寒愁懷
人不解只有黃鸝能語復擬待乘槎重去無奈東君
剛留客張碧油緩按香紅舞生怕我頓遐舉　故溪
冉冉春光度想晚來楊花雲際白蘋無數竹裏樵青
應是怪目斷鳴榔去路料爲我羞煩鱗羽好趁小蠻
針線在按綸巾歸喚松江渡重繫纜醉眠處

好事近　和李清宇

六幕凍雲凝誰翦玉花爲雪寒入竹窗茅舍聽琴絃
聲絕　從他拂面去尋梅香吐是時節歸晚楚天不
夜抹牆腰橫月

又

明日發驪駒共起爲傳杯綠十歲女兒嬌小倚琵琶
翻曲　絕憐啄木欲飛時絃響顫鳴玉雖是未知離

恨亦晴峯微蹙

虞美人

琵琶絃畔春風面曾向尊前見彩雲初散燕空樓蕭寺相逢各認兩眉愁　舊時曲譜曾翻否好在曹綱手老來心緒怯幺絃出塞移船莫遣到愁邊

水調歌頭 九日

壯日遇重九躍馬歡遊如今何事多感雙鬢不禁秋目斷五陵臺路無復臨高千騎鼓吹簇輕裘霜露下南國淮漢繞神州　釣松鱸斟郢酒聽吳謳壯心鑠盡今夕重見紫萸羞月落笳鳴沙磧烽靜人耕榆塞此志恐悠悠擬欲墮清淚生怕菊花愁

菩薩蠻 荼蘼

流鶯不許青春住催得春歸花亦去何物慰儂懷荼蘼最後開　青衫冰雪面細雨斜橋見莫浪送香來等閑蜂蝶猜

驀山溪 海棠

清明池館側臥簾初捲還是海棠開睡未足餘醒滿面低頭不語渾似怨東風心始吐又驚飛交現垂楊眼　少陵情淺花草題評偏賦得惡因緣欠一字聊通繾綣黃昏時候凝竚怯春寒籠翠袖減豐肌脈脈

情何限

漁家傲　餞張德共

黃栗留鳴春已暮西園無著清陰處昨日驟寒風又雨花良苦信緣吹落誰家去　病起日長無意緒等閑還與春相負魏紫姚黃無恙否栽培取開時我欲聽金縷

念奴嬌　水仙

開花借水信天姿高勝都無俗格玉隴娟娟黃點小道書玉女鼻端有黃點依約西湖清魄綠帶垂腰碧簪篸髻索句撩元白西清微笑爲渠模寫香色　嘗記月底風前水沈肌骨瘦不禁憐惜生怕因循紛委地仙去難尋蹤跡縹檻深栽彤幃密護不肯輕拋釋等差休問未容梅品懸格

生查子

枝垂雲碧長心展鵝黃嫩無力倚闌時掃盡漫山杏玲瓏影結陰蘊藉香成陣誰爲祝東風更莫催花信

又

花飛錦繡香茗碾槍旗嫩是處綠連雲又摘斑斑杏愁來苦酒腸老去閑花陣燕子不知人尚說行雲

信

又

鶯聲恰恰嬌草色纖纖嫩詩鬢已驚霜鏡葉慵拈杏
因何積恨山著底攻愁陣春事到荼蘼還是無音
信

又

睡起鬢雲鬆枕印香腮嫩愁思到眉尖齒輭嘗新杏
都無魚雁書又過鶯花陣寬盡縷金衣說與伊爭
信

又

春江波面渾春岸蘆芽嫩不見木蘭舟羞帶駢枝杏
輕綃揾淚痕急雨衝花陣暗禱紫姑神覓箇巴陵
信

又

雄姿畫麒麟朽骨分螻蟻爭似及生前常為鶯花醉
雲山靜有情天地寬無際且放兩眉開萬事非人
意

又

功名竹上魚富貴槐根蟻三萬六千場排日扶頭醉
高懷隘世間壯氣橫天際常是惜春殘不會東君

意

解佩令 木犀

花兒不大葉兒不美只一段風流標致淡淡梳妝已賽過騷人蘭芷古龍涎怎敢氣□　開時無奈風斜雨細壞得來零零碎碎著意收拾安頓在膽瓶兒裏且圖教平聲夢魂旖旎

清平樂

喚雲且住莫作龍池舞五月人間須好雨爲掃無邊煩暑　畦秧針綠重生壺天表裏俱清林外桔槔閑掛省渠多少心情

憶秦娥

闌干側當時我亦凝香客凝香客而今老大鬢蒼頭白　揚州夢覺渾無迹舊遊英俊今南北今南北斷鴻沈鯉更無消息

西江月

夢幻影泡有限風花雪月無涯莫分粗俗與精華日醉石閒松下　菜盡鄰家解與杯空稚子能賒通幽即步儘橫斜不問墩猶姓謝

臨江仙

者也之乎真太錯甘心吞棘吞蓬有無俱盡見真空

爐錐難自薦關捩只心通　野鶴孤雲元自在剛論隱豹冥鴻此身今在幻人宮要將驢佛我分付馬牛風

浣溪沙

礴玉偎香倚翠屏當年常喚在凝春豈知雲雨散逡巡不止恨伊唯準擬也先傷我太因循而今頭過總休論

又

親染柔毛劈彩牋自憐探平聲得惡因緣一尊重許笑凭肩　往事已同花屢褪新歡聞似月常圓休休休更苦縈牽

瑞鶴仙

征鴻翻塞影悵悲秋人老渾無佳興鳴蛩問酒病叟堆積愁腸摧殘詩鬢起尋芳徑菊羞人依叢半隱又豈知虛度重陽淚闊渺無歸恨　無定登高人遠戲馬臺前閑怨歌誰聽香肩醉凭鎮常是笑得醒到如今何在西風凝竚冠也無人爲正看他門對插茱萸恨長怨永

又韓南澗生日

紅消梅雨潤正榴花照眼荷香成陣爐薰炷芳爐記

于門今日長庚占慶文摛黼錦笑班楊用字未穩果青雲快上黃扉地□譽高英俊　名盛都期持橐卻借乘軺□布宣寬政除書已進歸寵異侍嚴近且金船滿酌雲翹低祝□比椿齡更永任月斜未放笙歌翠桐轉影

滿江紅　和諸公賞心亭待月

樓壓層城斜陽斂帆收南浦最好是長江澄練遠山新雨□□留連邀皓月一堂高敞祛隆暑問從來佳賞有誰同應難數　舟橫渡車闐路催酒進麾燈去放姮娥照座不須簾阻已見天清無屏翳更須潮上喧闐技看波光撩亂上檣竿龍蛇舞

感皇恩

天氣過燒燈初閑人倦曉色曈曨繡簾捲聚星歌扇一簇雪香瓊軟壽杯爭安把從他滿　低低笑祝年齡遐遠息駕無由遂公願東風吹喜又做眉黃一點便參鵷鷺入常朝殿

青玉案

鳴鼉欲引魚龍戲先自作長江偪頭管一聲天外起羣仙俱上有人殊麗認得分明是　欲相問勞來無計但隔爐煙屢凝睇擲我胸前方寸紙擁翹欲去顰

娥還住不盡徘徊意

醉落魄

驚鷗撲簌蕭蕭臥聽嗚幽屋窗明怪得雞啼速牆角爛平聲斑一半露松綠　歌樓管竹誰翻曲丹脣冰面噴餘馥遺珠滿地無人掬歸著紅靴踏碎一街玉

桃源憶故人

移燈背月穿金縷合色鞋兒初做卻被阿誰將去鸚鵡能言語　朝來半作淩波步可惜孤鸞侶若念玉纖辛苦早與成雙取

水調歌頭　趙可大生日

披錦泛江客橫槊賦詩人氣吞宇宙當擁千騎靜胡塵何事折腰執版久在泛蓮幕府深覺負平生踉蹡衆人底欲語復吞聲　慶懸弧期賜杖酒深傾願君大耐碧眸丹頰百千齡用即經綸天下不用歸謀三徑一笑友淵明出處兩俱得鵷鷺亦鷗鵬

鷓鴣天　圓子

翠杓銀鍋饗夜遊萬燈初上月當樓溶溶琥珀流匙滑璨璨蠙珠著面浮　香入手暖生甌依然京國舊風流翠娥且放杯行緩甘味雖濃欲少留

又　蒸鼃

比屋燒燈作好春先須歌舞賽蠶神便將簇上如霜樣來餉尊前似玉人　絲縚細粉肌勻從它犀筯破花紋殷勤又作梅羹送酒力消除笑語新

浣溪沙　焦油

買市宣和預賞時流蘇垂蓋寶燈圍小鐺烹玉鼓聲隨　金彈玲瓏今夕是鼇山縹緲昔遊非馬行遺老想霓衣

又　科斗

燈火闌珊欲曉時夜遊人倦總思歸更須冰蝌替挼絲　玉篆古文光燦爛花垂零露影參差月寒煙淡最相宜

好事近　壽黃仲符

人物又無雙餘事錦機閑織就兩都新賦笑一生聯緝　來年秋色起鵬程一舉上晴碧須洗玉荷爲壽助穿楊飛的

喜遷鶯

春前臘尾問誰會開解幽人心裏映竹精神凌風標致姑射昔聞今是試妝競看吹面寄驛勝傳緘紙迥瀟洒更香來林表枝橫溪底　誰爲停征騎評蕙品蘭俱恐非同里天意深憐花神偏巧特爲翦冰裁水

擬喚綠衣來舞只許蒼官相倚醉眠穩儘參横月落
留連行李 事見柳子原龍城錄

又

玉龍垂尾望闕角岧嶢如侵雲裏明壁榱題白銀階
陛平日世間無是靜久聲鳴檻竹夜半色侵窗紙最
奇處盡巧妝枝上低飛簷底 當爲呼游騎嗾犬擊
蒼腰箭隨鄰里藉草烹鮮枯枝煎茗點化玉花爲水
未挹瑶臺風露且借瓊林棲倚眩銀海待斜披鶴氅
騎鯨尋李

滿庭芳 二色梅

蘂小雕瓊花明鎔蠟天交一日俱芳豐臞雖異皆尉
水沈香應笑紛紅墮墜紫初未識調粉塗黄凭肩處金
鈿玉珥不數壽陽妝 思量誰比似酥裁筍指蜜翦
蜂房又何須酣酒重暖瑶觴且放側堆金縷驪山冷
來浴温湯誰題品青枝綠萼俱未許升堂

訴衷情 登雨華臺

二分濃綠一分紅春事若爲窮醉袖霑香霑粉公挽
我我扶公 欹短帽吐長虹擬凌風布金堆裏疊翠
屏中雲月輕籠

臨江仙

柳巷鶯啼春未曉畫堂環珮珊珊薰爐烘暖鷓鴣斑壽杯須斗酌舞袖正弓彎　未說珥貂横玉事勳名且勒燕然歸來方卜五湖閑年年花月夜沈醉綺羅間

浣溪沙　白紵衫子

疊雪裁霜越紵勻美人親翦稱腰身暑天寧數越羅春　兩臂輕籠燕玉膩一胸斜露塞酥溫不教香汗濕歌塵

西江月　小鹿鳴

四傍鄉書薦鶚一夔漕府登賢明年春晚柳如煙看取臚傳金殿　册府牙籤書閲詞垣紫誥胥傳青樓買酒定無緣且放金杯瀲灩

虞美人　和姚伯和

風花南北知何據常是將春負海棠開盡野棠開疋馬崎嶇還入亂山來　尊前人物勝前度誰記桃花句老來情事不禁濃玉佩行雲切莫易丁東

又　代簡督伯和借戰國策

要津去去無由據已分平生負擬將懷抱向誰開萬水千山聊爲借書來　玄都晝永閑難度欲正書中句黄琮丹壁已磨濃發篋煩君早送過橋東

謁金門 次李聖予月中韻

春漠漠閑盡綺窗雲幕悔不車輪生四角卻成緣分薄 想畫鴉兒方學小蹙恨人無託不道月明誰共酌這般情味惡

又 諸公要予出郊

春漠漠何處養花張幕佩冷香殘天一角忍看羅袖薄 兩兩鴛鴦難學六六錦鱗空託趁有餘妍須細酌東風情性惡

點絳脣 劉公寶生日

玉立霞升縱談劉尹高支許待爲霖雨小駐紅蓮府 鶴健松堅鴻寶初非誤玄都路桃花栽取來看千千度

又 春日

何處春來試傾君向垂楊看萬條輕線已借鵝黃染 弄日搖風按舞知誰見陽關遠一杯休勸且放脩眉展

又

何處春來試傾君向梅梢看壽陽妝面漏泄春何限 冷蘂疏枝似恨春猶淺收羌管莫驚香散留副□和願

又

何處春來試煩君向釵頭看舞翻飛燕已拂春風面白玉圓鈿酌酒殷勤勸深深願願長□健歲與春相見

又

何處春來試煩君向盤中看韭黃猶短玉指呵寒翦犀筯調勻更爲雙雙卷情何限怕寒須暖先酌黃金盞

水調歌頭 席上呈梁次張

筆力捲鯨海人物冠麟臺響來朱邸千字不省有驚雷人似曲江風韻剛要重來持節不道玉堂開草詔坐扛鼎瑣屑掃尊罍 金錯落貂掩映玉崔嵬看公談笑長河千里靜氛埃散馬晝閑榆塞辮髮春趨瑤陛都出濟川才老子尚頑健東閣亦時來

瑞鶴仙 張四益生日

夷吾在江左謦欬裘俱讋笑清邊瑣遺民冀巾裹箇規模欲繼外人誰可一花兩果晩占熊材能更夥試頒春便有驩謠聲接月鞍烟柂 歇娑已傳丹詔催上文石論炙輠槖弓笴九域措安妥待緇衣重詠履封光繼綠野從教晝鎖問黑頭當日三公可能似我

滿江紅

水滿方塘三日雨曉來方足闌干外錦棚初脫新篁森玉沃葉未乾鳩婦去餘花時墜蜂兒逐認去年乳燕又雙雙飛華屋　紅豆恨歸誰促青鸞夢驚難續想多情猶記碧牋新曲白髮欺人雖已老短襟揾黛存餘馥且如今一笑總休論杯行速

西江月

璀璨雕籠灑筆聯翩薦鶚飛書翻階紅藥試妝梳管取不言溫樹　容我一杯爲壽看君九萬鵬圖髻鬟人小串珠璣歲歲綠窗朱戶

審齋詞

東平王千秋字錫老嘗見自製啟聯云少日羇孤百口星分于異縣長年憂患一身蓬轉于四方其遭逢概可想已樂府凡六十餘調多酬賀篇絕少綺豔之態衡山縣令梁文恭讀而贈詩云審齋先生世稀有曾是金陵一耆舊萬卷胸中星斗文百篇筆下龍蛇走淵源更擅麟史長碑版肯居鱷文後倚馬常摧鏖戰場脫腕難供掃愁帚中州文獻儒一門異縣萍蓬家百口恨極黃楊厄閏年閑卻玉堂揮翰手夜光乾沒世稱屈遠枳卑棲價低售漂搖何地著此翁忘憂夜醉長沙酒豈無厚祿故人來爲辦草堂留野叟嗟余亦是可憐人慚愧阿戎驚白首一燈續得審齋光多少達人爲裔胄曉子憔悴五峯下頻寄篇來復相壽年來事事淋過灰尚有詩情閒情竇有時信筆不自置憶起居家呂窠臼審齋樂府似花間何必老夫疥篇右集中席上呈梁次張水調歌頭一闋其互相溢美可謂無言不讐矣古虞毛晉識

東浦詞

目錄

水調歌頭三調　念奴嬌一調
感皇恩一調　滿江紅一調
曲江秋一調　一翦梅一調
上平西一調　西江月一調
臨江仙一調　番搶子一調
清平樂一調　減字木蘭花一調
行香子一調　太常引二調
賀新郎三調　水調歌頭一調
且坐令一調　風入松一調
鷓鴣天二調　生查子一調
卜算子一調　霜天曉角一調

東浦詞目錄

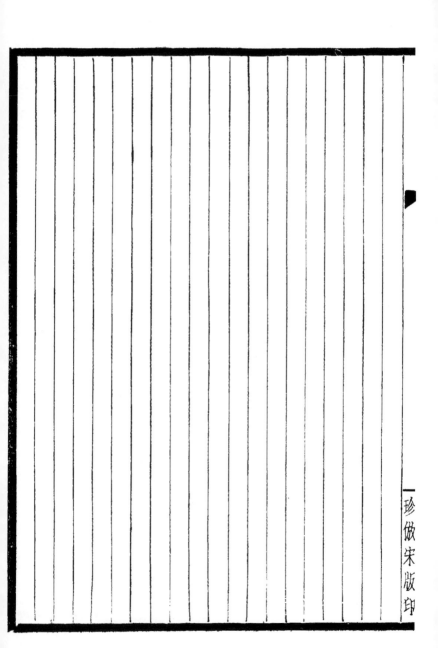

東浦詞

宋　韓玉

水調歌頭　張魏公生日

閒世真賢出吉兆夢維熊玉麟天上謫見幃薄貫長虹追念當年籌算封魏封留勳業千古事攸同語云仁者壽何必喻喬松　嗣天子乘九五馭飛龍分麾契符閫外憑倚定寰中由是天才英縱散入樞庭閒暇談笑撫兵戎佇看驕虜靜金鼎篆元功

又　自廣中出過廬陵贈歌姬段雲卿

有美如花客容飭尚中州玉京杳渺天際與別幾經秋家在金河隄畔身寄白蘋洲未南北兩悠悠休苦話萍梗清淚已難收　玉壺酒傾瀲灩聽君謳佇雲卻月新弄一曲洗君憂同是天涯淪落何必平生相識相見且遲留明日征帆發風月為君愁

又

月裏一枝桂不付等閑人昔年霄漢聞道爭者盡輸君衣袖天香猶在風度仙清難老冰雪瑩無塵賦才三十倍論壽八千春　夏庭芝周室鳳舜郊麟豈如今日稱瑞皇國再生申聊借濟時霖雨來種重湖桃李和氣一番新尚聞虛黃閣行看秉洪鈞

念奴嬌

吳東清勝是吳山蒼翠吳江澄淥靈秀鍾人文物盛歷歷皆非凡俗而況君家風流遺世猶寄山陰曲繼承才業算來真是名族　聊任駐節重湖惠歌仁詠藹豐年圖錄行看登庸歸去後誰展高才相續壽日稱觴一杯千歲應見蟠桃熟祝君難老爲君還更再祝

感皇恩 廣東與康伯可

遠柳綠含煙土膏才透雲海微茫露晴岫故鄉何在夢寐草堂溪友舊時遊賞處誰攜手　塵世利名於身何有老去生涯殢尊酒小橋流水一樹雪香瘦故人今夜月相思否

滿江紅 重九與張舍人

正欲登臨何處好登臨眺望君約我今朝攜酒古臺同上風靜秋郊渾似洗碧空淡覆玻璃盎夕照外渺渺萬遙山開青嶂　龍山事空追想風流會今安往我勸君一杯爲君高唱今日謀歡真雅勝休辭痛飲葡萄浪縱黃花明日未凋零非佳賞

曲江秋 正宮

明軒快目正雨過湘溪秋來澤國波面鑑開山光瀲

拂竹聲搖寒玉鷗鷺戲晚日芰荷動香紅簌千古興亡意淒涼颺□舟望迷南北　髣髴煙籠霧簇認何處當年繡轂沈香花萼事蕭然傷宮殿三十六忍聽向晚菱歌依稀猶似新番曲試與問如今新蒲細柳爲誰搖綠

一翦梅

鏡裏新妝鏡外情小眉幽恨淺綠低橫只怨閑縱繡鞍塵不道天涯縈絆歸程　夢裏蘭閨相見驚玉香花瘦春豔盈盈覺來欹枕轉愁人門外蕭蕭風雨三更

上西平　甲申歲西度道中作

折腰勞彈冠望縱飛蓬笑造化相戲窮通風帆浪槳暮城寒角曉樓鐘暗惜霜雪鬢邊來驚對青銅　蕭閑好何時遂門横水徑穿松有無限杯月襟風區區箇甚帝堯堂下足夔龍不如早問溪山高養吾慵

西江月

捍撥聲傳酒綠薔薇面襯宮黃嬌波斜入鬢雲長眉與春山一樣　瀟灑不禁疎瘦低回猶似思量桃花梨葉晚陰涼說與三年夢想

臨江仙

月是銀釭溪是鏡雲霓與作衣裳夜寒獨立竹籬旁
妝成那待粉笑罷自生香　自古佳人多薄命枉教
傲雪淩霜從來林下異閨房何須三弄笛方斷九迴
腸

番槍子

莫把團扇雙鸞隔要看玉溪頭春風客妙處風骨瀟
閑翠羅金縷瘦宜窄轉面兩眉攢青山色　到此月
想精神花似秀質待與不清狂如何得奈何難駐朝
雲易成春夢恨又積送上七香車春草碧

清平樂 贈棋者

梅花照雪渾似人清絕香疊紺螺雙背結曾侍霓旌
絳節　如今卻向塵寰碁中寄箇瀟閑縱使阿郎多
病也須偷畫春山

減字木蘭花 贈歌者

香檀素手緩理新詞來伴酒音調淒涼便是無情也
斷腸　莫歌楊柳記得渭城朝雨後客路茫茫幾度
東風春草長

竹香子

一翦梅花一見銷魂況溪橋雪裏前村香傳細蘂春
透靈根更水清冷雲黯淡月黃昏　幽過溪蘭清勝

山巒對東風獨立無言霜寒塞壘風淨譙門聽角聲悲笛聲怨恨難論

太常引

荒山連水水連天憶曾上桂江船風雨過吳川又卻在瀟湘岸邊　不堪追念浪萍蹤跡虛度夜如年風外曉鐘傳尚獨對殘燈未眠

又

東城歸路水雲閒幾曾放夢魂閒何日整歸鞍又人對西風凭闌　溫柔情性繫懷傷感欲訴訴應難愁聚兩眉端又疊起千山萬山

賀新郎

柳外鶯聲碎晚晴天東風力輭嫩寒初退花底覓春春已去時見亂紅飛墜又閑傍闌干十二闌外青山煙縹緲遠連空愁與眉峯對凝望處兩疊翠　鴛鴦結帶靈犀佩綺屏深香羅帳小寶檠燈背誰謂彩雲和夢斷青翼阻尋後會待都把相思情綴便做錦書難寫恨奈菱花都見人憔悴那更有枕痕淚

又　詠水仙

綽約人如玉試新妝嬌黃半綠漢宮勻注倚傍小闌閑凝竚翠帶風前似舞記洛浦當年儔侶羅襪塵生

香冉冉料征鴻微步淩波女驚夢斷楚江曲　春工若見應爲主忍教都閑亭邃館冷風淒雨待把此花都折取和淚連香寄與須信道離情如許煙水茫茫斜照裏是騷人九辨招魂處千古恨與誰語

又

睡起簾櫳靜□金鋪春幃半捲寶香煙冷門外落花風不定糝糝亂紅堆徑誰喚做春愁如病零亂雲鬟慵梳掠傍菱花羞對孤鸞影情易感恨難醒　沙邊柳外當時景記分攜離筵乍闋去帆初整盡舉棹歌和淚聽雲淡水寒煙暝空愴望樓高天迥猶未歸來何處也日長時不念人孤冷書漫寫雁誰倩

水調歌頭上辛幼安生日

重午日過六靈岳再生申丰神英毅端是天上謫仙人夙蘊機權才略早歲來歸明聖驚聳漢庭臣言語妙天下名德冠朝紳　繡衣節移方面政如神九重隆眷倚注偉業富經綸聞道山東出相行拜紫泥飛詔歸去秉洪鈞壽嘏自天錫安用擬莊椿

且坐令

閑院落悞了清明約杏花雨過臙脂綽緊了鞦韆索鬬草人歸朱門悄掩梨花寂寞　書萬紙恨憑誰託

纔封了又揉卻寃家何處貪歡樂引得我心兒惡怎生全不思量著那人人情薄纔封了一本作剛匆匆封了

風入松

柳陰亭院杏梢長依約巫陽鳳簫已遠秦樓在水沈煙暖全香臨鏡舞鸞窺沼倚箏飛雁□行　醉邊人去自淒涼淚眼愁腸斷雲殘雨當年事到而今好處難忘兩袖曉風花陌一簾夜雨蘭堂

鷓鴣天

披拂芝蘭便斷金頓成南北豈勝任三年尊酒半生話千里雲山一寸心　休悵望莫登臨夢魂何處不相尋柔腸欲問愁多少未比湘江煙水深

又

愛日烘晴旬日間漫邀朋輩爲躋攀無窮望眼無窮恨不盡長江不盡山　星點點月團團倒流河漢入杯盤飽吟風月三千首寄與吳姬忍淚看

生查子

裙拖簇石榴髻綰偏荷葉頭上短金釵輕重還相壓　輕顰月入眉淺笑花生頰夫壻不風流取次看承別

卜算子

楊柳綠成陰初過寒食節門掩金鋪獨自眠那更□寒夜　強起立東風慘慘梨花謝何事王孫不早歸寂寞千秋月

霜天曉月

竹籬茅屋一樹扶疎玉客裏十分清絶有人在江南北　竚目詩思促翠袖倚脩竹不是月媒風聘誰人與伴幽獨

東浦詞

韓溫甫家于東浦因以名其詞雖與康順庵辛稼軒諸家酬唱其妍媸相去非亶莩蘿無鹽也余去冬日事畚臿研田久蕪托友人較讎諸詞集以行世入年讀之如茲集開卷水調歌頭爲之掩鼻又且坐令其自度曲也押韻頗峭但寃家何處貪歡樂引得我心兒惡等語又未免俳笑矣古虞毛晉識

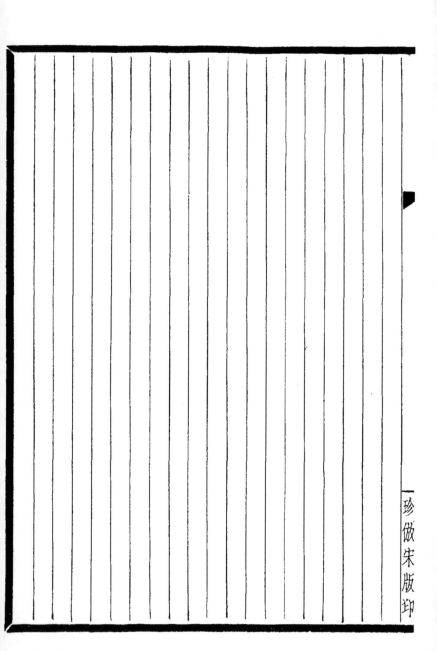

知稼翁詞序

淳熙戊申故考功郎莆田黄公公度之子沃通守臨川明年臨川人士得考功樂章其題爲知稼翁詞請鋟之木通守重於諾於余乎質焉余謂樂始有聲次有音最後有調商那周清廟等頌漢郊祀等歌是也夫頌類選有道德者爲之發乎情性歸乎禮義故商周之樂感人深歌則雜出於無賴不羈之士率情性而發耳禮義之歸歟否邪不計也故漢之樂感人淺本朝太平二百年樂章名家紛如也文忠蘇公文章妙天下長短句特緒餘耳猶有與道德合者缺月疏桐一章觸興於驚鴻發乎情性也收思於冷洲歸乎禮義也黄太史相多大以爲非口食煙火人語余恐不食煙火之人口所出僅塵壒外語於禮義遑計歟考功所立不在文字余於樂章窺之文字之中所立寓焉泉幕之辭非所欲去而寓意於鄰雞不管離情之句祕館之除非所欲就而寓意於殘春已負歸約之句凡感發而輸寫大抵清而不激和而不流要其情性則適揆之禮義而安非能爲詞也道德之美腴於根而盎於華不能不爲詞也天於其年苟奪之晚俾更涵養充而大之竊意可與文忠相後先顧余非識

者人未必以爲然嘗試志卷端以歸通守通守於家爲賢子於時爲才士夫有志揚其先而不憚鋟之木則傳者日益廣當有大識者出爲考功重其價焉十二月五日奉議郎新知靜江府義寧縣主管勸農公事賜緋魚袋曾丰序

知稼翁詞序

知稼翁詞

目錄

點絳脣一調　千秋歲一調
菩薩蠻一調　青玉案一調
卜算子一調　好事近一調
菩薩蠻一調　卜算子一調
眼兒媚一調　朝中措二調
一翦梅一調　滿庭芳一調
浣溪沙一調　滿庭芳一調

知稼翁詞目錄

知稼翁詞

宋　黃公度

點絳脣

汪藻彥章出守泉南移知宣城內不自得乃賦詞云新月娟娟夜寒江淨山含斗起來搔首梅影橫窗瘦好箇霜天閑卻傳杯手君知否亂鴉啼後歸思濃如酒公時在泉南籤幕依韻作此送之又有送汪內翰移鎮宣城長篇見集中比有能改齋漫錄載汪在翰苑妻致言者嘗作點絳脣云云最末句晚鴉啼後歸夢濃如酒或問曰歸夢濃如酒何以在晚鴉啼後汪曰無奈這一隊畜生何不惟事失其實而改竄二字殊乖本義

嫩綠嬌紅砌成別恨千千斗短亭回首不是緣春瘦一曲陽關杯送纖纖手還知否鳳池歸後無路陪尊酒

千秋歲

賀莆守汪待舉懷忠生日汪報政將歸因以送之

鬱葱佳氣天降麒麟瑞回首處江城外一麾遺愛在

萬口歡聲沸人作遠危樓目斷天無際　五馬徘徊地春色隨歸旆壽水綠壺山翠風輕香篆直日暖歌喉脆椒觴舉人人盡祝千秋歲

菩薩蠻

公時在泉幕有懷汪彥章而作以當路多忌故託玉人以見意

高樓目斷南來翼玉人依舊無消息愁緒促眉端不隨衣帶寬　萋萋天外草何處春歸早無語凭闌干竹聲生暮寒

青玉案

公之初登第也趙丞相鼎延見款密別後以書來往秦益公聞而憾之及泉幕任滿始以故事　召赴　行在公雖知非當路意而迫於　君命不敢俟駕故寓意此詞道過分水嶺復題詩云誰知不作多時別又題崇安驛詩云睡美生憎曉色催皆此意也既而罷歸離臨安有詞云湖上送殘春已負別時歸約則公之去就蓋蚤定矣

鄰雞不管離懷苦又還是催人去回首高城音信阻霜橋月館水村煙市總是思君處　裛殘別袖燕支

雨漫留得愁千縷欲倩歸鴻分付與鴻飛不住倚闌
無語獨立長天暮

卜算子

公赴召命道遇延平郡讌有歌妓追誦舊
事即席賦此

寒透小窗紗漏斷人初醒翡翠屏閒拾落釵背立殘
釭影欲去更踟躕離恨終難整隴首流泉不忍聞
月落雙溪冷

好事近

公到闕除祕書省正字未幾言者迎合秦
益公意騰章于上謂公嘗貽書臺官欲著
私史以謗時政益公之在泉幕也嘗有啓賀
李侍御文會云雖莫陪賓客後塵爲大廈之
賀固將續山林野史記朝陽之鳴因是罷歸
將離臨安作此詞所謂故園桃李蓋指二侍
兒也

湖上送殘春已負別時歸約好在故園桃李爲誰開
誰落還家應是荔支天浮蟻要人酌莫把舞裙歌
扇便等閑拋卻

菩薩蠻

公罷歸抵家賦此詞先是公有二侍兒曰倩倩曰盼盼在五羊時嘗出以侑觴洪丞相适景伯爲賦眼兒媚詞云瀛仙好客過當時錦幌出蛾眉體輕飛燕歌欺樊素壓盡芳菲花前一盼嫣然媚灩灩舉金巵斷腸狂客只愁徑醉銀漏催歸倩倩先公而卒四印居士有悼侍兒倩倩詩其一曰蘭質蕙心何所在風魂雲魄去難招子規叫斷黃昏月疑是佳人恨未消其二曰含怨銜辛情脈脈家人強遣試春衫也知不作堅牢玉秖向人間三十三四印於公爲兄行名泳字宋永　徽廟時以童子　召見賜五經及第官止郢州通守

眉尖早識愁滋味嬌羞未解論心事試問憶人不無言但點頭　嗔人歸不早故把金杯惱醉看舞時腰還如舊日嬌

卜算子別士季弟之官

公之從弟童士季其字也以紹興戊午同榜乙科及第有和章云不忍更回頭別淚多於雨肺腑相看四十秋奚止朝朝暮暮何事值花時又是匆匆去過了陽關更向西總是思

兄處

薄宦各東西往事隨風雨先自離歌不忍聞又何況春將暮　愁共落花多人逐征鴻去君向瀟湘我向秦後會知何處

眼兒媚　梅調二首和傅參議韻

公時爲高要倅傅參議雱彥濟寓居五羊嘗遺示梅詞公依韻和之初公被　召命而西過分水嶺有詩云嗚咽泉流萬仞峯斷腸從此各西東誰知不作多時別依舊相逢滄海中及公遭謗歸莆趙丞相鼎先已謫居潮陽讒者傅會其說謂公此詩指趙而言將不久復偕還中都也秦檜公愈怒至以嶺南荒惡之地處之此詞蓋以自況也

一枝雪裏冷光浮空自許清流如今憔悴蠻煙瘴雨誰肯尋搜　昔年曾共孤芳醉爭插玉釵頭天涯幸有惜花人在杯酒相酬

朝中措

幽香冷豔綴疎枝橫影臥霜溪清楚渾如南郭孤高勝似東籬　歲寒風味黃花盡處密雪飛時不比三春桃李芳菲急在人知

又梅詞二首賀方帥生朝并序

方務德滋時帥廣東以啓謝云傳爾黃髮欲三壽之作朋遺我綠琴顧雙金之何報嘗邀公至五羊特爲開讌令洪丞相适代爲樂語云雲外神仙何拘弱水海隅老穉始識魁星又寄調臨江仙以侑觴云北斗南頭雲送喜人間快覩魁星向來平步到蓬瀛如何天上客來佐海邊城方伯娛賓香作穗風隨歌扇涼生且須灩灩引瑤觥十年遲鳳沼萬里寄鵬程及高要倅滿權帥置酒令洪內相景盧邁作樂語有云三山宮闕早窺雲外之遊五嶺煙花行送日邊之去小駐南州之別業肯臨東道之初筵時二洪迭居帥幕下又云欲遠方歆豔於大名故高會勤渠於縟禮洪時攝帥司機宜

玄冥司柄雪敷南畝之豐登庾嶺生輝梅報東君之消息當一陽之來復慶維嶽之降神某官節瑩冰霜家傳清白遐荒草木之細咸識威名調和鼎鼐之功終歸妙手願乘穀旦卽奉芝函某望槩戟以趨風適桑蓬之紀瑞

自惟弱植方霑雨露之深恩強綴蕪辭用祝椿松之遐算敢斬采矚第切兢惶

屑瑤飄絮滿層空人在廣寒宮已覺樓臺改觀漸看桃李春融　一城和氣賓筵不夜舞態回風正是爲霖手段南來先做年豐

一翦梅

冷豔幽香冰玉姿占斷孤高壓盡芳菲東君先暖向南枝要使天涯管領春歸　不受人間鶯蝶知長是年年雪約霜期嫣然一笑百花遲調鼎行看結子黃時

滿庭芳

公自高要倅攝恩平郡事郡有西園乃退食游息之地先嘗賦詩其一曰清樾繞十畝炎陬別一天華堂依怪石老木插飛煙長夏絕無暑乘風幾欲仙心閑境自勝底處覓林泉其二曰意得壺觴外心清杖屨間簿書休吏早花鳥向人閑舊隱在何許倦游殊未還天涯賴有此退食一開顏和者甚多

一徑叉分三亭鼎峙小園別是清幽曲闌低檻春色四時留怪石參差臥虎長松偃蹇拏虯攜筇晚風來

萬里冷撼一天秋　優游銷永晝琴尊左右賓主風流且偷閑不妨身在南州故國歸帆隱隱西崑往事悠悠都休問金釵十二滿酌聽輕謳

浣溪沙 時在西園偶成

風送清香過短牆煙籠晚色近修篁夕陽樓外角聲長　欲去還留無限思輕勻淡抹不成妝一尊相對月生涼

滿庭芳

高要太守章元振重九日爲生朝公以此詞和之并序公嘗有和章守三詠所謂包公堂清心堂披雲樓詩見集中

熊羆入夢當重九之佳辰賢哲間生符半千之休運弧桑紀瑞籬菊泛金輒敢取草木之微以上配君子之德雖詞無作者之妙而意得詩人之遺式殫卑悰仰祝遐壽

楓嶺搖丹梧階飄冷一天風露驚秋數叢籬下滴滴曉香浮不趁桃紅李白甚匹配梅淡蘭幽孤芳晚狂蜂戲蝶長負歲寒愁　年年重九日龍山高會彭澤清流向尊前一笑未覺淹留況有甘滋玉鉉佳名算合在金甌功成後夕英飽餌相伴赤松遊

公既南歸適秦益公薨於是大魁張九成劉章王佐趙逵等以次除召公在一輩中最久最滯故首被命登對便殿言中時病上喜勞問再三面除尚書考功員外郎朝論美其親擢知眷獎之渥繼見朝夕士何公得疾卒于位享年四十有八吁可痛哉在時號知稼翁因以名集凡十一卷先已命工鋟木而此詞近方搜拾未得其半姑錄而藏之以傳後裔謹毋逸墜云淳熙十六年重五日男朝散郎權通判撫州兼管農營田事賜緋魚袋沃謹識手澤于卷末

知稼翁詞

知稼翁字師憲世居莆田代多聞人唐御史滔卽其先也先是莆中有讖云拆卻屋換卻椽望京門外出狀元紹興八年孫守益改刱譙門規撫雄偉甫成公果以文章魁天下公年四十有八宅邊有大木可蔽畝忽仆又自夢雷電震閃旗幟殷赫擁櫬而去金書化字以示迨屬纊之夕果雷雨大作人甚異之其父靜以本州首貢作南廟省魁中上舍兩優之選旣以公貴贈中奉大夫從兄泳以童子召見徽宗賜五經及第季弟庚以文藝知名將試禮部適公捐館不忍獨留京師同護喪歸殯子五人沃泮淯洙皆力學南僧幼未名有文集十一卷子沃編以行世丐序于莆田陳俊卿鄱陽洪邁洪邁評其詞云宛轉清麗讀者咀嚼于齒頰間而不能已又誦其悲秋之句曰迢迢別浦雙帆去漠漠平蕪天四垂雨意欲晴山鳥樂寒聲初到井梧知吾不知謫仙少陵以還大曆十才子尚能窺其藩否可謂贊揚之極矣其居官始末詳于龔茂良行狀林大鼐墓誌銘中近來閩中鏤版甚善末幅有諱崇翰者紀錄詳摯倘歷代先賢名集盡得文孫各爲表章如知稼翁者不大快邪古虞毛晉識

無住詞

目錄

法駕導引三調　虞美人一調
憶秦娥一調　臨江仙一調
虞美人一調　點絳脣一調
虞美人一調　漁家傲一調
虞美人一調　浣溪沙一調
玉樓春一調　清平樂一調
定風波一調　菩薩鬘一調
南柯子一調　臨江僊一調

無住詞目錄

無住詞

宋 陳與義

法駕導引

世傳頃年都下市肆中有道人攜烏衣椎髻女子買酒獨飲女子歌詞以侑凡九闋皆非人世語或記之以問一道士道士驚曰此赤城韓夫人所製水府蔡真君法駕導引也烏衣女子疑龍云得其三而亡其二擬作三闋

朝元路朝元路同駕玉華君千乘載花紅一色人間遙指是祥雲回望海光新

又

東風起東風起海上百花搖十八風鬟雲半動飛花和雨著輕綃歸路碧迢迢

又

簾漠漠簾漠漠天淡一簾秋自洗玉舟斟白醴月華微映是空舟歌罷海西流

虞美人

亭下桃花盛開作長短句詠之

十年花底承朝露看到江南樹洛陽城裏又東風未必桃花得似舊時紅　胭脂睡起春纔好應恨人空老心情雖在只吟詩白髮劉郎孤負可憐枝

憶秦娥五日移舟明山下作

魚龍舞湘君欲下瀟湘浦瀟湘浦興亡離合亂波平楚　獨無尊酒酬酬端午移舟來聽明山雨明山雨白頭孤客洞庭懷古

臨江僊前題

高詠楚詞酬午日天涯節序匆匆榴花不似舞裙紅無人知此意歌罷滿簾風　萬事一身傷老矣戎葵凝笑牆東酒杯深淺去年同試澆橋下水今夕到湘中

虞美人大光祖席醉中賦長短句

張帆欲去仍搔首更醉君家酒吟詩日日待春風及至桃花開後卻匆匆　歌聲頻為行人咽記著尊前雪明朝酒醒大江流滿載一船離恨向衡州

點絳脣紫陽寒食

寒食今年紫陽山下蠻江左竹籬煙鎖何處求新火　不解鄉音只怕人嫌我愁無那短歌誰和風動梨花朵

虞美人邢上友會上

超然堂上閒賓主不受人間暑冰盤圍坐此州無卻有一瓶和露玉芙蕖　亭亭風骨涼生牖消盡尊中

酒酒闌明月轉城西照見紗巾藜杖帶香歸

漁家傲 福建道中

今日山頭雲欲舉青蛟素鳳移時舞行到石橋聞細雨聽還住風吹卻過溪西去 我欲尋詩寬久旅桃花落盡春無所渺渺籃輿穿翠楚悠然處高林忽送黃鸝語

虞美人 余甲寅歲自春官出守湖州秋杪道中荷花無復存者乙卯歲自瑣闥以病得請奉祠卜居青墩鎮立秋後三日行舟之前後如朝霞相映望之不斷也以長短句記之

扁舟三日秋塘路平度荷花去病夫因病得來遊更值滿川微雨洗新秋 去年長恨拏舟晚空見殘荷滿今年何以報君恩一路繁花相送到青墩

浣溪沙 離杭日梁仲謀惠酒極清而美七月十二日晚臥小閣已而月上獨酌

送了棲鴉復暮鐘闌干生影曲屏東臥看孤鶴駕天風 起舞一尊明月下秋空如水酒如空謫僊已去與誰同

玉樓春 青墩僧舍作

山人本合居巖嶺聊問支郎分半境殘年藜杖與綸

巾八尺庭中時弄影　呼兒汲水添茶鼎甘勝吳山山下井一甌清露一爐雲偏覺平生今日永

清平樂　木犀

黃衫相倚翠葆層層底八月江南風日美弄影山腰水尾　楚人未識孤妍離騷遺恨千年無住庵中新事一枝喚起幽禪

定風波　重陽

九日登高有故常隨晴隨雨一傳觴多病題詩無好句孤負黃花今日十分黃　記得眉山文翰老曾道四時佳節是重陽江海滿前懷古意誰會闌干三撫獨淒涼

菩薩蠻　荷花

南軒面對芙蓉浦宜風宜月還宜雨紅少綠多時簾前光景奇　繩牀烏木几盡日繁香裏睡起一篇新與花爲主人

南柯子　塔院僧閣

矯矯千年鶴茫茫萬里風闌干三面看秋空背插浮屠千尺冷煙中　林塢村村暗溪流處處通此間何似玉霄峯遙望蓬萊依約曉雲東

臨江僊　夜登小閣憶洛中舊遊

憶昔午橋橋上飲坐中都是豪英長溝流月去無聲杏花疎影裏吹笛到天明　二十餘年成一夢此身雖在堪驚閒登小閣眺新晴古今多少事漁唱起三更

無住詞

珍倣宋版邽

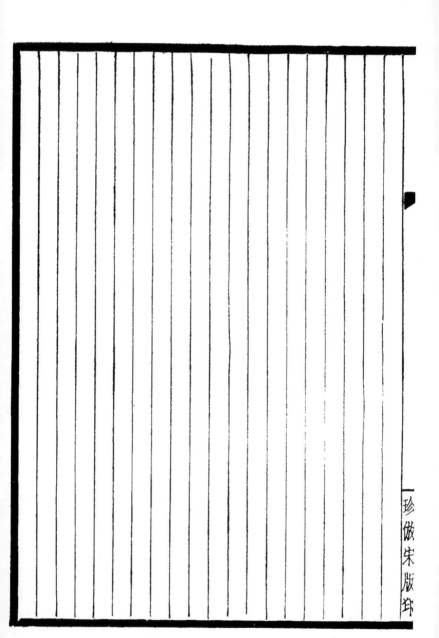

陳與義字去非其先蜀人東坡所傳陳希亮公弼者其曾祖也後爲汝州葉縣人每自稱洛陽陳某又別號簡齋少年賦墨梅詩受知于徽宗遂入中祕建炎中掌帝制參紹興大政以詩名世劉後村軒輊元祐後詩人不出蘇黃二體惟陳簡齋以老杜爲師建炎以後避地湖嶠行路萬里詩益奇壯或問劉須溪宋詩簡齋至矣畢竟比坡公何如須溪曰詩論如花論高品則色不如香論逼眞則香不如色雖黃具在予于其詞亦云古虞毛晉識

後山詞

目錄

菩薩鬘五調　木蘭花一調
南柯子一調　西江月一調
菩薩鬘一調　虞美人一調
木蘭花一調　南鄉子二調
西江月二調　減字木蘭花一調
滿庭芳一調　南鄉子一調
清平樂二調　南鄉子一調
羅敷媚二調　木蘭花一調
減字木蘭花一調　臨江僊一調
南柯子一調　減字木蘭花一調
清平樂二調　卜算子一調
洛陽春一調　浣溪沙一調
臨江僊一調　清平樂一調
南鄉子二調　臨江僊一調
蝶戀花一調　西江月一調
洛陽春一調　菩薩鬘一調
減字木蘭花一調　卜算子一調
漁家傲一調　少年遊一調

南鄉子一調　減字木蘭花一調
踏莎行一調
後山詞目錄

宋　陳師道

菩薩鬘七夕

行雲過盡星河爛爐煙未斷蛛絲滿想得兩眉顰停鍼憶遠人　河橋知有路不解留郎住天上隔年期人間長別離

又

東飛烏鵲西飛燕盈盈一水經年見急雨洗香車天回河漢斜　離愁千載上相遠長相望終不似人間回頭萬里山

又

綺樓小小穿鍼女秋光點點珠絲雨今夕是何宵龍車烏鵲橋　經年謀一笑豈解令人巧不用問如何人間巧更多

又

銀潢清淺填烏鵲畫簷急雨長河洛初月未成圓明星惜此筵　愁來無斷絕歲歲年年別不用淚紅滋年年歲歲期

又

鬌釵初上朝雲捲眼波翻動眉山遠一曲杜韋娘當

年枉斷腸　佳期如好月擬滿還須缺別易見應難
見須仔細看

木蘭花

陰陰雲日江城晚小院回廊春已滿誰家言語似黃
鸝深閉玉籠千萬怨　蓬萊易到人難見香火無憑
空有怨不辭歌裏斷人腸只怕有腸無處斷

南柯子賀彭舍人黃堂成

故國山河在新堂氷雪生萬家和氣賀初成人在笙
歌聲裏暗生春　今代無雙士當年第一人杯行到
手莫辭頻明日鳳池歸路隔清塵

西江月席上勸彭舍人飲

樓上風生白羽尊前笑出青春破紅展翠恰如今把
酒如何不飲　繡幕燈深綠暗畫簾人語黃昏晚雲
將雨不成陰竹月風窗弄影

菩薩鬘和彭舍人留別

喧喧車馬西郊道臨行更覺人情好任有一年情去
留千載名　離歌聲欲盡只作常時聽天上玉堂東
陽春是夢中

虞美人席上贈王提刑

城南觀閣連雲起形像丹青裏使君笳鼓渡江來盡

帶江南春色放春回　青春欲住風催去流水花無數尊前觸目一番新只有玉樓明月記遊人

木蘭花　汝陰湖上同東坡用六一居士韻

湖平木落搖空闊葉底流泉鳴復咽酒邊清滿往時同花裏朱絃纖手抹　風光過手春冰滑十事違人常七八不將白髮並黃花擬下清流攬明月

南鄉子　九日用東坡韻

晴野下田收照影寒江落雁洲禪榻茶爐深閉閤颼颼橫雨旁風不到頭　登覽卻輕酬剩作新詩報答秋人意自闌花自好休休今日看時蝶也愁

又

潮落去帆收沙漲江回旋作洲側帽獨行斜照裏颼颼捲地風前更掉頭　語妙後難酬回雁峯南未得秋喚取佳人聽舊曲休休瘴雨無花孰與愁

西江月　詠酴醾菊

點點輕黃減白垂垂重露生鮮肌香骨秀月中僊雪滿瑤臺曳練　綽約卻宜長見清眞不假餘妍殷勤與插小嬋娟要試尊前玉面

又　詠榴花

葉葉枝枝綠暗重重密密紅滋芳心應恨賞春遲不

會春工著意　曉照酒生嬌面新妝睡污胭脂憑將雙葉寄相思與看釵頭何似

減字木蘭花

清尊白髮曾是登臨年少客不似當年人與黃花兩並妍　來愁去恨十載相看情不盡莫更思量夢斷春回枉斷腸

滿庭芳

閩嶺先春琅函聯璧帝所分落人間綺窗纖手一縷破雙團雲裏遊龍舞鳳香霧起飛月輪邊華堂靜松風竹雪金鼎沸湲潺　門闌車馬動扶黃籍白小袖高鬟漸胸裏輪囷肺腑生寒喚起謫仙醉倒翻湖海傾瀉濤瀾笙歌散風簾月幕禪榻鬢絲斑

南鄉子

急雨打寒窗雨氣侵燈暗壁缸窗下有人挑錦字行行淚溼紅綃減舊香　往事最難忘更著秋聲說斷腸曲渚圓沙風葉底藏藏誰使鴛鴦故作雙

清平樂

休休莫莫更莫思量著記著不如渾忘著百種尋思枉卻　繡囊錦帳吹香雄蜂雌蝶難雙眉上放開春色眼前憐取新郎

又

藏藏摸摸好事爭如莫背後尋思渾是錯猛與將來放著　吹花捲絮無蹤晚妝知爲誰紅夢斷陽臺雲雨世間不要春風

南鄉子

陰重雨垂垂並馬西郊試薄衣紅蕊未開花已過遲遲不見東風著意時　酒到更須辭報答春光舊有期勸苦著書妨作樂凝凝莫學衰翁萬事非　洛人謂牡丹爲花而不名也向秀注莊子示嵇康曰妨人作樂爾

羅敷媚　和氏大夫酴醾菊

春風吹盡秋光晚瘦減初黃改樣新妝特地相逢只認香　南臺九日登臨處不共飛觴鏡裏伊旁獨秀釵頭殿衆芳

又

芙蓉不借韶華助故著緗黃宿面留妝不出寒花只暫香　傷春不盡悲秋苦落葉浮觴知在誰旁一笑盈盈百種芳

木蘭花　和何夫人

榮光休氣天爲瑞道祖當天傳寶裔千年昌運此時

逢四海歡聲今日沸　濛濛香霧雲衣膩漠漠輕寒
梅柳細封人長有祝堯心從此年年弁歲歲

減字木蘭花　贈晁无咎舞鬟

娉婷娜嫋紅落東風青子小妙舞逶迤拍誤周郎卻
未知　花前月底誰喚分司狂御史欲語還休喚不
回頭莫著羞　一本云娉娉裊裊芍藥枝頭紅玉小舞
袖遲遲心到郎邊客已知當筵舉酒勸我尊前松柏
壽莫莫休休白髮簪花我自羞

臨江仙

離別尋常今白首更須竹雨蕭蕭不應都占世間豪
清風居士手楊柳洛城腰　文字功名真自誤從今
好月良宵只消憐取董嬌饒修門君自到不用我詞
招

南柯子　同王立之督茶

天上雲爲瑞人間睡作魔疎簾清簟汗成河酒醒夢
回多眼費摩挲　但有寒暄問初無鳳鳥過塵生銅
碾網生羅一諾十年猶未意如何

減字木蘭花

勻紅點翠取次梳妝誰得似風柳腰肢盡日纖柔屬
阿誰　嬌嬌小小知是尋春人較老著便休癡付與

風流幕下兒古詞云十五年來從事風流府

清平樂

秋聲隱地葉葉無留意永簟流光團扇墜驚起雙棲燕子　夜堂簾合回廊風帷吹亂凝香臥看一庭明月曉寒不耐初涼

又

秋光燭地簾幕生秋意露葉翻風驚鵲墜暗落青林紅子　微行聲斷長廊熏爐衾換生香滅燭卻延明月攬衣先怯微涼

卜算子

纖軟小腰身明秀天真面淡畫脩眉小作春中有相思怨　背立向人羞顏破因誰倩不比陽臺夢裏逢親向尊前見

洛陽春

酒到黃波嬌滿和香噴面攀花落雨祝東風謝不借周郎便　背立腰肢挪撚更須回盼多生不作好因緣甚只向尊前見

浣溪沙

暮葉朝花種種陳三秋作意向詩人安排雲雨娶新情　隨意且須追去馬輕衫從使著行塵晚窗誰念

一愁新

臨江僊 送壘羅菊與趙使君

官樣初黃過九關鮮妍時更宜寒挽回人意不成闌香羅堆葉密芳意著心單 過與後房歌舞手輕盈喜色生顏墮釵擁髻與垂鬟欲知誰稱面偏插一枝看

清平樂 幷引詠柑子菊 柑子菊姿韻俱勝如王謝家十五女兒而名不足馴爲改之曰官樣黃作清平樂詞且令方內知有此君也

重重疊疊娜嫋裙千襬時樣官黃香百葉一歲相逢兩節是歲閏九月兩作重陽 曲闌繞偏芳叢一枝作意妍穠折得有誰相憶卻須還與秋風

南鄉子 幷引 晁大夫增飾披雲務欲壓黃樓而張馬二子皆當年尊下世所謂英英盼盼者盼卒英嫁而盼之子瑩頗有家風而曹妓未有顯者黃樓不可勝也作南鄉子以歌之

風絮落東鄰點綴繁枝旋化塵關鎖玉樓巢燕子冥冥桃李摧殘不見春 流轉到如今翡翠生兒翠作衿花樣腰身官樣立婷婷困倚闌干一欠伸周盼畫美人有背立欠伸者最爲妍絕東坡爲賦續麗人行

又詠棣棠菊

亂蕊壓枝繁堆積金錢鬧作團晚起塗黃仍帶酒看看衣賸腰肢故著單　薄瘦卻禁寒牽引人心不放闌擬折一枝遮老眼難難蝶橫蜂爭只倚闌菊色微赤而葉單

臨江僊

曲巷斜街信馬小橋流水誰家淺妝深袖倚門斜只緣此子意消得百般誇　粉面初生明月酒容欲退朝霞春風還解染霜華肯持鴛綺被來伴社家花

蝶戀花送彭舍人罷徐

九里山前千里路流水無情只送行人去路轉河回寒日暮連峯不許重回顧　水解隨人花卻住衾冷香銷但有殘妝汙淚入長江空幾許雙洪一抹無尋處一本云戲馬臺前京洛路車馬喧喧蹙踏塵如霧借問使君天不語朝雲旋作留人雨　壓斷山青人已去老幼扶攜淚眼仍回顧下兩句同

西江月詠丁香菊

淺色千重柔葉深心一點嬌黃只消可意更須香好箇風流模樣　玉蕊令誰攀折詩人此日淒涼正須蠻素作伊涼與插釵旁鬢上

洛陽春

素手拈花纖輭生香相亂卻須詩力與丹青恐俗手難成染　一顧教人微倩那堪親見不辭紫袖拂清塵也要識春風面

菩薩蠻 寄趙使君

清詞麗句前朝曲使君借與燈前讀讀罷已三更寒窗雨打聲　應憐詩客老要使情懷好猶有解歌人尊旁未得聽

減字木蘭花 和人對雪

清愁疊積更莫遲留春酒逼吹面和風梅信新來一線通　危樓曉望雪滿羣山開畫障目斷瑤川同凭闌干意幾般

卜算子 送梅花與趙使君

梅嶺數枝春疎影斜臨水不借芳華只自香嬌面長如洗　還把最繁枝過與偏憐底試傍鸞臺仔細看何似丹青裏

漁家傲 從叔父乞蘇州溼紅箋

一舸姑蘇風雨疾吳牋滿載紅猶溼色鬬朝花光觸日人未識街南小阮應先得　青入柳條初著色溪梅已露春消息擬作新詞酬帝力輕落筆黃秦去後

無強敵

少年遊

御園果子壓枝繁看看分摘無緣團沙弄雪勞心費手不肯暫時圓　賽神舊願心兒有終了待幾時還芍藥梢頭紅紅白白一種幾千般

南鄉子

嫋娜破瓜餘豆蔻梢頭二月初衆裏腰肢遙可識應殊暗裏猶能摸得渠　醉側不須扶喚作周家行畫圖背立欠伸花絮底知無非信丹青畫得如

減字木蘭花

今年百五風日清明塵不舉紫秀紅陳三節煙花次第春　來輿去馬千念一空春事謝白下門東誰見初楊弄晚風

踏莎行

紅上花梢風傳梅信青春欲動羣芳競林聲鳥語帶餘寒江光野色閒遊徑　乍雨還晴暄寒不定重門深院簾帷靜又還日日喚愁生到誰準擬風流病

後山詞

后山姓氏爵里已詳載詩話卷尾矣宋人好著詩話未有著詞話者惟后山集中略載一二余漫采錄一帙附于詩餘圖譜之後亦可資顧悞周郎一盼也后山云吳越後王來朝太祖爲置宴出內妓彈琵琶王獻詞云金鳳欲飛遭掣搦情脈脈看卽玉樓雲雨隔太祖起拊背曰誓不殺錢王○尚書郎張先善著詞有雲破月來花弄影簾幕捲花影隨輕絮無影世稱頌云張三影王介甫謂雲破月來花弄影不如李冠朦朧淡月雲來去也冠齊人爲六州歌頭道劉項事慷慨雄偉劉潛大俠也喜誦之○往時青幕之子婦妓也善爲詞同府以詞挑之妓答曰清詞麗句永叔子瞻曾獨步似恁文章寫得出來當甚强○黃詞云斷送一生惟有破除萬事無過蓋韓詩有斷送一生惟有酒破除萬事無過酒才去一字遂爲切對而語益峻又云杯行到手莫留殘不道月明人散謂思相離之憂則不得不盡而俗士改爲留連遂使兩句相失正如論詩云一方明月可中庭可不如滿也○柳三變游東都南北二巷作新樂府骫骳從俗天下詠之遂傳禁中仁宗頗好其詞每對必使侍從歌之再三三變聞之作宮詞號醉蓬萊因內官達後宮且求

其助仁宗聞而覺之自是不復歌其詞矣會改京官乃以無行黜之後改名永仕至屯田員外郎○蘇公居潁春夜對月王夫人曰春月可喜秋月使人愁耳公謂前未及也遂作詞曰不似秋光只與離人照斷腸○王斿平甫之子嘗曰今語例襲陳言但能轉移爾世稱秦詞愁如海爲新奇不知李國主已云問君能有幾多愁恰似一江春水向東流但以江爲海耳此皆可采顗語也余案張三影柳三變二段與他集不同客有謂張子野曰人皆謂公爲張三中卽心中事眼中淚意中人也公曰何不目爲張三影客不曉公曰雲破月來花弄影嬌柔懶起簾籠捲花影柳徑無人墮飛絮無影此余平生得意句也或又曰子野云浮萍過處見山影又云雲破月來花弄影又云隔牆送過鞦韆影並膾炙人口因謂張三影柳三變更名永爲屯田員外郎會太史奏老人星見時秋霽宴禁中仁宗命左右詞臣爲樂章內侍屬柳應制柳方冀進用作醉蓬萊奏呈上見首有漸字色若不懌讀至宸遊鳳輦何處乃與御製眞宗挽詞暗合上慘然又讀至太液波翻曰何不言波澄投之于地自此不復擢用二說未知孰是古虞毛晉識

蒲江詞

目錄

賀新郎二調　宴清都一調
魚遊春水一調　倦尋芳一調
西江月一調　清平樂一調
烏夜啼三調　謁金門二調
水龍吟二調　洞仙歌一調
鷓鴣天二調　摸魚兒一調
夜飛鵲慢一調　漁家傲一調
木蘭花慢一調　沁園春一調
菩薩蠻一調　滿江紅一調
好事近一調

蒲江詞目

蒲江詞

宋　盧祖皐

賀新郎

彭傳師於吳江三高堂之前作釣雪亭蓋擅漁人之窟宅以供詩境也趙子野約余賦之　傳師中興詞選作傳帥

挽住風前柳問鴟夷當日扁舟近曾來否月落潮生無限事零落茶煙未久謾留得蓴鱸依舊可是功名從來誤撫荒詞誰繼風流後今古恨一搔首　江涵雁影梅花瘦四無塵雪飛雲起夜窗如畫萬里乾坤清絕處付與漁翁釣叟又恰是題詩時候猛拍闌干呼鷗鷺道他年我亦垂綸手飛過我共尊酒　雲起一作風起

又　姑蘇臺觀雪

十頃涵空碧畫圖中崢嶸勾玉亂零吹壁倚徧危闌吟不盡把酒風前岸幘記當日西湖爲客誰翦吳松江上水笑乾坤奇事成兒劇還照我夜窗白　崇臺目斷清無極引枝節瓊瑤步輭印登臨屐娃館娉婷知何在淚粉愁濃恨積故化作飛花狼籍舊事悠悠渾莫問有玉蟾醉裏曾相識聊伴我吹羌笛勾玉一

作幻玉吹羌笛一作夜吹笛或病二尾句相似應作
吹羌笛

宴清都 初春

春訊飛瓊管風日薄度牆啼鳥聲亂江城次第笙歌翠合綺羅香暖溶溶潤綠冰泮醉夢裏年華暗換料黛眉重鎖隋隄芳心還動梁苑　新來雁闊雲音鸞分鑑影無計重見啼春細雨籠愁澹月恁時庭院離腸未語先斷算猶有凭高望眼更那堪芳草連天飛梅弄晚

魚遊春水 離愁

離愁禁不去好夢別來無覓處風翻征袖觸目年芳如許輭紅塵裏鳴鞭轡拾翠叢中勾伴侶都負歲時暗關情緒　昨夜山陰杜宇似把歸期驚旅遙知樓倚東風凝顰暗數寶香拂拂遺鴛錦心事悠悠尋燕語芳草暮寒亂花微雨 征袖花庵集作征袂

倦尋芳 春思

香泥壘燕密葉巢鶯春晴寒淺花徑風柔著地舞裀紅輭鬬草煙欺羅袂薄鞦韆影落春遊倦醉歸來記寶帳歌慵錦屏香暖　別來悵光陰容易還又荼蘼牡丹開徧妒恨疎狂那更柳花迎面鴻羽難憑芳信

短長安猶近歸期遠倚危樓但鎮日繡簾高捲

西江月 中春

燕掠晴絲裊裊魚吹水葉粼粼禁街微雨灑芳塵寒食清明相近 漫著宮羅試暖閑呼社酒酬春晚風簾幕悄無人二十四番花訊

清平樂 春恨

柳邊深院燕語明如翦消息無憑聽又懶隔斷畫屏雙扇 寶杯金縷紅牙醉魂幾度兒家何處一春遊蕩夢中猶恨楊花

烏夜啼 離恨

柳色津頭泫綠桃花渡口啼紅一春又負西湖醉離恨雨聲中 客袂迢迢西塞餘寒翦翦東風誰家拂水飛來燕惆悵小樓空

又 西湖

漾暖紋波颭颭吹晴絲雨濛濛輕衫短帽西湖路花氣撲春驄 鬭草褰衣溼翠鞦韆瞥眼飛紅日長不放春醪困立盡海棠風

又 秋別

段段寒沙淺水蕭蕭暮雨孤篷香羅不共征衫遠砧杵客愁中 別恨慵看楊柳歸期暗數芙蓉碧梧聲

到紗窗曉昨日幾秋風

謁金門 惜別

蘭棹舉相趁落紅飛去一隙輕簾疑睇處柳絲牽不住 昨日翠蛾金縷今夜碧波烟渚好夢無憑窗又雨天街知幾許 天街一作天涯

又 春思

閉院宇獨自行來行去花片無聲簾外雨峭寒生碧樹 做弄清明時序料理春酲情緒憶得歸時停棹處畫橋看落絮

水龍吟 荼蘼

蕩紅流水無聲暮煙細草粘天遠低回倦蝶往來忙燕芳期頓懶綠霧迷牆翠虬騰架雪明香暖笑依依欲挽春風教住還疑是相逢晚 不似梅妝瘦減占人間丰神蕭散攀條弄蕊天涯猶記曲闌小院老去情懷酒邊風味有時重見對枕幃空想東窗舊夢帶酒離恨 帶酒一作帶將

又 淮西重午

會昌湖上扁舟幾年不醉西山路流光又是宮衣初試安榴半吐千里江山滿川煙草薰風淮楚念離騷恨遠獨醒人去闌干外誰懷古 亦有魚龍戲舞豔

晴川綺羅歌鼓鄉情節意尊前同是天涯羈旅漲綠池塘翠陰庭院歸期無據問明年此夜一眉新月照人何處

洞仙歌 茉莉

玉肌翠袖較似茶蘼瘦幾度熏醒夜窗酒問炎州何事得許清涼塵不到一段冰壺翦就 曉來庭戶悄暗數流光細拾芳英黯回首念日暮江東偏爲魂銷人易老幽韻清標似舊政簟紋如水帳如煙更奈向月明露濃時候

鷓鴣天 春懷

纖指輕拈小研紅自調宮羽按歌童寒餘芍藥闌邊雨香落荼蘼架底風 閒意態小房櫳丁寧須滿玉西東一春醉得鶯花老不似年時怨玉容

又 春暮

庭綠初圓結蔭濃香溝收拾樹梢紅池塘少歇鳴蛙雨簾幕輕迴舞燕風 春又老笑誰同澹煙斜日小樓東相思一曲臨風笛吹過雲山第幾重

摸魚兒 九日登姑蘇臺

怪西風曉來欹帽年華還是重九天機衮衮山新瘦客子情懷誰剖微雨後更雁帶邊寒裊裊欺羅袖慵

荷倦柳誚不似黃花田田照眼風味儘如舊　登臨
地寂寞崇臺最久闌干幾度搔首翻雲覆雨無窮事
流水斜陽知否吟未就但衰草寒煙商略愁時候閒
愁淚有總輸與淵明東籬醉舞身世付杯酒

夜飛鵲慢 別意

驕嘶破清曉分恨臨期花下恁月明知餘光是處散
離思最憐香靄霏霏牽衣揾彈淚問淒風愁露刬地
東西留鞭換佩怕匆匆已是遲遲　涼怯幾番羅袂
還燕別文梁螢點書幃一自秋娘迢遞黃金對酒爭
忍輕揮新來院落雁難尋簾幕長垂怕彫梧敲徑驚
回舊夢應也顰眉

漁家傲 壽白石先生

白石山中風景異先生日日懷歸計何事黃岡飛雪
地偏著意畫堂卻爲東坡起　人說前身坡老是文
章氣節渾相似只待鼎彝勳業遂梅花外歸來長向
山中醉

木蘭花慢 別西河兩詩僧

嫩寒催客棹載酒去載詩歸政紅葉漫山清泉漱石
多少心期三生溪橋話別悵蘚蘿猶惹翠雲衣不似
今番醉夢帝城幾度斜暉　鴻飛煙水瀰瀰回首處

只君知念吳江鷺憶孤山鶴怨依舊東西高峯夢醒雲起是瘦吟窗底憶君時何日還尋後約爲余先寄梅枝

沁園春 雙溪狎鷗

幾葉凋楓半篙寒日傍橋繫船愛洞門深鎖人間福地雙溪分占天上星躔破帽倚寒短鞭敲月此地經行知幾年空羸得似沈郎消瘦還欠詩篇 沙鷗伴我愁眠向水驛風亭紅蓼邊有村醪可飲且須同醉溪魚堪鱠切莫論錢笠澤波頭垂虹亭上橙蟹肥時霜滿天相隨否算江南江北惟有君閒

菩薩鬘 春思

翠樓十二闌干曲雨痕新染蒲萄綠時節又黃昏東風深閉門 玉簫吹未徹窗影梅花月無語只低眉閒拈雙荔枝

滿江紅 齊雲月酌

樓倚晴空炎雲淨晚來風力滄海外等閑吹上滿輪寒璧河漢低垂天欲近乾坤浩蕩秋無極凭闌干衣袂拂青冥知何夕 登眺地追疇昔吳越事皆陳迹對清光祇有醉吟消得萬古悠悠惟月在浮生袞袞空頭白自騎鯨仙去有誰知遙相憶

好事近 秋飲

雁外雨絲絲將恨和愁都織玉骨西風添瘦減尊前歌力　袖香曾枕醉紅腮依約唾痕碧花下凌波入夢引春雛雙鵝

蒲江詞

盧祖臯字申之自號蒲江居士永嘉人樓大防之甥也一時永嘉詩人爭學晚唐體徐照字道暉徐璣字文淵翁卷字靈舒趙師秀字紫芝稱爲四靈與申之倡和莫能伯仲惜其詩集不傳黄叔暘謂其樂府甚工字字可入律呂浙人皆唱之中興集中幾盡採錄或病其偶句太多未足驚目余喜其柳色津頭泫綠桃花渡口啼紅較之秦七鶯嘴啄花紅溜燕尾點波綠皺不更鮮秀耶又玉簫吹未徹窗影梅花月無語只低眉閒拈雙荔枝直可步趨南唐孤枕夢回雞塞遠小樓吹徹玉笙寒矣至如江涵雁影梅花瘦花片無聲簾外雨云云蓋古樂府佳句也惜乎蒲江詞一卷僅僅二十有五闋耳古虞毛晉識

琴趣外篇目錄

卷一

水龍吟一調　八聲甘州二調
滿庭芳一調　鳳凰臺上憶吹簫一調
摸魚兒一調　永遇樂一調
過澗歇一調　黄鶯兒一調
消息一調　梁州令疊韻一調
酒泉子一調　歸田樂一調
訴衷情一調　金鳳鉤二調
生查子一調　行香子一調
訴衷情一調　木蘭花一調
行香子一調　阮郎歸一調
引駕行一調

卷二

洞僊歌二調　水龍吟一調
洞僊歌二調　行香子一調
鹽角兒一調　清平樂一調
江神子一調　望海潮一調
夜合花一調　下水船一調
浣溪沙一調　萬年歡一調

感皇恩 一調　洞仙歌 一調
喜朝天 一調　生查子 一調
少年遊 二調　滿江紅 一調
離亭宴 一調　千秋歲 一調
迷神引 一調　滿江紅 一調

卷三

古陽關 一調　玉蝴蝶 一調
安公子 一調　惜分飛 二調
離亭宴 一調　滿庭芳 三調
尾犯 一調　尉遲杯 一調
八六子 一調　臨江仙 二調
驀山溪 四調　憶秦娥 一調
好事近 一調　阮郎歸 三調
宴桃源 一調　一叢花 三調

卷四

臨江仙 二調　浣溪沙 一調
憶少年 一調　江神子 一調
虞美人 一調　金盞倒垂蓮 二調
西平樂 一調　御街行 一調
生查子 一調　青玉案 一調

水龍吟一調　南歌子一調
醉落魄一調　萬年歡一調
臨江仙一調　虞美人一調
安公子一調　綠頭鴨一調
水龍吟一調　惜奴嬌一調
臨江仙二調　滿庭芳一調
定風波一調　千秋歲二調
鷓鴣天一調　清平樂一調

卷五

虞美人一調　浣溪沙一調
萬年歡一調　一叢花一調
減字木蘭花一調　菩薩蠻一調
鷓鴣天一調　鳳簫吟一調
梁州令一調　引駕行一調
菩薩蠻一調　點絳脣一調
上林春一調　楊柳枝一調
驀山溪二調　生查子一調
少年遊一調　青玉案一調
江城子一調　青玉案一調
勝勝慢一調　點絳脣一調

卷六

永遇樂一調　虞美人一調
朝天子一調　行香子一調
感皇恩一調　臨江仙一調
碧牡丹一調　少年遊一調
西江月一調　鷓鴣天一調
滿江紅一調　菩薩鬘一調
減字木蘭花一調　臨江仙二調
紫玉簫一調　鬬百草二調
鬬百花三調　御街行一調
南歌子一調　清平樂一調
好事近一調　洞仙歌一調

琴趣外篇目錄

琴趣外篇卷一

宋　晁補之

水龍吟 別吳興至松江作

水晶宮繞千家卞山倒影雙溪裏白蘋洲渚詩成春晚當年此地行徧瑤臺弄英攜手月嬋娟際算多情小杜風流未覩空腸斷枝間子　一似君恩賜與賀家湖千峯凝翠黃粱未熟紅旌已遠南柯舊事常恐重求夜闌相對也疑非是向松陵回首平蕪盡處人在青山外

八聲甘州 揚州次韻和東坡錢塘作

謂東坡未老賦歸來天未遣公歸向西湖兩處秋波一種飛靄澄輝又擁竹西歌吹僧老木蘭非一笑千秋事浮世危機　應倚平山闌檻是醉翁飲處江雨霏霏送孤鴻相接今古眼中稀念平生相從江海任飄蓬不遣此心違登臨事更何須惜吹帽淋衣

又 歷下立春

謂東風定是海東來海上最春先乍微陽破臘梅心已省柳意都還雪後南山聳翠平野欲生煙記得相逢日如□上林邊　莫歎春光易老算今年春老還有明年歎人生難得常好是朱顏有隨軒金釵十二

爲醉嬌一曲踏珠筵功名事算如何此花下尊前

滿庭芳 赴信日舟中別次膺十二叔

鷗起蘋中魚驚荷底畫船天上來時翠灣紅渚宛似武陵迷更晚青山更好孤雲帶遠雨絲垂清歌裏金尊未掩誰使動分攜 竹林高晉阮阿咸瀟散猶愧風期便棄官終隱釣叟苔磯縱是冥鴻雲外應念我垂翼低飛新詞好他年認取天際片帆歸

鳳凰臺上憶吹簫 自金鄉之濟至羊山迎次膺

千里相思況無百里何妨暮往朝還又正是梅初淡竚禽未綿蠻陌上相逢緩轡風細細雲日斑斑新晴好得意未妨行盡青山 應攜後房小妓來爲我盈盈對舞花間便擀了松醪翠滿蜜炬紅殘誰信輕鞍射虎清世裏曾有人閒都休說簾外久春寒

又

才短官慵命奇人棄年年故里來還記往歲蓮塘送我遠赴荆蠻莫道風情似舊青鏡裏綠鬢新斑佳人怪把盞爲我微斂眉山 從來嗣宗高韻獨見賞青雲負絕塵閒漫回首平生醉語一夢驚殘莫笑移花種柳應備辦投老同閒從枯槁松檜耐得霜寒

摸魚兒 東皋寓居

買陂塘旋栽楊柳依稀淮岸江浦東皐嘉雨新痕漲沙觜鷺來鷗聚堪愛處最好是一川夜月光流渚無人獨舞任翠幄張天柔茵藉地酒盡未能去　青綾被莫憶金閨故步儒冠曾把身誤弓刀千騎成何事荒了邵平瓜圃君試覷滿青鏡星星鬢影今如許功名浪語便似得班超封侯萬里歸計恐遲暮

永遇樂

松菊堂深芰荷池小長夏清暑燕引雛還鳩呼婦往人靜郊原趣麥天已過薄衣輕扇試起繞園徐步聽衡宇欣欣童稚共說夜來初雨　蒼苔徑裏紫葳枝上數點幽花垂露東里催鋤西隣助餉相戒清晨去斜川歸興翛然滿目回首帝鄉何處只愁恐輕鞭犯夜霸陵舊路

過澗歇

歸去奈故人尚作青眼相期未許明時歸去放懷處買得東皐數畝靜愛園林趣任過客剝啄相呼晝扃戶　堪笑兒童事業華顛向誰語草堂人悄圓荷過微雨都付邯鄲一枕清風好夢初覺砌下槐影方停午

黃鶯兒

南園佳致偏宜暑兩兩三三脩篁新筍出初齊猗猗過簷侵戶聽亂颭芰荷風細灑梧桐雨午餘簾影參差遠林蟬聲幽夢殘處　凝竚既往盡成空暫遇何曾住算人間事豈足追思依依夢中情緒觀數點茗浮花一縷香縈炷怪來人道陶潛做得羲皇侶消息

永遇樂 自過腔卽越調　端午

紅日葵開映牆遮牖小齋端午杯展荷金簪抽筍玉幽事還數綠窗纖手朱匲輕縷爭鬬綵絲艾虎想沈江怨魄歸來空惆悵對菰黍　朱顏老去清風好在未減佳辰歡聚趣蠟酒深斟菖葅細糝團坐從兒女還同子美江村長夏閒對燕飛鷗舞算何須楚王雄風方消畏暑

梁州令疊韻

田野閒來慣睡起初驚曉燕樵青走挂小簾鉤南園昨夜細雨紅芳徧　平蕪一帶煙花淺過盡南歸雁俱遠凭闌送目空腸斷　好景難常占過眼韶華如箭莫教鶗鴂送韶華多情楊柳爲把長條絆　清尊滿酌誰爲伴花下提壺勸何妨醉臥花底愁容不上春風面

酒泉子

萱草戎葵松菊堂深猶畏暑晚雲催雨靄簾櫳滿樓風　池蓮翻倒小蓮紅看掃鑑天清似水一輪明月卻當空畫闌中

歸田樂

春又去似別佳人幽恨積閒庭院翠陰滿添晝寂一枝梅最好至今憶　正夢斷爐煙裊參差疎簾隔爲何事年年春恨問花應會得

訴衷情　送春

東城南陌路岐斜芳草偏藏遮黃鸝自是來晚莫恨海棠花　驚雪絮滿天涯送春歸問春莫是憶著東君自去還家

金鳳鉤　送春

春亂我向何處怪草草夜來風雨一簪華髮少歡饒恨無計殢春且住　春回常恨尋無路試向我小園徐步一闌紅藥倚風含露春自未曾歸去

又

雪晴閒步花畔試屈指早春將半櫻桃枝上最先到卻恨小梅芳淺　忽驚拂水雙來燕暗自憶故人猶遠一分風雨占春愁一來又對花腸斷

生查子　夏日即事

永日向人研百合忘幽草午枕夢初回遠柳蟬聲杳
鮮井出冰泉洗瀹煩襟了卻挂小簾鉤一縷爐煙
裊

行香子

前歲栽桃今歲成蹊更黃鸝久住相知微行清露細
履斜暉對林中侶閒中我醉中誰　何妨到老常閒
常醉任功名生事俱非衰顏難強拙語多遲但酒同
行月同坐影同歸

訴衷情

小園過午便覺涼生翠柏戎葵聞出牆紅萱草靜依
徑綠還是去年浮瓜沈李追涼故繞池邊竹小筵促
忽憶楊梅正熟下山南畔畫舸笙歌逐愁凝目使
君彩筆佳人錦字斷絃怎續盡日闌干曲

木蘭花　遐觀樓

小樓新刱堪臨遠一帶寒山都入眼人間應未覺春
歸樓上已先變柳眼　風威自與微陽戰雪意不知
殘臘換少須文棟燕雙回來看東城花一片

行香子

歸鳥翩翩樓上黃昏黯天氣殘照餘痕曲闌干裏有
個愁人向不言中千載事一年春　春來似客春歸

如雲付樓前行路雙輪傾江變酒舉斛爲尊斷浮生外愁千丈不關身

阮郎歸

小樓獨上暮鐘時紅霞樓外飛煙中遠鳥一雙歸城門燈火微　横短吹傍危梯氷輪湧海遲天涯幽恨有誰知涼風時動衣

引駕行

梅梢瓊綻東君次第開桃李痛年年好風景無事對花垂淚　園裏舊賞處幽葩柔條一一動芳意恨心事春來間阻憶年時把羅袂雅戲

琴趣外篇卷一

洞僊歌　留春

花恨月惱更夏有涼風冬軒雪皎閒事不關心算四時皆好從來又說春臺登覽人意多同常是惜春過了須痛飲莫放歡情草草年少　尚憶瑤階得儁尋芳駿驛東坡適見垂鞭酕醄南陌又逢低帽鶯花蕩眼功名滿意無限嬉游榮華事如夢杳傷富貴浮雲曾縈懷抱爲春醉倒願花更好春休老開口笑占醉鄉莫教人到

又填盧仝詩

當時我醉美人顏色如此堪悅今日美人去恨天涯離別青樓朱箔嬋娟蟾桂三五初圓傷二八還又缺空竚立一望不見心絕心絕　頓成淒涼千里音塵一夢歡娛推枕驚巫山遠洒淚對湘江闊美人不見愁人看花心亂含愁奏綠綺絃清切何處有知音此恨難說怨歌未闋恐暮雨收行雲歇窗梅發乍似覩芳容冰潔

水龍吟　次韻林聖予惜春

問春何苦匆匆帶風伴雨如馳驟幽葩細蕚小園低檻壅培未就吹盡繁紅占春長久不如垂柳算春常

不老人愁春老愁只是人間有　春恨十常八九忍輕辜芳醪經口那知自是桃花結子不因春瘦世上功名老來風味春歸時候縱尊前痛飲狂歌似舊情難依舊

洞僊歌温園賞海棠

羣芳老盡海棠花時候雨過寒輕好清晝最妖饒一段全是初開雲鬟小塗粉施朱未就　全開還自好點蕩春餘百樣宮羅鬬繁繡縱無語也心應恨我來遲恰柳絮將春歸後醉猶倚柔柯怯黃昏這一點愁須共花同瘦

又梅

年年青眼爲江梅腸斷一句新詩思無限向碧瓊枝上自玉葩中春猶淺一點龍香清遠　誰抛傾國豔昨夜前村都恐東皇未曾見正倚牆紅杏芳意濃時驚千片何許飄零仙館待冰雪叢中看奇姿乍一笑能回上林冬暖

行香子梅

雪裏清香月下疏枝更無花比並瓊姿一年一見千繞千回向未開時愁花放恐花飛　芳尊移就幽葩折取似玉人攜手同歸揚州應記東閣逢時恨劉郎

誤題詩句怨桃蹊

鹽角兒 亳社觀梅

開時似雪謝時似雪花中奇絕香非在蕊香非在萼骨中香徹 占溪風留溪月堪羞損山桃如血直饒更疎疎淡淡終有一般情別

清平樂 對晚菊作

黃花過也月酒何曾把寒蝶多情愛瀟洒晴日雙雙飛下 沈吟獨倚朱闌采芳貽向邊枕上醉排金罍幽香付與誰憐

江神子 亳社觀梅呈范守秦令

去年初見早梅芳一春忙短紅牆馬上不禁花惱只顛狂蘇晉長齋猶好事時喚我舉離觴 今年春事更茫茫淺宮妝斷人腸一點多情天賜骨中香賴有飛鳧賢令尹同我過小橫塘

望海潮 揚州芍藥會作

人間花老天涯春去揚州別是風光紅藥萬株佳名千種天然浩態狂香尊貴御衣黃未便教西洛獨占花王困倚東風漢宮誰敢鬭新妝 年年高會江陽看家誇絕豔人詫奇芳結藥當屏聯葩就幄紅遮綠繞華堂花面暎交相更秉蕑觀洧幽意難忘罷酒風

亭夢魂驚恐在仙鄉

夜合花 和李浩季艮牡丹

百紫千紅占春多少共推絕世花王西都萬家俱好不爲姚黃漫腸斷巫陽對沈香亭北新妝記清平調詞成進了一夢仙鄉 天葩秀出無雙倚朝暉半如酣酒成狂無言自有檀心一點偷芳念往事情傷又新豔曾說滁陽縱歸來晚君王殿後別是風光

下水船 和季艮瓊花

百紫千紅翠唯有瓊花特異便是當年唐昌觀中玉蘂尚記得月裏仙人求賞明日喧傳都市 甚時又分與揚州本一朵冰姿難比曾向無雙亭邊半酣獨倚似夢覺曉出瑤臺十里猶憶飛瓊標致

浣溪沙 櫻桃

雨過園亭綠暗時櫻桃紅顆壓枝低綠兼紅好眼中迷 荔子天教生處遠風流一種阿誰知最紅深處有黃鸝

萬年歡

春憶心歸似佳人未來香徑無迹雪裏江梅因甚早知消息百卉芳心正寂夜不寐幽姿脈脈圖清曉先作宮妝似防人見偷得 真香媚情動魄算當時壽

陽無此標格應寄揚州何郎舊曾相識花似何郎鬢白恐花笑逢花羞摘那堪羌管驚心也隨繁杏拋擲

感皇恩 海棠

常歲海棠時偷閒須到多病尋芳懶春老偶來恰直半謝妖嬈猶好便呼詩酒伴同傾倒　繁枝高蔭疏枝低繞花底杯盤花影照多情一片恨我歸來不早斷腸鋪碎錦門前道

洞仙歌 菊

今春潤好怪重陽菊早滿檻煌煌看霜曉嘆金錢翠雨不稱標容瀟洒意陶潛詩中能道　不應誇絕豔曾妒春華因甚東君意不到又似鎖三千漢女偏教明妃怨西風邊草也何必牛山苦霑衣算只好龍山醉狂吹帽

喜朝天 秦宅海棠作

衆芳殘海棠正輕盈綠鬢朱顏碎錦繁繡更柔柯映碧纖搦勻殷誰與將紅間白采薰籠仙衣覆斑爛如有意濃妝淡抹斜倚闌干　妖嬈向晚春後慣困欹晴景愁怕朝寒縱有狂雨便離披損不奈幽閑素來禽總俗謾遮映終羞格疏頑誰采顧斜風教舞月下庭間

生查子 梅

青帝曉來風偏傍梅梢緊未放玉肌開已覺龍香噴　此意比佳人爭奈非朱粉惟有許飛瓊風味依稀近

少年遊 次季良韻

廬山瑤草四時春煙鎖上宮門記得南遊偶尋飛澗一洗庾公塵　香爐高詠君家事文彩近前人他日騎鯨尚憐迷路與問衆仙真

又

如今田野漫拋春紅雨掩衡門懶讀詩書欠伸扶杖几案任生塵　從教便向東山老誰知是個中人莫怪年來倦尋城市嫌我性情真

滿江紅 次韻弔汝陽李誠之待制

華鬢春風長歌罷傷今感昨春正好瑤墀已數侍臣冥寞牙帳塵昏餘劍戟翠帷月冷虛絃索記往歲龍坂誤曾登今飄泊　賢人命從來薄流水意知誰託繞南枝身似未眠飛鵲射虎山邊尋舊迹騎鯨海上追前約便與世江湖永相忘還堪樂

離亭宴 次韻弔豫章黃魯直

丹府黃香堪笑章臺墜鞭年少細雨春風花落處醉

裏中人傳詔卻上五湖船悲歌楚狂同調　青草荊
江波渺香爐紫霄簪小人去江山長依舊幼婦空傳
辭妙灑淚作招魂楓林子規啼曉

千秋歲　次韻弔高郵秦少游

江頭苑外常記同朝退飛騎軋鳴珂碎齊謳雲繞扇
趙舞風回帶嚴鼓斷杯盤藉草猶相對　灑涕誰能
會醉藤陰蓋人已去詞空在兎園高宴悄虎觀英游
改重感慨驚濤自卷珠沈海

迷神引　貶玉溪對江山作

黯黯青山紅日暮浩浩大江東注餘霞散綺回向煙
波路使人愁長安遠在何處幾點漁燈小迷近塢一
片客帆低傍前浦　暗想平生自悔儒冠誤覺阮途
窮歸心阻斷魂素月一千里傷平楚怪竹枝歌聲聲
怨爲誰苦猿鳥一時啼驚島嶼燭暗不成眠聽津鼓

滿江紅　赴玉山之謫與諸父泛舟大澤分題爲
別

莫話南征船頭轉三千餘里未歎此浮生飄蕩但傷
佳會滿眼青山芳草外半篙碧水斜陽裏問此中何
處芰荷深漁人指　清時事羈遊意盡付與狂歌醉
有多才南阮自爲知己不似朱公江海去未成陶令

田園計便楚鄉風景勝吾鄉何人對

琴趣外篇卷二

琴趣外篇卷二

古陽關 寄無斁八弟宰寶應

衰草蛩吟噎暗柳螢飛滅空庭雨過西風緊飄黃葉卷書帷寂靜對此傷離別重感歎中秋數日又圓月沙觜檣竿上淮水闊有飛鳥晃客詞珠玉氣冰雪且莫教皓月照影驚華髮問幾時清尊夜景共佳節

玉蝴蝶

暗憶少年豪氣爛南國蓬島風光醉倚吳王宮殿不解悲涼舞猶慵小腰似柳歌尚怯嬌語如簧好林塘玳筵留住彩舫攜將 清狂揚州一夢中山千日名利都忘細數從前眼中歡事盡成傷去船迷亂花流水遺佩悄寒草空江黯愁腸暮雲吟斷青鬢成霜

安公子 送進道四弟赴官無爲

柳老荷花盡夜來霜落平湖淨征雁橫天鷗舞亂魚游清鏡又還當是年我向江南與移畫船深渚蒹葭暎對半篙碧水滿眼青山魂凝 一番傷華鬢放歌狂飲猶堪逞水驛孤帆明夜此歡重事省夢回處池塘春草愁難整宦情與歸期終朝競記他年相訪認取斜川三徑

惜分飛 別吳作

山水光中元無暑是我消魂別處只有多情雨會人深意留人住　不見梅花來已暮未見荷花又去圖畫他年覷斷腸千古苕溪路

又代別

消暑樓前雙溪匝畫柱水晶宮裏人共荷花麗更無一點塵埃氣　不會使君忽忽至又作忽忽去計誰解連紅袂大家都把蘭舟繫

離亭宴憶吳興寄金陵懷古聲中

憶向吳興假守雙溪四垂高柳儀鳳橋邊蘭舟過暎水雕甍華牖燭下小紅妝爭看使君歸後　攜手松亭難又題詩水軒依舊多少綠荷相倚恨背立西風回首悵望採蓮人煙波萬重吳岫

滿庭芳憶廬山

欲買廬山山前三畝小橋橫過松間巒名吳市誰認舊容顏最好棲賢峽外應自此都隔塵寰人稀到壺中化國光景更堪閒　無心求至道柴門閉了飽睡甘淰幸兒成孫長爲掃家山若問他年歸去驀地也雙槳來還愁難捨清風萬壑高處正躋攀

又次韻答季良

閒說秋來乘槎心閒懶夢回三島波間便思黃帽同

我老山顛上界仙人官府何似我蕭散塵寰雲無此
流泉自急此意本來閒　寂寥松桂圃陪君好語亦
可忘滄況瓊枝玉蘂秀滿春山若問幽棲何意莫道
是飛鳥知還無言處孫登半嶺高韻更難攀

又用東坡韻題自畫蓮社圖

歸去來兮名山何處夢中廬阜嵯峨二林深處幽士
往來多自畫遠公蓮社教兒誦李白長歌如重到丹
崖翠戶瓊草秀金坡　生綃雙幅上諸賢巾屨文彩
天梭社中客禪心古井無波我似淵明逃社怡顏眄
百尺庭柯牛閒放溪童任懶吾已廢鞭蓑

尾犯廬山　一名碧芙蓉

廬山小隱漸年來疏懶浸濃歸輿綵橋飛過深溪沚
底奔雷餘韻香爐照日望處與青霄近想羣仙呼我
應還怪曉來鬢絲垂鏡　海上雲車回軔少姑傳金
母信森翠裾瓊佩落日初霞紛紜相映誰見湖中景
花洞裏杳然漁艇別是個瀟洒乾坤世情塵土休問

尉遲杯　亳社作惜花

去年時正愁絕過卻紅杏飛沈吟杏子青時追悔負
好花枝今年又春到傍小闌日日數花期花有信人
卻無憑故教芳意遲遲　及至待得融怡未攀條拈

蘂又歎春歸怎得春如天不老更教花與月相隨都將命拚與酬花似峴山落日客猶迷儘歸路拍手攔街笑人沈醉如泥

八六子　重九即事呈徐倅祖禹十六叔

喜秋晴淡雲縈縷天高羣雁南征正露冷初減蘭紅風緊潛彫柳翠愁人漏長夢驚　重陽景物淒清漸老何時無事當歌好在多情暗自想朱顏並遊同醉官名韁鎖世路蓬萍難相見賴有黃花滿把從教綠酒深傾醉休醒醒來舊愁旋生

臨江僊　呈祖禹十六叔

盡說彭門新半郟昆吾剸玉如泥功名餘事不須爲才情詩裏見風味酒邊知　好在阿咸同老也青雲往歲心期千鍾百首與來時伯倫從婦勸元亮信兒癡

又

十歲兒曹同硯席華裾織翠如葱一生心事醉吟中相逢俱白首無語對西風　莫道尊前情調減衰顏得酒能紅可憐此會意無窮夜闌人總睡獨繞菊花叢

驀山溪　譙園飲酒爲守令作

譙園幽古煙鎖前朝檜搖落棗紅時滿園空幾株蒼
翠史君才譽金殿握蘭人將風調改荒涼便是嬉遊
地　劉郎莫問去後桃花事司馬更堪憐掩金觴琵
琶催淚愁來不醉不醉奈愁何汝南周東陽沈勸我
如何醉

又

金尊玉酒佳味名仙檜恐是九龍泉堪一飲霜毛卻
翠何須說此只但飲陶陶燈光底百花春自是仙家
地　星郎早貴慣見風流事留我不須歸倒尊空燭
堆紅淚飛鳧令尹才調更翩翩休弔古枉傷神有興
來同醉

又亳社寄文潛舍人

蘭臺仙史好在多情否不寄一行書過西風飛鴻去
後功名心事千載與君同只狂飲只狂吟綠鬢殊非
舊　山歌村館愁醉潯陽叟且借兩州春看一曲尊
前舞袖古來畢竟何處是功名不同飲不同吟也勸
時開口

又和王定國朝散憶廣陵

揚州全盛往事今何處帆錦兩明珠宵薔薇月中嬉
語朱衣白面分公子似神仙登雲巘臨煙渚狂醉成

懷古 蘭舟歸後誰與春爲主吟笑我重來倚瓊花東風日暮胡霜點鬢流落共天涯竹西路高陽侶魂夢應相遇

憶秦娥 和留守趙無媿送別

牽人意高堂照碧臨煙水清秋至東山時伴謝公攜妓 黃菊雖殘堪泛蟻乍寒猶有重陽味應相記坐中少個孟嘉狂醉

好事近 南都寄歷下人

絲筦鬧南湖湖上醉遊時晚獨看小橋官柳淚無言偷滿 坐中誰唱解愁詞紅妝勸金盞物是奈人非是負東風心眼

阮郎歸 同十二叔泛濟州環溪

西城北渚舊追隨荒臺今是非白蘋無主綠蒲迷停舟憶舊時 雙鴨戲亂鷗飛人家煙雨西不成攜手折芳菲蘭橈惆悵歸

又

一濠秋水靜漣漪紅妝照水嬉攀條尋藕怯船移浮萍溼繡衣 臨好景惜輕歸夕陽洲渚迷城門燈火簇輪蹄沙鷗飛去時

又

兒童嬉戲杏花隄春歸不解悲悉重來草露溼人衣無
花空繞枝　曾學道久忘機一尊甘若飴平生魚鳥
與同歸臨風心自知

宴桃源

往歲眞源謫去紅淚揚州留住飲罷一帆東去入楚
江寒雨無緒無緒今夜秦淮泊處

一叢花 謝濟倅宗室令剡送酒

王孫眉宇鳳凰雛天與世情疎揚州坐上瓊花底佩
錦囊曾憶奚奴金盞醉揮滿身花影紅袖競來扶
十年一夢訪林居離袂重踟躕應憐肺病臨邛客寄
洞庭春色雙壺天氣未佳梅花正好曾醉燕堂無

又十二叔節推以无咎生日於此聲中爲辭依
韻和答

碧山無意解銀魚花底且攜壺華顛又喜熊羆且笑
騏驥老反爲駒文史漸拖功名更懶隨處見眞如
高情敢並漢庭疎長揖去田廬囊無上賜金堪散也
未妨山獵溪漁廉頗縱強莫隨年少白馬向黃榆

又再呈十二叔

飛鳧仙令氣如虹脫屣向塵籠淩煙畫象雲臺議似
眼前百草春風盞裏聖賢壺中天地高興更誰同

應懷得雋大明宮無事老馮公玉山且向花間倒任
笑從老入花叢三徑步餘一枝眠穩心事付千鍾

琴趣外篇卷三

琴趣外篇卷四

臨江僊 用韻和韓求仁南都留別

曾唱牡丹留客飲明年何處相逢忽驚鵲起落梧桐綠荷多少恨回首背西風　莫歎今宵身是客一尊未曉猶同此身應似去來鴻江湖春水闊歸夢故園中

又 同前

常記河陽花縣裏恰如飯顆山逢春城何處滿絲桐綸巾并羽扇君有古人風　重向梁王臺畔見黃花綠酒誰同新詩別後寄南鴻回頭思照碧人在白雲中

浣溪沙 廣陵被召留別

帳飲都門春浪驚東飛身與白鷗輕淮山一點眼初明　誰使夢回蘭芷國卻將春去鳳凰城檣烏風轉不勝情

憶少年 別歷下

無窮官柳無情畫舸無根行客南山尚相送只高城人隔　罨畫園林溪紺碧算重來盡成陳迹劉郎鬢如此況桃花顏色

江神子 廣陵送王左丞赴闕

舊山鉛槧倦棲遲叩宸闈向淮圻五馬行春初喜後車隨太守風流容客醉花壓帽酒淋衣　隋宮煙外草萋萋菊花時動旌旗起舞留公且住慰相思王粲詩成何處寄人北去雁南飛

虞美人　廣陵留別

江南載酒平生事游宦如萍寄蓬山歸路傍銀臺還是揚州一夢卻驚回　年年后土春來早不負金尊倒明年珠履賞春時應寄瓊花一朵慰相思

金盞倒垂蓮　依韻和次膺寄楊仲謀觀察

諸阮英游盡千鍾飲量百丈詞源對舞春風螺髻小雙蓮念兩處登高臨遠又傷芳物新年此淚不待桓伊危柱哀絃　身閒未應無事趁栽梅徑裏插柳池邊野鶴飄颻幽興在青田也莫話書生豪氣更銘功業燕然畢竟得意何如月下花前

又　次韻寄霸師楊仲謀安撫

休說將軍解彎弓掠地崑嶺河源綵筆題詩綠水映紅蓮算總是風流餘事會須行樂只有一部隨軒脆管繁絃　多情舊遊尚憶寄秋風萬里鴻雁天邊未學元龍豪氣笑求田也莫爲庭槐興歎便傷搖落淒然後會一笑猶堪醉倒花前

西平樂　廣陵送王資政正仲赴闕

鳳詔傳來絳闕當宁思賢輔淮海甘棠惠化霖雨商巖吉夢熊虎周郊舊卜千秋盛際催促朝天歸去動離緒　空眷戀難暫住新植雙亭臨水風月佳名未覩準擬金尊時舉況樂府風流一部妍歌妙舞縈雲回雪親教與恨難訴爭欲攀轅借住功成繡衮重與江山作主

御街行　待命護國院不得入國門寄內

年年不放春閒了今歲銜杯少來時柳上淺金黃歸路玉綿吹帽惜春長似五陵狂後不道朱顏老　斜煙薄雨青林杳猶有鶯聲到西園紅豔綠盤龍辜負一年春好錦城樂事不關愁眼何似還家早

生查子　感舊

宮裏妒蛾眉十載辭君去翠袖怯天寒修竹無人處　今日近君家望極香車駕一水是紅牆有恨無由語

青玉案

十年不向東門道信匹馬羞重到玉府驂鸞猶年少宮花頭上御爐煙底常日朝回早　霞觴翻手羣仙笑恨塵土人間易春老白髮愁占彤庭杳紅牆天阻

碧濠煙鎖細雨迷芳草

水龍吟 始去齊路逢次膺叔感別敘舊

去年暑雨鉤盤夜闌睡起同征轡今年芳草齊河古岸扁舟同艤萍梗孤蹤夢魂浮世別離常是念當時綠鬢狂歌痛飲今憔悴東風裏 此去濟南為說道愁腸不醒猶醉多情北渚雨行煙柳一湖春水還唱新聲後人重到應悲桃李待歸時攬取庭前皓月也應堪寄

南歌子 譙園作

霜細猶欺柳風柔已弄梅東園搥鼓賞新醅喚取舞裙歌扇探春回 妙舞堪千盞長歌可百杯笑人將恨上春臺勸我十分一舉兩眉開

醉落魄 用韻和李季良泊山口

高鴻遠鶩溪山一帶人煙簇知君船近漁磯宿輕素橫溪天淡挂寒玉 誰家紅袖闌干曲南陵風軟波平綠幽吟無伴芳尊獨清瘦休文一夜傷單轂

萬年歡 次韻和季良

憶昔論心盡青雲少年燕趙豪俊二十南遊曾上會稽千仞振袂江中往歲有騷人蘭蓀遺韻嗟管鮑當日貧交半成翻手難信 君如未遇元禮肯抽身盛

時尋我幽隱此事談何容易驥才方騁綵舫紅妝圍定笑西風黃花斑鬢君欲問投老生涯醉鄉岐路偏近

臨江僊 信州作

謫宦江城無屋買殘僧野寺相依松間藥臼竹間衣水窮行到處雲起坐看時 一箇幽禽緣底事苦來醉耳邊啼月斜西院愈聲悲青山無限好猶道不如歸

虞美人 羊山餞杜侍郎郡君十二姑及外弟天逵

原桑飛盡霜空杳霜夜愁難曉油燈野店怯黃昏窮途不減酒杯深故人心 羊山故道行人少也送行人老一般別語重千金明年過我小園林話如今

安公子 和次膺叔

少日狂遊好閬苑花間同低帽不恨千金輕散盡恨花殘鶯老命小鸞翩翩隨處金尊倒從市人拍手攔街笑鎮瓊樓歸臥麗日三竿未覺 迷路桃源了亂山流水何由到撥斷朱絃成底事痛知音人悄似近日曾教青鳥傳佳耗學鳳簫擬入煙蘿道問劉郎何計解使紅顏卻少

綠頭鴨 韓師樸相公會上觀佳妓輕盈彈琵琶

新秋近晉公別館開筵喜清時銜杯樂聖未饒綠野堂邊繡屏深麗人乍出坐中雷雨起鵾絃花暖間關冰凝幽咽寶釵搖動墜金鈿未彈了昭君遺怨四坐已凄然西風裏香街駐馬嬉笑微傳 算從來司空慣斷腸初對雲鬟夜將闌井梧下葉砌蛩收響悄林蟬賴得多愁潯陽司馬當時不在綺筵前競歎賞檀槽倚困沈醉倒觥船芳春調紅英翠萼重變新妍

水龍吟 寄留守無愧文

滿湖高柳搖風坐看驟雨來湖面跳珠濺玉圓荷翻倒輕鷗驚散堂上涼生檻前暑退羅裾凌亂想東山謝守綸巾羽扇高歌下青天半 應記狂吟司馬去年時黃花高宴竹枝苦怨琵琶多淚新年鬢換常恐歸時眼中物是日邊人遠望隋河一帶傷心霧靄遣離魂斷

惜奴嬌

歌闋瓊筵暗失金貂似說衷腸丁寧囑付棹舉帆開黯行色秋將暮欲去待卻回高城已暮 漁火煙村但觸目傷離緒此情向阿誰分訴那裏思量爭知我思量苦最苦睡不著西風夜雨

臨江僊

身外閒愁空滿眼就中歡事常稀明年應赴送君詩試從今夜數相會幾多時 淺酒欲邀誰共勸深情惟有君知東溪春近好同歸柳垂江上影梅謝雪中枝

又

自古齊山重九勝登臨夢想依依偶來恰值菊花時難逢開口笑須插滿頭歸 昨夜一江風色好平明秋浦帆飛可憐如赴史君期且當酬令節不用歎斜暉

滿庭芳

鄉物牽情家山回首浩然歸興難收報恩心事投老拚悠悠卻笑當年牛下輕自許激烈寒謳成何事夷猶桂楫蘭芷詠芳洲 人生萍梗迹誰非樂土何處吾州算不須臨歧黨悅遲留要看香爐瀑布丹楓亂江色凝秋真堪與瀟湘暮雨圖上畫扁舟

定風波

跨鶴揚州一夢回東風拂面上平臺閬苑花前狂覆酒拍手東風騎鳳卻教來 謫好伯陽丹井畔官滿平臺還見片帆開上界雖然官府好總道散仙無事

好追陪

千秋歲

玉京仙侶同受琅函結風雨隔塵埃絕霞觴翻手破閬苑花前別鵬翼斂人間泛梗無由歇　豈憶山中酒還共溪邊月愁悶火時間滅何妨心似水莫遣頭如雪春近也江南雁識歸時節

又

葉舟容易行盡江南地南雁斷無書至憐君羈旅處見我飄蓬際如夢寐當年閬苑曾相對　休說深心事但付狂歌醉那更話孤帆起水精溪繞戶雲母山相砌君莫去只堪伴我溪山裏

鷓鴣天

欲上南湖綵舫嬉還思北渚與嵐猗圓荷蓋水垂楊岸鸂鶒鴛鴦總下時　持此意遣誰知清波還照鬢間絲西樓重唱池塘好應有紅妝斂翠眉

清平樂

炎天畏景午漏那堪永何苦相仍愁簿領短壑清溪牽輿　瑤臺月下曾逢何由卻覩冰容一笑爲驅煩暑故人元是清風

琴趣外篇卷五

虞美人用韻答秦令

荒城又見重陽到狂醉還吹帽人生開口笑難逢何況良辰一半別離中　平臺珠履登高處猶自懷人否且簪黃菊滿頭歸惟有此花風韻似年時

浣溪沙

江上秋風高怒號江聲不斷雁嗷嗷別魂迢遞為君銷　一夜不眠孤客耳耳邊愁聽雨蕭蕭碧紗窗外有芭蕉

萬年歡寄韻次膺叔

十里環溪記當年並遊依舊風景綵舫紅妝重泛九秋清鏡莫歎歌臺蔓草喜相逢歡情猶勝蘋洲畔橫玉驚鸞半天雲正愁凝　中秋醉魂未醒又佳辰授衣良會甚更蚤歲功名豪氣尚凌汝願能致黃金一井也莫負鴟夷高興別有箇瀟洒田園醉鄉天地同永

一叢花

東君密意在花心飛雪戲妝林多情定怪春來晚故奇花千點深深煙柳上輕風絲漫裊樓閣晚還陰雕梁雙燕悄來音簾幕鎮沈沈西城未有花堪採醉

狂興冷落難禁應約萬紅商量細細留向未開尋

減字木蘭花 和求仁南都留別

萍蓬行路來不多時還遣去會有重來還把清尊此地開　隋河楊柳見我五年三執手紅淚多情待得重來走馬迎

菩薩鬘

玉京不許塵容到疎慵只合疎慵老鷗鳥共煙波田夫與醉歌　忘懷無物我莫似陳驚坐勳業付長閑西山爽氣間

鷓鴣天 杜四侍郎郡君十二姑生日

吉夢靈虵朱夏宜佳辰阿母會瑤池竹風荷雨來消暑玉李冰瓜可療飢　心悟了道成時不勞龍女騁威儀僧祗世界供遊戲賢懿光陰比壽期

鳳簫吟 永嘉郡君生日

曉曈曨風和雨細南園次第春融嶺梅猶妒雪露桃雲杏已綻碧呈紅一年春正好助人狂飛燕遊蜂更吉夢良辰對花忍負金鍾　香濃博山沈水小樓清旦佳氣葱葱舊遊應未改武陵花似錦笑語相逢蕊宮傳妙訣小金丹同換冰容況共有芝田舊約歸去雙峯

梁州令

二月春猶淺去年櫻桃開徧今年春色怪遲遲紅梅常早未露臙脂臉　東君遣春來緩似會人深願蟠桃新鏤雙盞相期似此春長遠

引駕行　亦名長春

春雲輕鎖春風乍扇園林曉掃華堂正桃李芳時誕辰還到年少記絳蠟光搖金猊香郁寶妝了驟駿馬天街向晚喜同車詠窈窕　多少盧家壺範杜曲家聲榮耀慶孟光齊眉馮唐白首鎮同歡笑縹紺待瑯函深討芝田高隱去偕老自別有壺中永日比人間好

菩薩鬘

百花含蘊東風裏南園小雨朱扉啓春色一年年年年花共妍　清談招隱去莫認如賓處華髮好風光林間此味長

點絳脣

回雁風微養花濃淡天容好似春知道吉夢佳人到　共樂春臺攜手蓬萊小同傾禱願春不老歲歲尋芳草

上林春　韓相生日

天惜中秋三夜淡雲占得今宵明月孟陬歲好金風氣爽清時挺生賢哲相門出相算鍾慶自應累葉乍歸來暫燕處共仰赤松高轍　想人生會須自悅浮雲事笑裏尊前休說舊有衮衣公歸未晚千歲盛明時節命圭相印看重賞晉公勳業濟生靈共富貴海深天闊

楊柳枝

素色清薰出俗華臘前花軒前愛日掃雲遮幾枝斜月淡紗窗香暗透白於沙幽人獨酌對芳葩與無涯

驀山溪

鳳凰山下東畔青苔院記得當初個與玉人幽歡小宴黃昏風雨人散不歸家簾旌捲燈火鷓鴣擁嬌羞面　別來憔悴偏我愁無限歌酒情都減也不獨朱顏改變如今桃李湖上泛舟時青天晚青山遠願見無由見

又

自來相識比爾情都可咫尺千里算惟孤枕單衾知我終朝盡日無緒亦無言我心裏忡忡也一點全無那　香牋小字寫了千千個我恨無羽翼空寂寞青

苔院鎖昨朝冤我卻道不如休天天天不曾麽因甚
須冤我

生查子

夜飲別佳人梅小猶飄雪忍淚一春愁過卻花時節
相見話相思重與臨風月休似那回時無事還輕
別

少年遊

當年攜手是處成雙無人不羨自間阻五年也一夢
擁嬌嬌粉面 柳眉輕掃杏腮微拂依前雙靨盛睡
裏起來尋覓卻眼前不見

青玉案

三年宋玉牆東畔怪相見常低面一曲文君芳心亂
忽忽依舊吹散月淡梨花館 秋娘苦妒浮金盞漏
些子甚猜是嬌盼歸去相思腸應斷五更無寐一懷
好事依舊藍橋遠

江城子 贈文膺叔家娉娉

娉娉聞道似輕盈好佳名也甚稱楚觀雲歸重見小
樊驚豆蔻梢頭春尚淺嬌未顧已傾城 章臺休詠
舊青青惹離情恨難平無事飛花撩亂撲旗亭不似
劉郎春草小能步步伴人行

青玉案 傷娉娉

彩雲易散琉璃脆念往事心將碎只合人間十三歲百花開盡丁香獨自結恨春風裏 小園幽檻經行地恨春草佳名謾拋棄簇蝶羅裙休將施香殘燭燼微風觸幔鬢髮嬌嚬是

勝勝慢 家妓榮奴既出有感

朱門深掩擺蕩春風無情鎮欲輕飛斷腸如雪撩亂去點人衣朝來半和細雨向誰家東館西池算未肯似桃含紅蘂留待郎歸 還記章臺往事別後縱青青似舊時垂灞岸行人多少竟折柔枝而今恨啼露葉鎮香街拋擲因誰又爭可妒郎誇春草步步相隨

點絳脣 同前

檀口星眸豔如桃李情柔惠據我心裏不肯相拋棄 哭怕人猜笑又無滋味忡忡地繫人心裏一句臨歧誓

琴趣外篇卷五

永遇樂　贈雍宅璨奴

銀燭將殘，玳筵初散，依舊愁緒。醉裏凝眸，嬌來縱體，此意難分付。憐伊只似，風前輕燕，好語暫來還去。重樓靜、珠簾休下，待歸畫梁留住。　青娥皓齒，雲鬟花面，見了綺羅無數。只你厭厭，教人竟日，一點無由訴。如今拚了，縈眠惹夢，沒個頓身心處。深誠事、驂鸞解佩，是許未許。

虞美人　代內

梅花時候君輕去。曾寄紅牋與。胡麻好種少人知。正是歸時、何處誤芳期。　誰教又作狂遊遠。歸路楊花滿。當年不負瑣窗春。老向長楸走馬、更愁人。

朝天子

酒醒情懷惡。金縷褪、玉肌如削。寒食過卻。海棠花零落。　漸日照闌干，煙淡薄。繡額珠簾，籠畫閣。春睡著。覺來失、鞦韆期約。

行香子　贈輕盈

柳態纖柔。雪豔疎明。問人來、人道輕盈。張琵蓮臉，一寸波橫。比瀟灑處，猶難稱、此嘉名。　花前燭下，微嚬淺笑。要題詩、盞畔低聲。司空自慣，狂眼須驚。也不辭

寫雙羅帶恐牽情

感皇恩

終歲憶春回西園行盡歡喜梅梢上春信去年攜手暗約芳時還近燕來鶯又到人無準　憑誰向道流光一瞬佳景閒無事衣褪春歸何處又對飛花難問舊歡都未遇成新恨

臨江僊 代內

馬上怱怱聽鵲喜朦朧月淡黃昏碧羅雙扇擁朝雲粉光先辨臉朱色怎分脣　暫別寶匳蛛網徧春風淚汙榴裙香牋小字寄行雲纖腰非學楚寬帶爲思君

碧牡丹 王晉卿都尉宅觀舞

院宇簾垂地銀箏雁低春水送出燈前婀娜腰肢柳細步蹙香裀紅浪隨鴛履梁州緊鳳翹墜悚輕體繡帶因風起霓裳恐非人世調促香檀困入流波生媚上客休辭眼亂尊中翠玉階霜透羅袂

少年游

前時相見樓頭窗畔尊酒望銀蟾如今間阻銀蟾又滿小閣下珠簾　願得吳山山前雨長恁晚廉纖不見樓頭嬋娟月且寂寞閑窗眠

西江月

似有如無好事多難少會幽懷流鶯過了又蟬催腸斷碧雲天外　不寄書還可恨全無夢也甚猜秋風吹淚上樓臺只恐朱顏便改

鷓鴣天

繡幕低低拂地垂春風何事入羅幃胡麻好種無人種正是歸時君未歸　臨晚景憶當時愁心一動亂如絲夕陽芳草本無恨才子佳人空自悲

滿江紅 寄內

月上西窗書幃靜燈明又滅水漏澀銅壺香燼夜霜如雪睡眼不曾通夕閑夢魂爭得連宵接念碧雲川路古來長無由越　鸞釵重青絲滑羅帶緩小腰怯伊多感那更恨離傷別正是少年佳意氣漸當故里春時節歸去來莫教子規啼芳菲歇

菩薩鬘 代歌者怨

絲篁鬭好鶯羞巧紅檀微映燕脂小當□斂雙蛾曲中幽恨多　知君憐舞袖舞要歌成就獨舞不成妍因歌舞可憐

減字木蘭花 陳履常

娉娉嫋嫋紅落東風青子小妙舞委蛇拍誤周郎卻

未知　花前月底誰喚分司狂御史欲語還休喚不回頭沒著羞

臨江仙

離別尋常今白首更須竹雨瀟瀟不應都占世間豪清風居士手楊柳洛城腰　文子功名真自誤從今好月良宵只消憐取董嬌饒修門君自到不用我詞招

又晁達州見和

君似蒼崖千仞竹一枝孤映蒿蕭簞瓢不減萬鍾豪閑情搔短髮佳句詠纖腰　罷酒蘭舟回楚柂相思何處今宵淮南幽桂水雲饒他年春草恨應有小山招

紫玉簫　過堯民金部四叔位見韓相家姬輕盈所留題

羅綺叢中笙歌叢裏眼狂初認輕盈無花解比似一鉤新月雲際初生算不虛得郎占與第一佳名卿歸去那知有人別後牽情　襄王自是春夢休漫說東牆事更難憑誰教慕宋要題詩曾倚寶柱低聲似瑤臺曉空暗想衆裏飛瓊餘香冷猶在小窗一到魂驚

鬬百草

別日常多會時常少天難曉正喜花開又愁花謝春也似人易老慘無言念舊日朱顏清歡莫笑便苒苒如雲霏霏似雨去無音耗　追想牆頭梅下門裏桃邊名利爲伊都忘了血寫香箋淚封羅帕記三日離腸恨攬如今事十二樓空憑誰到此情悄擬回船武陵路杳

又

往事臨邛舊遊雅態羞重憶解賦才高好音情慧琴裏句中暗識正當年似閬苑瓊枝朝朝相倚便滌器何妨當壚正好鎮同比翼　誰使褰裳珮失推枕雲歸惆悵至今遺恨積雙鯉書來大刀詩意縱章臺青青似昔重尋事前度劉郎轉愁寂漫贏得對東風對花歎息

鬭百花　汶妓閣麗

小小盈盈珠翠憶得眉長眼細曾共映花低語已解傷春情意重向溪堂臨風看舞梁州依舊照人秋水轉更添姿媚　與問階上簸錢時節記微笑但把纖腰向人嬌倚不見還休誰教見了厭厭還是向來情味

又

臉色朝霞紅膩眼色秋波明媚雲度小釵濃鬢雲透輕綃香臂不語凝情教人喚得回頭斜盼未知何意百態生珠翠　低問石上鑿井何由及底微向耳邊同心有緣千里飲散西池涼蟾正滿紗窗一語繫人心裏

又

斜日東風深院繡幕低迷歸燕瀟灑小屏嬌面髣髴燈前初見與選筵中銀盆半折姚黃插向鳳凰釵畔微笑遮紈扇　教展香裀看舞霓裳促徧紅飐翠翻驚鴻乍拂秋岸柳困花慵盈盈自整羅巾須勸倒金盞

御街行

天街月照珠簾粉韓鑾曾相近繁華樂事老來慵對酒尚憐佳景王孫年少風流應更無奈春愁悶　幽期莫誤香閨恨羅帶今朝褪月圓花好一般春觸處總堪乘興有人惆悵何如歸好相見憑君問

南歌子

睡起臨窗坐妝成傍砌閑春來莫捲繡簾看嫌怕東風吹恨在眉間　鸚鵡花前弄琵琶月下彈驀然收袖倚闌干一向思量何事點雲鬟

清平樂

寒風雁度聲向千門去也到文闈校文處也到文君繡戶　背燈解帶驚魂長安此夜秋聲早是夜寒不寐五更風雨無情

好事近

歸路苦無多正值早秋時節應是畫簾靈鵲把歸期先說　就中風送馬蹄輕人意漸歡悅此夜醉眠無夢任西樓斜月

洞僊歌泗州中秋作此絕筆之詞也

青煙幕處碧海飛金鏡永夜閒階臥桂影露涼時零亂多少寒蝨神京遠惟有藍橋路近　水晶簾不下雲母屏開冷浸佳人淡脂粉待都將許多明月付與金尊投曉共流霞傾盡更攜取胡牀上南樓看玉做人間素秋千頃

琴趣外篇卷六

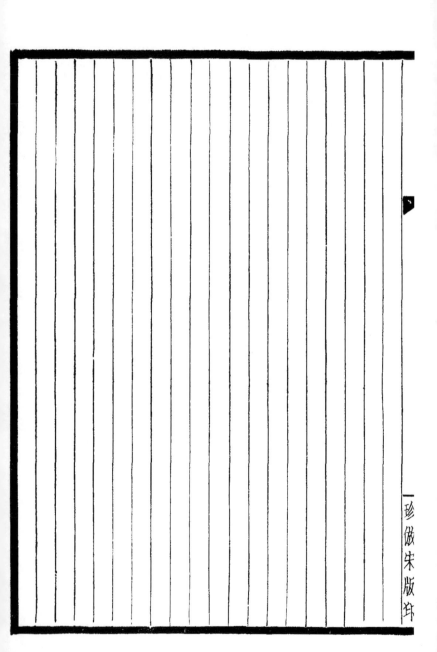

琴趣外篇六卷宋左朝奉祕書省著作郎充祕閣校理國史編修官濟北晁補之无咎長短句也其所爲詩文凡七十卷自名雞肋集惟詩餘不入集中故云外篇昔年見吳門鈔本混入趙文寶諸詞亦名琴趣外篇蓋書賈射利眩人耳目最爲可恨余已釐正介庵詞辨之詳矣无咎雖游戲小詞不作綺豔語殆因法秀禪師諄諄戒山谷老人不敢以筆墨勸淫邪大觀四年卒于泗州官舍自畫山水留春堂大屏上題云胸中正可吞雲夢琖底何妨對聖賢有意清秋入衡霍爲君無盡寫江天又詠洞仙歌一闋遂絕筆不知何故逸去今依花庵詞客附諸末幅古虞毛晉識

烘堂詞

目錄

西江月一調　念奴嬌一調
鵲橋仙一調　柳梢青二調
謁金門三調　浣溪紗一調
賀新郎一調　菩薩蠻一調
好事近一調　木蘭花一調
畫堂春一調　臨江仙一調
踏莎行一調　杏花天一調
水調歌頭一調　鷓鴣天一調
菩薩蠻一調　踏莎行一調
賀新郎一調　水調歌頭一調
武陵春一調　朝中措一調
小重山一調　玉團兒一調
醉蓬萊一調　一翦梅一調
滿江紅一調　水調歌頭一調
清平樂一調　念奴嬌三調
瑞鷓鴣一調　武陵春一調
鷓鴣天一調　驀山溪二調
減字木蘭花一調　滿江紅一調

踏莎行一調　蝶戀花一調
點絳脣一調　訴衷情一調
念奴嬌一調　冉冉雲一調
減字木蘭花一調　鷓鴣天一調
水龍吟一調　柳梢青一調
少年遊一調　漢宮春一調
多麗一調　滿江紅一調
蝶戀花一調　水調歌頭一調
滿江紅一調　訴衷情一調
浣溪沙一調　清平樂一調
菩薩蠻一調

烘堂詞目錄

烘堂詞

宋　盧　炳

西江月

殘雪猶餘遠嶺，晚烟半隱寒林溶溶春漲綠波深時有漁人釣艇　倚岸野梅墜粉蘸溪宮柳搖金凭闌凝竚酒初醒料得誰知此景

念奴嬌

晚天清楚掃太虛纖翳涼生江曲四顧青冥天地闊惟有殘霞孤鶩山氣凝藍汀烟引素蛺蛺浮羣木白蘋風定波澄萬頃寒玉　時有一葉漁舟收綸垂釣來往何幽獨短髮蕭蕭襟袖冷便覺都無袢溽曳杖歸來夜深人悄月照鱗鱗屋藤牀一枕迥然清夢無俗

鵲橋仙　七夕

餘霞散綺明河翻雪隱隱鵲橋初結牛郎織女兩逢迎勝卻人間歡悅　一宵相會經年離別此語真成浪說細思怎得似嫦娥解獨宿廣寒宮闕

柳梢青

蘭蕙心情海棠韻度楊柳腰肢步穩金蓮手纖春筍膚似凝脂　歌聲舞態都宜捹著箇堅心共伊無奈

相思帶圍寬盡說與教知

又 蠟梅

雅淡精神鉛黃未洗猶帶殘妝春豔一枝鵝兒顏色染就纖裳 月移影轉南窗特地送些兒暗香宿酒初醒這般滋味夢斷池塘

謁金門

春寂寂節物又催寒食樓上捲簾雙燕入斷魂愁似織 門外雨餘風急滿地落英紅溼好夢驚回無處覓天涯芳草碧

又

春事寂苦筍鰣魚初食風捲繡簾飛絮入柳絲縈似織 迅速韶光去急過雨綠陰尤溼回首舊遊何處覓遠山空佇碧

又 送客

門巷寂梅豆微酸怯食別恨縈心愁易入寸腸如網織 去櫓咿啞聲急淚滴春衫輕溼尺素待憑魚雁覓遠煙凝處碧

浣溪紗

水閣無塵午晝長薰風十里藕花香一番疎雨釀微涼 旋點新茶消睡思不將醽醁惱詩腸闌干倚徧

挹湖光

賀新郎

綠徧芳郊未早紅褪香乾堪歎韶華瞬目薄倖東皇緣底事得恁匆匆去速正永日初長晴淑尤憶夜來成夢處記分明渾似瑤臺宿人語靜燕雙逐　紗窗一炷沈煙馥掎淋淚劇飲高枕春酲草屋無計留春添悵望空寫新詞疊幅算負卻照妝畫燭欲說縈心此箇事恐教人蹙損眉峯綠慵倚徧畫闌曲

菩薩蠻 和韻

夢回小枕欹寒玉博山香暖沈煙續帷薄怯輕紗風牽幌帶斜　夜窗雲影細月送花陰至身世在陶唐閑愁不掛腸

好事近

庭院欲昏黃秋思惱人情亂寶瑟試彈新曲更與誰同伴　陽臺魂夢杳無蹤夜佳巫山畔不似楚襄雲雨渾輸他一半

減字木蘭花

傳消寄息咫尺還如千里隔欲見無由惹起新愁與舊愁　情懷如醉欹枕連宵終不寐無奈相思此恨憑誰說與伊

畫堂春

輕紅桃杏鬭嬌妍曉來葱蒨祥煙霓旌絳節下雲天行地神仙　盛事頻封錦誥歌聲齊勸金蓮從教滄海變桑田富貴長年

臨江仙 壽老人

弱水蓬萊眞勝地祥煙閃爍霓旌瑤池驪會下雲軿康寧新喜事淑善舊家聲　戲綵捧觴眞樂事蟠桃獻壽千春從今更願子孫榮加恩封錦誥學道誦黃庭

踏莎行

秋色人家夕陽洲渚西風催過黃華渡江煙引素忽飛來水禽破暝雙雙去　奔走紅塵棲遲羈旅斷腸猶憶江南句白雲低處雁回峯明朝便踏瀟湘路

杏花天

鏤冰翦玉工夫費做六出飛花亂墜舞風情態誰相似算只有江梅可比　極目處瓊瑤萬里海天闊淸寒似水從教高捲珠簾□□□□□□□

水調歌頭 題蒲圻景星亭上慕容宰

華亭新偉觀勝地得高雄凭闌徙倚要眇萬里景無窮好是江流縈繞那更雲天舒闊疊嶂倚晴空眼界

無盡藏懷抱有清風　主人賢開綺席泛金鍾放懷一笑許我滿酌醉顏紅祇恐璽書郎下促起飛鳥東去行作黑頭公還記今朝客曾待一杯仝

鷓鴣天

初過清明春晝長紫紅香霧藹華堂朱顏阿母逢生旦綵戲兒孫捧壽觴　齊祝頌喜平康天教兩鬢正蒼蒼壺中日月應長久笑看蟠桃幾度芳

菩薩蠻

石榴裙束纖腰裊金蓮穩襯弓靴小嬌騃□羞人傘低遮半身　思情如紙薄方信當初錯邂逅苦匆匆還疑是夢中

踏莎行

雅淡容儀溫柔情性偏伊賦得多風韻明眸翦出玉爲肌鳳鞋弓小金蓮襯　相見雖頻歡娛無定鑾牋寫了憑誰問堅心好事有成時須教人道都相稱

賀新郎

池館閑凝目有玉人向晚妖嬈洗妝梳束雅淡容儀妃子樣羞使胭脂點觸瑩冰雪精神難掬好是月明微露下似晚涼初向清泉浴好對我笑羞縮　好風拂面渾無俗更撩人清興異香芬馥惹起新愁無著

處細與端相未足俏不忍遊蜂飛撲可惜伊家嬌媚態問天公底事教幽獨待拉向錦屏曲

水調歌頭

風馭過姑射雲珮挹浮邱丁寧月姊爲我澄霽一天秋盡展冰奩玉鑑要看瑤臺銀闕萬里冷光浮分與世間景好在水邊樓　想霓裳呈妙舞起清謳藍橋何處試尋玉杵恣追遊擬待鉛霜擣就緩引瓊漿沈醉誰信是良籌長嘯跨鯨背不必願封留

武陵春　賡何顯夫小舟有景

紅蓼黃蘆秋已老妝點楚江頭更有吳姬撥小橈來往自妖嬈　款款艤舟臨別岸短纜繫花梢料得前身是莫愁依舊有風流

朝中措

曉來天氣十分涼時候近重陽村落人家瀟灑籬菊有芬芳　年來漸覺詩腸愈窄酒量偏狂好景不須放過何妨一醉千觴

小重山

一見情懷便雅投尊前成密約意綢繆已成行計理歸舟空相憶無計爲伊留　執別話離愁縈牽滋味惡在心頭而今無奈阻歡遊些子事此恨兩悠悠

玉團兒 用周美成韻

綠雲慢綰新梳束這標致諸餘不俗邂逅相逢情懷雅合全似深熟 耳邊笑語論心曲把不定紅生臉肉若得同歡供伊偕老心事忒足

醉蓬萊 上南安太守庚戌正月

正春回紫陌瑞靄飛浮暖風輕扇皓月初圓覺嚴城寒淺綵結鰲山紗籠銀燭與花爭豔午夜融和紅蓮萬頃一齊開徧 訟簡民熙使君行樂簇擁朱輪旌旗輝煥鼎沸笙歌過行雲不散咫尺泥封促朝天陛侍玉皇香案來歲元宵龍燈影裏金杯宜勸

一翦梅 元宵

燈火樓臺萬斛蓮千門喜笑素月嬋娟幾多急管與繁絃巷陌駢闐畢獻芳筵 樂與民偕五馬賢綺羅叢裏一簇神仙傳柑雅宴約明年盡夕留連滿泛金船

滿江紅

碧眼真仙算元住蓬萊宮裏記當日等閑跨鶴人間游戲要把忠勳扶帝業更將姓字聯宗系擁朱輪特地爲萬民來詩書帥 千里地都和氣十萬戶生歡喜祝黃堂眉壽歌謠鼎沸莫惜春醅供燕豆便使承芝

檢朝天陛看雲屏隔坐並貂蟬雙清貴

水調歌頭 上沈倅

再拜識英度喜氣覺飛浮神清骨秀元是蓬萊謫仙流壺去冲霄漢剛向平分風月半刺嶺南州素蘊未施展闊步尚淹留　從此去朝帝闕侍宸旒論思獻替要須直與古人侔好是羽儀朝著勤就鼎彝勳業卻伴赤松遊曳杖太湖曲笑傲八千秋

清平樂 木犀

琉璃翦葉點綴黃金屑雅淡幽姿風味別翠影婆娑弄月　秋光占斷江南清香鼻觀先參一朵折來和露烏雲髻伴斜簪

念奴嬌 白蓮呈羅教黃法

鑿開方沼問何人種玉工夫奇絕幻出瀛洲有十萬水仙羅列風曳瓊琚露零珠珮天上人裝結君看炎夏墮來何處冰雪　我來對此涼生紅塵飛盡卻笑凌波襪最愛幽姿能雅淡自蓄芳馨孤潔挹取天漿喚將空籟齊作清歌發不知塵世晃然身在瑤闕

又

碧池如染把玻璃甃就纖埃都絕西國夫人空裏墜圓蓋亭亭排列瑩質無瑕塵心不染遠社堪重結當

時盛事虎溪茗盤翻雪　千載此意誰論人爭買笑醉眼看羅襪坐上如今皆我輩素蘊從來蠲潔擊節臨風停杯對月浩氣俱英發兩翁仙舉玉堂正在金闕

又

好風明月共芙蕖占作人間三絶試問千花還敢與英姿同列一曲千鍾淩雲長嘯舒放愁腸結人生易老莫教雙鬢添雪　回首蝿利蝸名微官多誤自笑塵生襪爭似玉人真嫵媚表裏氷壺明潔露下寒生參横斗轉又聽胡笳發夜闌人靜一聲清透雲闕

瑞鷓鴣 除夜依逆旅主人寒雨不止夜酌

客裏驚嗟又歲除蕭蕭寒雨滴茅廬山深溪轉泉聲碎夜永風搖燭影孤　冷甚只多燒木葉詩成無處寫桃符強酬節物聊清酌今歲屠蘇自取疎

武陵春 舟行三衢間江干梅盛開爲風雨所妒賦此以惜之

常記江南春欲到消息付南枝疎影横斜照水時月淡暗香遲　可惜江頭千樹玉雨暗更風欺傳語東君管領伊憔悴有誰知

鷓鴣天 席上戲作

秋月明眸兩鬢濃衫兒貼體縐輕紅清聲宛轉歌金縷纖手殷勤捧玉鍾　嬌婭姹語惺鬆酒香沸沸透羞容劉郎莫恨相逢晚且喜桃源路已通

驀山溪

淡妝西子怎比西湖好南北兩長隄有罨畫樓臺多少翠光千頃一片淨琉璃泛蘭舟搖畫槳盡日金尊倒　名園精舍總被遊人到年少與佳人共攜手嬉遊歌笑夕陽西下沈醉盡歸來鞭寶馬鬧竿隨簇著花藤轎

又 與何遂夫爲壽

韶華七換阻慶生申日今日向高堂載卮酒爲君滿勸繡簾低掛瑞靄□香濃倩雙娥敲象板緩緩歌珠貫　芝蘭挺秀俱是皇家彥只這一般奇見方寸平生積善幾多厚德天錫與遐齡鬢長青顏不老日月開華宴

減字木蘭花

莎衫筠笠正是村村農務急綠水千畦慚愧秧針出得齊　風斜雨細麥欲黃時寒又至饁婦耕夫畫作今年稔歲圖

滿江紅 送趙李行赴金壇

積雨連朝添新漲一篙春碧寒猶在東風料峭柳絲無力繫惹畫船都不住從教蘭棹雙飛急泛大江東去欲何之瓜期迫　龍鍾裔神仙伯金閨彥文章客算河陽花縣恁生留得製錦才高書善最鳴琴化洽人懽懌想未容坐暖詔歸來君王側

踏莎行　過黃花渡沽白酒因成呈天休

獵獵霜風濛濛曉霧歸來喜踏江南路千林翠幄半紅黃試看青女工夫做　茅舍疎籬竹邊低戶誰家酒滴真珠露旋酤一醆破清寒趁晴同過黃花渡

蝶戀花　和彭孚先韻

滿架冰蕤開偏了試問花神留得春多少清勝笥香嬌韻好謝庭風月應難到　酒釀新醅名不老醉倒花前真箇無煩惱滿座清歡供一笑春酲拚卻明窗曉

點絳脣

過眼溪山向來都是經行處驂鸞人去冷落吹簫侶　小立江亭愁對蒹葭浦無情緒酒杯慵舉閑看江楓舞

訴衷情

無端風雨送清秋天氣冷颼颼行人先自離索直是

不禁愁　思往事憶前遊淚難收重陽近也黃花依
舊誰伴清甌

念奴嬌上巳太守待同官曲水園因成

快風收雨正江城初霽物華如許麗日融和春思好
是處鶯啼燕語嫩綠成陰落紅堆繡只恐春將暮園
林清晝看看又見飛絮　太守無限風流鈴齋多暇
載酒郊原路幾隊旌旗光閃爍鼓吹更翻新譜曲水
流觴蘭亭修禊俯仰成今古爲君一醉歸時樓上初
鼓

冉冉雲牡丹盛開招同官小飲賦此

雨洗千紅又春晚留牡丹倚闌初綻嬌婭姹偏賦精
神君看算費盡工夫點染　帶露天香最清遠太真
妃院妝體段拼對花滿把流霞頻勸怕逐東風零亂

減字木蘭花詠梅呈萬教

冰姿雪豔天賦精神偏冷淡惟有清香何遜揚州暗
斷腸　孤芳好處消得騷人題妙句皴皺寒枝未必
生綃畫得宜

鷓鴣天題廣文官舍竹外梅花呈萬教

閣雨浮雲寒尚輕商量雪意未全成莫嫌竹外蕭然
處忽有幽香透鼻清　詩興逸酒魂醒主人留客更

多情不辭滿引成癡客且爲梅花醉一觥

水龍吟 賡韻中秋

晚晴一碧天如水風約塵埃都掃素娥睡起玉輪穩駕初離海表碾破秋雲湧成銀闕光欺南斗想廣寒宮裏風流女伴應都把仙歌奏 夜永風生悄悄耀冰雪寒侵重嶠今宵休道從來此夕陰多晴少坐久更深露冷襟袖不禁清曉更天風吹下桂香拂袂想蟠根老

柳梢青 冬月海棠

笑菊欺梅嫌蜂卻蝶壓盡寒荄月下精神醉時風韻紅透香腮 天工造化難猜甚怪我愁眉未開故遣名花淩霜帶露先送春來

少年遊 用周美成韻

繡羅鞵子閒金絲打扮好容儀曉雪明肌秋波入鬢鞋小步行遲 冠兒時樣都相稱花插棟雙枝倩俏精神風流情態惟有粉郎知

漢宮春

向暖南枝最是他瀟灑先帶春回因何事向歲晚攙占花魁天公著意安排巧特地教開知道是仙翁誕節瓊英要泛金杯 人學壽陽妝面正粱州初按鞨

鼓聲催年年此花開後宴啓蓬萊朱顏不老算難教綠野徘徊消息好行看父子和羹鼎鼐鹽梅

多麗 壽邵郎中

慶佳辰能熊羆協夢生申記當年曾遊月殿笑談高躍龍津德彌高源流孔孟才迥出黼黻卿雲亟步華塗蜚聲騰茂姓名端的簡楓宸最好是雍容蘭省直道事吾君還知否承明倦直來撫斯民 算人生五馬最貴朱幡畫戟行春訟庭清祥風和暢鈴齋靜佳氣氤氳壽宴香濃梅繫柳嫩年年今日勸芳尊須信道朱顏不老眉壽等松椿從茲去衮衣特立廊廟經綸

滿江紅 賀趙縣丞

媚景良時無非是三春富貴花共柳著工夫染嫩紅輕翠日麗風和薰協氣鶯吟燕舞皆歡意況生辰恰恰值清明笙歌沸 分天派真龍裔到月殿攀仙桂看眉間黃色詔書將至莫向藍田分佐理便趨紫禁參朝對問玉皇仙籍注長生三千歲

蝶戀花 和人探梅

羅幕護寒遮曉霧愛日烘晴又是廿年華暮蕭洒江梅爭欲吐暗香漏泄春來處 何日尋芳溪畔路挈榼攜筇寫景論心素千里相逢真會遇羨君解道江

南句

水調歌頭

富貴本何物底用苦趨奔都爲造物娛弄人事覆來翻須索高擡目力覷破祇同兒戲不必更重論但願吾長健贏得日加飧　衣輕裘乘駟馬駕高軒算來榮耀終輸漁叟釣江村休歎謀身太拙未必折腰便是炙手幾曾温清議不可辱千古要長存

滿江紅

罨畫池亭對十萬盈盈粉面依翠蓋臨風一曲霓裳舞徧亭上人如蓬島客座中別有飛瓊伴占世間風月最清涼宜開宴　當盛日歌喉囀齊祝壽金尊勸算才華合侍玉皇香案處事從來堅特操立朝更要持公論使他時臺閣振風聲朝天睠

訴衷情

柴扉人寂草生畦藤蔓亂縈籬秋淨楚天如水雲葉度牆低　同把盞且伸眉對殘暉紅茱笑撚黃菊斜簪戀飲忘歸

浣溪沙

常記京華昔浪遊青羅買笑萬金酬醉中曾此當貂裘　自恨山翁今老矣惜花心性慢風流清尊獨酌

更何愁

清平樂

方池小小風摺玻瓈皺數朶荷花開更好把住薰風一笑　芳容淡注胭脂亭亭翠蓋相依只欠一雙鸂鶒便如畫底屏帷

菩薩蠻用周美成韻

而今怕聽相思曲多情還是損眉峯綠惜別上扁舟望窮江際樓　蠻牋封了發爲憶人如雪離恨寫教看休令盟約寒

盧炳字叔陽自號醜齋多與同官唱和詞中喜用僻字如袢溽皴皵褑子之類異花幽鳥雖屬小品亦自可人共六十餘調長于描寫令人生畫思昔陳去非見顏持約畫梅題詩云窗前光景晚清新半幅溪籐萬里春從此不貪江路遠勝拚心力喚真真又云奪得斜枝不放歸倚窗乘月看熹微墨池雪嶺春俱好付與詩人說是非一時賞識家謂詩中有畫若烘堂可謂詞中有畫矣古虞毛晉識

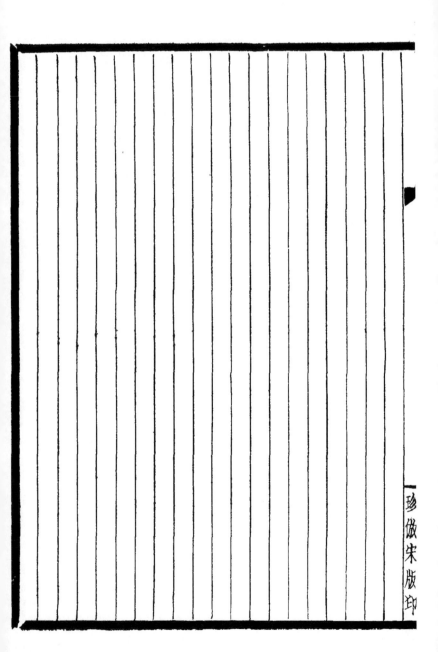

西元二〇二二年一月一日重製一版

宋六十名家詞　冊四（明毛晉輯）

平裝四冊基本定價參仟元正
（郵運匯費另加）

發行人　張敏君
發行處　中華書局
臺北市內湖區舊宗路二段一八一巷八號五樓（5FL., No. 8, Lane 181, JIOU-TZUNG Rd., Sec 2, NEI HU, TAIPEI, 11494, TAIWAN）
客服電話：886-8797-8396
公司傳真：886-8797-8909
匯款帳戶：華南商業銀行西湖分行
179100026931
印　刷：維中科技有限公司
海瑞印刷品有限公司

No. N3054-4

國家圖書館出版品預行編目(CIP)資料

宋六十名家詞/(明)毛晉輯. -- 重製一版. -- 臺北市 : 中華書局, 2022.01

冊 ; 公分

ISBN 978-986-5512-75-0(全套 : 平裝)

833.5 110021469